FANTASY

Im Goldmann Verlag liegen bereits
folgende Bände der DRACHENLANZE-Saga vor:

Die Chronik der DRACHENLANZE

1. Drachenzwielicht (24510) • 2. Drachenjäger (24511) • 3. Drachenwinter (24512) • 4. Drachenzauber (24513) • 5. Drachenkrieg (24516) • 6. Drachendämmerung (24517)

Die Legenden der DRACHENLANZE

1. Die Brüder (24527) • 2. Die Stadt der Göttin (24528) • 3. Der Krieg der Brüder (24530) • 4. Die Königin der Finsternis (24531) • 5. Der Hammer der Götter (24533) • 6. Caramons Rückkehr (24534)

Die Geschichte der DRACHENLANZE

1. Die Zitadelle des Magus (24538) • 2. Der Magische Turm (24539) • 3. Die Jagd des Todes (24540) • 4. Der Zauber des Palin (24541) • 5. Der edle Ritter (24542) • 6. Raistlins Tochter (24543)

Das Heldenlied der DRACHENLANZE

1. Das Ehrenwort (24587) • 2. Verrat unter Rittern (24589) • 3. Das Schwert des Königs (24591) • 4. Heldenblut (24593) • 5. Unter dunklen Sternen (24594) • 6. Die Stunde des Skorpions (24595)

Der Bund der DRACHENLANZE

1. Ungleiche Freunde (24602) • 2. Die Erben der Stimme (24603) • 3. Die Stunde der Diebe (24604) • 4. Finstere Pläne (24605) • 5. Das Mädchen mit dem Schwert (24606) • 6. Verspätete Rache (24607) • 7. Schattenreiter (24673) • 8. Das Siegel des Verräters (24674) • 9. Stahl und Stein (24675) • 10. Das Schloß im Eis (24676) • 11. Der Zauber des Dunkels (24677) • 12. Die Jäger der Wüste (24678)

Die Erben der DRACHENLANZE

1. Drachensommer (24708) • 2. Drachenfeuer (24718) • 3. Drachennest (24782) • 4. Die Grube der Feuerdrachen (24783)

DRACHENLANZE – Die Neue Generation (24621)

Weitere Bände in Vorbereitung.

MARGARET WEIS · TRACY HICKMAN

Die Geschichte der Drachenlanze 2

DER MAGISCHE TURM

Aus dem Amerikanischen übertragen
von Marita Böhm

DRAGONLANCE™

GOLDMANN

Das Buch erschien im Original unter dem Titel
»Dragonlance Tales, Volume One: The Magic of Krynn/Book 2«
bei TSR, Inc., Lake Geneva, WI, USA

Deutsche Erstveröffentlichung

Umwelthinweis:
Alle bedruckten Materialien dieses Taschenbuches
sind chlorfrei und umweltschonend.
Das Papier enthält Recycling-Anteile.

Der Goldmann Verlag
ist ein Unternehmen der Verlagsgruppe Bertelsmann

Published in the Federal Republic of Germany by
Wilhelm Goldmann Verlag, München
Deutschsprachige Rechte beim
Wilhelm Goldmann Verlag, München
Umschlaggestaltung: Design Team München
Umschlagillustration: Caldwell
Innenillustration: Steve Fabian
Satz: IBV Satz- und Datentechnik GmbH, Berlin
Druck: Elsnerdruck, Berlin
Verlagsnummer: 24539
Redaktion: Antje Hohenstein/VB
Herstellung: Peter Papenbrok/sc
Made in Germany
ISBN 3-442-24539-7

5 7 9 10 8 6

Abanasinia
KRYSTALMIRSEE
XAK TSAROTH
SOLACE
Que-kiri
Que-shu
Que-teh
TORWEG-PASS
DÜSTERWALD
HAVEN
QUALINOST
NEUHAFEN
QUALINESTI
Alte Straße
PAX THARKAS

PALANTHAS
TURM DER KLERIKER
NORDERGOTH
SOLAMNIA
SÜDERGOTH
NEUMEER
QUALINESTI
SIRRION SEE
SOLACE
THORBADIN
STAUBEBENE
TARSIS
EISWALL

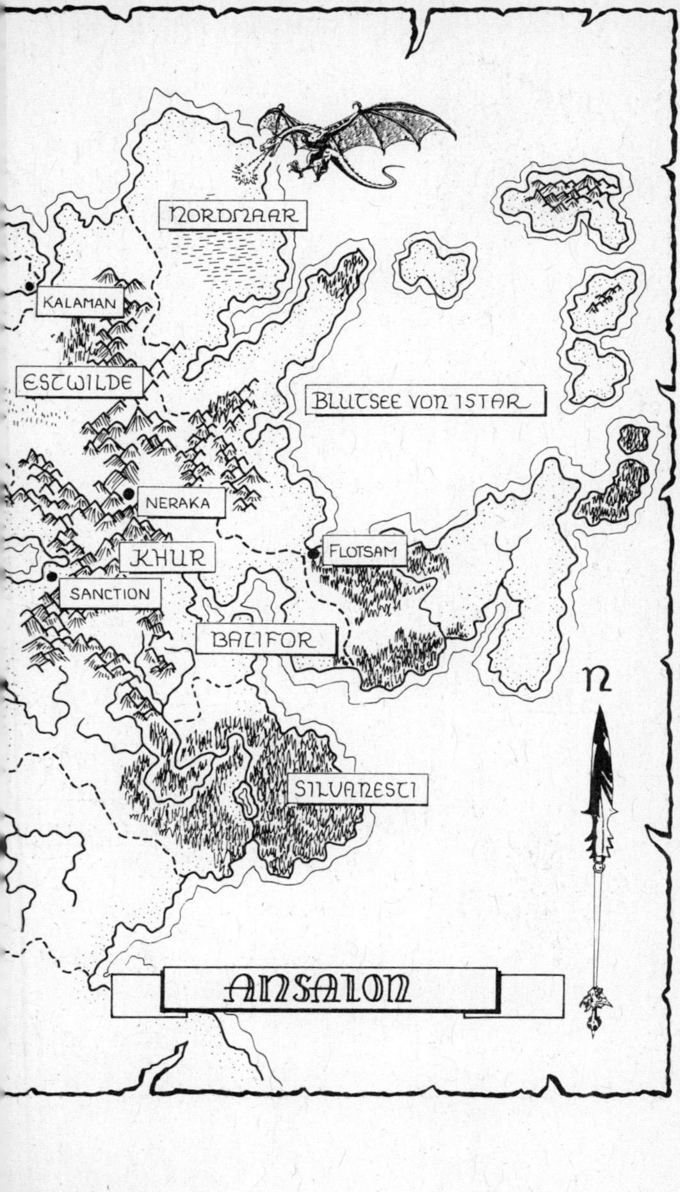

NORDMAAR
KALAMAN
ESTWILDE
BLUTSEE VON ISTAR
NERAKA
FLOTSAM
KHUR
SANCTION
BALIFOR
SILVANESTI
N
ANSALON

Die Prüfung der Zwillinge

Margaret Weis

Der Magier und sein Bruder ritten durch die Nebel zu dem geheimen Ort.

»Wir hätten nicht herkommen sollen«, murrte Caramon. Seine große, kräftige Hand ruhte auf dem Knauf seines gigantischen Schwertes, und seine Augen suchten jeden Schatten zu durchdringen. »Ich war schon an vielen gefährlichen Orten, aber nichts kam dem hier gleich.«

Raistlin schaute sich um. Er bemerkte dunkle, verzerrte Schatten und hörte seltsame Geräusche.

»Sie werden uns nicht behelligen, Bruder«, erwiderte er sanft. »Wir wurden eingeladen. Es sind Wächter, die nur die Unerwünschten fernhalten.« Trotzdem zog er seine roten Roben enger um seinen schmächtigen Körper und lenkte sein Pferd näher zu Caramon.

»Magier haben uns eingeladen... und denen traue ich nie«, knurrte Caramon.

Raistlin warf ihm einen schnellen Blick zu. »Schließt mich das auch ein, teurer Bruder?« fragte er sanft.

Caramon gab keine Antwort.

Obgleich sie Zwillinge waren, hätten nie zwei Brüder verschiedener sein können. Raistlin, der zerbrechliche und kränkliche Magier und Gelehrte, grübelte häufig über diese Verschiedenheit nach. Gemeinsam erst waren sie eine ganze Person, die jedoch in zwei gespalten war: Caramon der Körper, Raistlin der Geist. Und als solches brauchten sie sich gegenseitig und waren voneinander abhängiger, als es bei anderen Brüdern der Fall war. Aber auf eine Art war diese Abhängigkeit nicht gut, denn es hatte den Anschein, als ob jeder von ihnen ohne den anderen unvollständig wäre. Zumindest kam es Raistlin so vor. Er nahm es den Göttern bitter übel, die ihm diesen gemeinen Streich gespielt hatten, ihn mit einem derart schwächlichen Körper zu verfluchen, da er sich doch so sehr die Überlegenheit über andere herbeisehnte. Er war dankbar, daß ihm zumindest die Fähigkeiten eines Magiers gewährt worden waren. Sie verliehen ihm die Kraft, nach der er sich so sehr sehnte. Diese Fähigkeiten machten ihn seinem Bruder beinahe ebenbürtig.

Caramon – stark und muskulös, ein geborener Kämpfer – lachte stets, wann immer Raistlin auf ihre Verschiedenheit zu sprechen kam. Caramon genoß es, der Beschützer seines »kleinen« Bruders zu sein. Aber so sehr Caramon seinen Bruder liebte, so sehr bemitleidete er ihn wegen seiner Schwäche. Unglücklicherweise hatte Caramon eine Neigung, seine brüderliche Sorge auf unbesonnene Weise auszudrücken. Häufig zeigte er dies Mitleid, er begriff nie, daß sein Verhalten wie ein Messer war, das sich in die Seele seines Bruders bohrte.

Caramon bewunderte die magischen Fähigkeiten seines Bruders, so wie man einen Jahrmarktjongleur bewundert. Er nahm seine Begabung weder ernst, noch respektierte er sie. Caramon war noch nie einem Mann oder einem Ungeheuer begegnet, mit dem er nicht mit seinem Schwert fertig geworden wäre. Folglich hatte er kein Verständnis für diese gefährliche Reise, die sein Bruder um seiner Magie willen unternehmen wollte.

»Es sind doch nur Salonspielereien, Raist«, protestierte Caramon. »Es ist unsinnig, dafür durch dieses gottverlassene Land zu reisen und sein Leben aufs Spiel zu setzen.«

Raistlin erwiderte voller Sanftmut – er sprach immer im sanften Ton zu Caramon –, daß er sich aus eigenen Gründen, die ihm wichtig wären, zu diesem Schritt entschlossen hätte und daß Caramon mitkommen könnte, wenn er wolle. Natürlich begleitete Caramon ihn. Die zwei waren seit ihrer Geburt selten voneinander getrennt gewesen.

Die Reise war lang und gefährlich. Caramon mußte häufig sein Schwert ziehen. Raistlin spürte, daß seine Kräfte nachließen. Aber jetzt hatten sie ihr Ziel fast erreicht. Raistlin saß schweigend auf seinem Pferd, bedrückt von Zweifeln und Ängsten, die ihn einhüllten, so wie es von Anfang an der Fall gewesen war, als er sich zu diesem Schritt entschieden hatte. Vielleicht hatte Caramon recht, vielleicht setzte er ihr Leben sinnlos aufs Spiel.

Drei Monate zuvor hatte das Oberhaupt des Ordens seinem Meister einen Besuch abgestattet. Par-Salian hatte Raistlin beim Festmahl aufgefordert, ihn aufzusuchen – zur großen Verwunderung des Meisters.

»Wann willst du dich denn der Prüfung unterziehen, Raistlin?« fragte der alte Mann den jungen Zauberer.

»Prüfung?« wiederholte Raistlin überrascht. Es bestand jedoch keine Notwendigkeit zu fragen, um welche Prüfung es sich handelte – es gab nur eine.

»Er ist noch nicht bereit, Par-Salian«, erhob sein Meister Einspruch. »Er ist jung – erst einundzwanzig! Sein Zauberbuch ist bei weitem noch nicht voll…«

»Mag sein«, unterbrach ihn Par-Salian, und seine Augen verengten sich. »Aber du glaubst, daß du schon bereit bist, nicht wahr, Raistlin?«

Raistlin hielt seine Augen in angemessener Demut gesenkt und die Kapuze über sein Gesicht gezogen. Plötzlich zog er sie jedoch zurück und hob seinen Kopf. Offen und stolz starrte er Par-Salian an. »Ich bin bereit, o Großer«, antwortete Raistlin unverfroren.

Par-Salian nickte, und seine Augen glitzerten. »Beginne deine Reise in drei Monaten«, sagte der alte Mann. Dann widmete er sich wieder seinem Fisch.

Der Meister warf Raistlin einen zornigen Blick zu, der ihn für seine Unverschämtheit tadeln sollte. Par-Salian sah nicht wieder zu ihm auf. Der junge Zauberer verbeugte sich und ging ohne ein weiteres Wort.

Ein Diener führte ihn hinaus; Raistlin glitt jedoch durch die unverschlossene Tür zurück und warf einen Schlafzauber über den Diener. Dann stellte er sich in eine Nische, wo er heimlich der Unterhaltung zwischen seinem Meister und Par-Salian lauschen konnte.

»Der Orden hat noch niemals einen so jungen Zauberer geprüft«, sagte der Meister. »Und du wählst ihn aus! Von all meinen Schülern ist er der unwürdigste. Ich verstehe das einfach nicht.«

»Du magst ihn nicht, oder?« fragte Par-Salian mild.

»Niemand mag ihn«, gab der Meister ärgerlich zurück. »Er ist ohne Mitgefühl, ohne Menschlichkeit. Er ist gierig und unersättlich, ihm ist schwer zu vertrauen. Weißt du, daß sein Spitzname bei den anderen Schülern ›der Verschlagene‹ ist? Er verschlingt die Seelen von allen und gibt nichts von sich zurück. Seine Augen sind wie Spiegel; alles was er ansieht, spiegelt sich kalt und spröde in ihnen wider.«

»Er ist hochintelligent«, warf Par-Salian ein.

»Oh, das läßt sich keineswegs leugnen.« Der Meister rümpfte die Nase. »Er ist mein bester Schüler. Und er hat eine natürliche Begabung zur Magie. Er ist keinesfalls einer von diesen oberflächlichen Anwendern.«

»Ja«, stimmte Par-Salian zu. »Raistlins Magie rührt aus seinem Innersten.«

»Aber sie stammt aus einer dunklen Quelle«, entgegnete der Meister kopfschüttelnd. »Wenn ich ihn manchmal betrachte, fange ich an zu frösteln, denn ich sehe ihn in den Schwarzen Roben. Ich fürchte, das wird sein Schicksal sein.«

»Das glaube ich nicht«, gab Par-Salian nachdenklich zurück. »In ihm steckt mehr, als du siehst, wenn ich auch zugeben muß, daß er es sehr gut verbirgt. Ich wette, in ihm steckt sogar mehr, als ihm heute bewußt ist.«

»Mmmmm.« Der Meister klang recht zweifelnd.

Raistlin lächelte in sich hinein; es war ein verzerrtes Lächeln. Die wahre Meinung seines Meisters überraschte ihn nicht. Raistlin grinste höhnisch. Wen kümmert das schon, fragte er sich bitter. Und was die Worte Par-Salians betraf – Raistlin tat sie mit einem Achselzucken ab.

»Was ist mit seinem Bruder?« fragte Par-Salian.

Raistlin, der sein Ohr gegen die Tür gepreßt hatte, runzelte die Stirn.

»Oh, der!« Jetzt wurde der Meister überschwenglich. »Tag und Nacht. Caramon ist gutaussehend, ehrenhaft, vertrauenswürdig. Er ist jedermanns Freund. Sie haben eine seltsame Beziehung. Ich habe erlebt, wie Raistlin Caramon mit einer heftigen, brennenden Liebe in seinen Augen betrachtet. Und im nächsten Moment habe ich einen solchen Haß und eine solche Eifersucht gesehen, daß ich den Eindruck hatte, der junge Mann könnte seinen Zwillingsbruder umbringen, ohne auch nur einen einzigen Gedanken an ihn zu verschwenden.« Er hustete entschuldigend. »Ich möchte dir lieber Algenon schicken, o Großer. Er ist zwar nicht so intelligent wie Raistlin, aber sein Herz ist aufrichtig und gut.«

»Algenon ist *zu* gut«, knurrte Par-Salian. »Er hat niemals Qual oder Leid oder Böses erfahren. Setz ihn einem kalten, beißenden Wind aus, und er wird verwelken wie die erste Rose in ihrer jungen Blüte. Aber Raistlin – nur einer, der ständig gegen das Böse in sich kämpft, wird durch das äußere Böse nicht allzusehr in Schrecken versetzt werden.«

Raistlin hörte das Scharren von Stühlen. Par-Salian erhob sich.

»Laß uns nicht streiten. Mir wurde aufgetragen, eine Entscheidung zu treffen, und ich habe sie getroffen«, sagte Par-Salian.

»Verzeih mir, o Großer, es war nicht meine Absicht, dir zu widersprechen«, sagte der Meister. Er klang steif und verletzt.

Raistlin hörte Par-Salian erschöpft aufseufzen. »Ich bin derjenige, der sich entschuldigen sollte, alter Freund«, sagte er. »Verzeih mir. Stürme kommen auf uns zu, die vielleicht den Untergang der Welt zur Folge haben werden. Diese Entscheidung ist eine schwere Bürde für mich. Wie du weißt, kann die Prüfung für den jungen Mann tödlich sein.«

»Sie hat schon andere getötet, die würdiger waren«, murmelte der Meister.

Als sich ihre Unterhaltung anderen Themen zuwandte, schlich sich Raistlin davon.

In den darauffolgenden Wochen hatte der junge Magier häufig über Par-Salians Worte nachgedacht, während er sich auf seine

Reise vorbereitete. Manchmal umarmte er sich selber vor Stolz, daß er von dem Großen auserwählt worden war, sich der Prüfung zu unterziehen – die größte Ehre, die einem Magier zuteil werden kann. Aber in den Nächten wurde er in seinen Träumen von den Worten *kann sich als tödlich erweisen* heimgesucht.

Während sie jetzt den Türmen immer näher kamen, dachte er über jene nach, die nicht überlebt hatten. Ihre Habseligkeiten waren ohne eine weitere Erklärung (außer der Beileidsbezeugung von Par-Salian) ihren Familien zurückgeschickt worden. Aus diesem Grunde unterzogen sich viele Magier gar nicht erst dieser Prüfung. Schließlich verlieh sie keine zusätzlichen Kräfte. Sie ergänzte auch nicht das Zauberbuch durch neue Zaubersprüche. Man konnte Magie auch ohne sie ausüben, und viele taten das. Aber sie wurden dann von ihresgleichen nicht als »echte« Zauberkundige angesehen, das war ebenfalls allen bewußt. Die Prüfung verlieh einem Magier eine besondere Ausstrahlung. Wenn man sich zu anderen gesellte, wurde diese Ausstrahlung von allen intensiv wahrgenommen, und so rief sie Respekt hervor.

Raistlin wünschte sich insbrünstig diesen Respekt. Aber strebte er so sehr danach, um zum Sterben bereit zu sein, wenn er versuchte diesen Respekt zu erlangen?

»Dort ist es!« unterbrach Caramon seine Gedanken und zügelte sein Pferd.

»Die legendären Türme der Erzmagier«, sagte Raistlin und musterte sie ehrfürchtig.

Die drei hohen Steintürme glichen Skelettfingern, die sich aus einem Grab emporstrecken.

»Wir können immer noch umkehren«, krächzte Caramon mit heiserer Stimme.

Raistlin sah seinen Bruder erstaunt an. Zum ersten Mal, seit er sich erinnern konnte, erlebte Raistlin, daß Caramon Angst hatte. Der junge Zauberer empfand eine ungewöhnliche Gefühlsregung – Wärme breitete sich in ihm aus. Er streckte seine Hand aus und legte sie auf den bebenden Arm seines Bruders. »Hab keine Angst«, sagte Raistlin. »Ich bin bei dir.«

Caramon sah Raistlin an und lachte nervös auf. Dann spornte er sein Pferd wieder an.

Die Brüder betraten die Türme. Sie wurden von gewaltigen Steinmauern und Dunkelheit verschluckt, dann ertönte eine Stimme: »Kommt näher.«

Die zwei setzten ihren Weg fort. Raistlin ging mit festem Schritt, aber Caramon bewegte sich wachsam, eine Hand lag ständig am Knauf seines Schwertes. Sie blieben vor einer verhutzelten Gestalt stehen, die in der Mitte einer kalten, leeren Kammer saß.

»Willkommen, Raistlin«, begrüßte ihn Par-Salian. »Hältst du dich für vorbereitet, dich deiner Abschlußprüfung zu unterziehen?«

»Ja, Par-Salian, Größter von allen.«

Par-Salian musterte den jungen Mann, der vor ihm stand. Die blassen, schmalen Wangen des Zauberers waren mit einem hellen Rot überzogen, als ob Fieber in seinem Blut glühte. »Wer begleitet dich?« fragte Par-Salian.

»Mein Zwillingsbruder Caramon, großer Magier.« Raistlins Mund verzerrte sich in einem wütenden Knurren. »Wie du siehst, o Großer, bin ich kein Krieger. Mein Bruder hat mich zu meinem Schutz begleitet.«

Par-Salian starrte die Brüder an und sinnierte über den merkwürdigen Humor der Götter. *Zwillinge! Dieser Caramon ist ein Riese. Zwei Meter groß, er muß über hundert Kilo wiegen. Sein*

Gesicht – ein Gesicht, das stets zu einem Lächeln und ausgelassenem Lachen bereit ist; die Augen sind so offen wie sein Herz. Armer Raistlin.

Par-Salian richtete seinen Blick wieder auf den jungen Mann, dessen rote Roben von dünnen, gebeugten Schultern hingen. Angesichts seiner Schwäche war Raistlin jemand, der niemals einfach nehmen konnte, was er wollte, und folglich hatte er vor langer Zeit angefangen, mit der Magie seine Unzulänglichkeiten auszugleichen. Par-Salian betrachtete eingehend seine Augen. Nein, sie waren keine Spiegel, wie der Meister erklärt hatte – jedenfalls nicht für jene, die die Kraft besaßen, tief zu sehen. In dem jungen Mann steckte Gutes – ein verborgener Kern voll Stärke, mit der dieser zerbrechliche Körper befähigt wäre, viel zu erdulden. Aber seine Seele war eine kalte, formlose Masse, finster, weil sie voll war mit Stolz, Gier und Egoismus. So wie eine formlose Masse Metall in glühendheißes Feuer getaucht wird und als glänzender Stahl zum Vorschein kommt, wollte Par-Salian diesen Zauberer schmieden.

»Dein Bruder kann nicht bleiben«, wies der Magier Raistlin sanft hin.

»Dessen bin ich mir bewußt, o Großer«, erwiderte der mit einer Spur Ungeduld.

»Man wird sich während deiner Abwesenheit um ihn kümmern«, fuhr Par-Salian fort. »Und natürlich wird ihm erlaubt sein, deine Besitztümer nach Hause zu nehmen, sollte die Prüfung deine Fähigkeiten übersteigen.«

»Nach Hause nehmen… Besitztümer…« Caramons Gesicht wurde grimmig, als er über diese Bemerkung nachdachte. Dann verdunkelte es sich, als er plötzlich die volle Bedeutung der Worte des alten Magiers verstand. »Du meinst…«

Raistlins Stimme unterbrach seine Gedanken. Sie klang

scharf und kalt. »Er meint, teurer Bruder, daß du im Falle meines Todes meine Habseligkeiten mitnehmen kannst.«

Par-Salian zuckte die Schultern. »Versagen bedeutet immer den Tod.«

»Ja, das stimmt. Ich hatte vergessen, daß der Tod eine Folge dieses… Rituals sein kann.« Caramons Stirn legte sich in angstvolle Falten. Er legte eine Hand auf die Schulter seines Bruders. »Ich finde, du solltest das Ganze vergessen, Raist. Laß uns lieber nach Hause gehen.«

Raistlin zuckte bei der Berührung seines Bruders zusammen. Sein schmaler Körper erbebte. »Habe ich dir je geraten, von einer Schlacht abzusehen?« brauste er auf. Dann beherrschte er seinen Zorn und fuhr ruhiger fort. »Das ist jetzt meine Schlacht, Caramon. Mach dir keine Sorgen. Ich werde nicht versagen.«

Caramon flehte: »Bitte, Raist… Ich soll mich doch um dich kümmern…«

»Laß mich in Ruhe!« Raistlins Beherrschung bekam einen Riß, splitterte, verletzte seinen Bruder.

Caramon wich zurück. »In Ordnung«, murmelte er. »Ich werde… ich werde… draußen auf dich warten.« Er warf dem alten Magier einen drohenden Blick zu. Dann drehte er sich um und ging aus dem Zimmer. Sein großes Schwert klirrte an seinem Oberschenkel.

Eine Tür schlug zu, dann herrschte Ruhe.

»Ich entschuldige mich für meinen Bruder«, sagte Raistlin; seine Lippen bewegten sich kaum.

»Wirklich?« fragte Par-Salian. »Warum?«

Der junge Mann blickte finster vor sich hin. »Weil er immer… Oh, können wir nicht einfach fortfahren?« Seine Hände ballten sich unter den Ärmeln seiner Robe zu Fäusten.

»Natürlich«, erwiderte der Magier und lehnte sich in seinem

Stuhl zurück. Raistlin stand aufrecht da. Seine Augen waren offen und blickten unerschrocken. Dann holte er tief Atem.

Der Magier machte eine Handbewegung. Ein entsetzlicher Knall folgte. Und plötzlich war der alte Zauberer verschwunden.

Eine Stimme fragte aus der Unterwelt. »Warum müssen wir diesen denn so hart prüfen?«

Par-Salians zusammengelegte Hände ballten sich zusammen und öffneten sich wieder. »Wer stellt hier die Götter in Frage?« Er runzelte die Stirn. »Sie haben ein Schwert gefordert. Ich habe eins gefunden, aber sein Metall ist weißglühend. Es muß gehämmert werden... gehärtet werden... nutzbar gemacht werden.«

»Und wenn es zerbricht?«

»Dann werden wir die Splitter begraben«, murmelte der Magier.

Raistlin riß sich von der Leiche des Dunkelelfen los. Verwundet und erschöpft schleppte er sich in den düsteren Korridor und sackte gegen eine Wand. Er krümmte sich vor Schmerzen. Er preßte die Hände gegen seinen Bauch und würgte. Als der Krampf nachließ, legte er sich auf den Steinboden und wartete auf den Tod.

Warum machen sie das mit mir? fragte er sich durch den verschwommenen Schleier all der Schmerzen. Er hatte sich als blutjunger Zauberer Prüfungen unterworfen, die von den berühmtesten Magiern ersonnen worden waren – von lebenden und toten. Die Notwendigkeit, daß er diese Prüfungen bestehen mußte, war nicht mehr sein Hauptgedanke: Er fragte sich nur noch, wie er überleben konnte. Jeder Prüfungsabschnitt hatte ihn verwundet, und seine Gesundheit hatte schon immer Anlaß zur Sorge gegeben. Wenn er diese Tortur überlebte – und das bezweifelte er inzwischen –, würde sein Körper höchstwahrscheinlich sein wie ein gesprungener Kristall, nur zusammengehalten durch die Kraft seines Willens.

Aber dann würde natürlich Caramon da sein und sich um ihn kümmern – wie immer.

Ha! Der Gedanke durchbohrte die Schleier und ließ Raistlin sogar barsch auflachen. Nein, der Tod war einem Leben in Abhängigkeit von seinem Bruder vorzuziehen. Raistlin legte sich auf den Steinboden zurück und fragte sich, wie lange sie ihn noch leiden lassen würden...

...Und dann tauchte eine riesenhafte Gestalt plötzlich aus dem Nichts auf und erhob sich in dem finsteren Korridor.

Das ist sie, dachte Raistlin, *meine letzte Prüfung. Diejenige, die ich nicht überleben werde.*

Er beschloß, einfach nicht mehr zu kämpfen, obwohl er noch einen Zauberspruch übrig hatte. Vielleicht würde dann der Tod schnell und gnädig erfolgen.

Er lag auf dem Rücken und starrte auf den dunklen Schatten, der immer näher kam. Schließlich stand er neben ihm. Er konnte seine Gegenwart spüren und seinen Atem hören. Er beugte sich über ihn. Unwillkürlich schloß er die Augen.

»Raist?«

Er spürte kühle Finger, die sein glühendes Fleisch berührten.

»Raist!« Die Stimme schluchzte. »Im Namen der Götter, was haben sie mit dir gemacht?«

»Caramon«, flüsterte Raistlin, aber er konnte seine eigene Stimme nicht hören. Seine Kehle war vom Husten ganz rauh.

»Ich hol' dich hier heraus«, verkündete sein Bruder entschlossen.

Raistlin spürte, wie Caramons starke Arme unter seinen Körper glitten. Er roch den vertrauten Geruch von Schweiß und Leder, er hörte das vertraute Geräusch der knirschenden Rüstung und das Klirren des Breitschwerts.

»Nein!« Raistlin stieß sich mit einer schwachen, zerbrechlichen Hand von der kräftigen Brust seines Bruders ab. »Laß mich in Ruhe, Caramon! Meine Prüfungen sind noch nicht beendet! Laß mich allein!« Seine Stimme war ein unhörbares Krächzen, dann würgte er heftig.

Caramon hob ihn mühelos auf und bettete ihn in seine Arme. »Das ist es einfach nicht wert. Ruh dich aus, Raist.« Der große Mann bebte. Als sie unter einer flackernden Fackel vorbeikamen, konnte Raistlin auf den Wangen seines Bruders Tränen sehen. Er unternahm einen letzten Versuch.

»Sie werden uns nicht gehen lassen, Caramon!« Er hob seinen Kopf und japste nach Luft. »Du bringst dich nur selbst in Gefahr!«

»Laß sie nur kommen«, erwiderte Caramon grimmig und ging mit festen Schritten in dem schwach beleuchteten Korridor weiter.

Raistlin sank hilflos zurück. Sein Kopf ruhte an Caramons Schulter. Er fand zwar Trost in der Stärke seines Bruders, aber trotzdem verfluchte er ihn insgeheim.

Du Narr! Raistlin schloß erschöpft seine Augen. *Du großer, dickköpfiger Narr! Jetzt werden wir beide sterben. Und du wirst natürlich ausgerechnet bei dem Versuch sterben, mich zu beschützen. Selbst im Tod werde ich dir verpflichtet sein!*

»Ah...«

Raistlin hörte und spürte, wie sein Bruder einen tiefen Atemzug tat. Caramon hatte seine Schritte verlangsamt. Raistlin hob den Kopf und spähte nach vorne.

»Eine Geistererscheinung«, keuchte er.

»Mmmm...« Caramon knurrte tief in seiner Brust – sein Schlachtruf.

»Meine Magie kann sie zerstören«, protestierte Raistlin, als Caramon ihn sanft auf den Steinboden legte. *Brennende Hände,* dachte Raistlin grimmig. Ein erbärmlicher Zauber gegen eine Geistererscheinung, aber er mußte es versuchen. »Geh beiseite, Caramon! Ich habe noch genügend Kraft.«

Caramon antwortete nicht und ging auf die Geistererscheinung zu. Dabei versperrte er Raistlin die Sicht.

Indem er sich an die Wand klammerte, zog sich der Zauberer zentimeterweise hoch und hob seine Hand. Gerade als er seine Kraft mit einem letzten Schrei verbrauchen wollte, wodurch er hoffte, seinen Bruder aufzuhalten, hielt er inne und starrte ungläubig nach vorne. Caramon streckte seine Hand hoch. Wo er zuvor ein Schwert gehalten hatte, hielt er jetzt einen Stab aus Bernstein. In der anderen Hand, seiner Schildhand, war nur ein Stück Fell. Er rieb beides gegeneinander, murmelte einen Spruch – und ein Blitz zuckte auf, der in die Brust der Geistererscheinung einschlug. Sie kreischte auf, schritt aber weiter mit der Absicht, Caramons Lebensenergie aufzusaugen. Caramon ließ seine Hände erhoben. Er sprach noch einen Zauber. Ein weiterer Blitz zuckte und traf die Geistererscheinung am Kopf. Und plötzlich war nichts mehr da.

»Jetzt laß uns hier verschwinden«, sagte Caramon zufrieden. Der Stab und das Stück Fell waren verschwunden. Er wandte sich um. »Die Tür ist direkt da vorne...«

»Wie hast du das geschafft?« fragte Raistlin und stützte sich an der Wand ab.

Caramon hielt inne. Der wilde, wahnsinnige Ausdruck im Blick seines Bruders beunruhigte ihn.

»Was geschafft?« Der Krieger blinzelte.

»Die Magie!« kreischte Raistlin zornerfüllt. »Die Magie!«

»Ach das.« Caramon zuckte die Achseln. »Das habe ich schon immer gekonnt. Aber die meiste Zeit habe ich es nicht nötig gehabt, weil ich alles mit meinem Schwert erledige, aber du bist wirklich schwer verletzt, und ich muß dich hier herausbringen. Ich wollte keine Zeit verschwenden, mit diesem Typ zu kämpfen. Mach dir keine Gedanken darüber, Raist. Das alles kann übrigens ruhig deine kleine Spezialität bleiben. Wie ich bereits sagte, habe ich es die meiste Zeit nicht nötig.«

Das ist unmöglich, sagte sich Raistlin. *Er kann einfach nicht in einem Moment alles erworben haben, wozu ich jahrelanges Studium benötigt habe. Das ergibt keinen Sinn. Kämpfe gegen die Übelkeit und gegen die Schwäche und den Schmerz! Denke logisch!* Aber es war nicht der körperliche Schmerz, der Raistlins Verstand umnebelte. Es war der alte, innere Schmerz, der an ihm nagte und ihn mit vergifteten Krallen zerriß. Caramon, stark und fröhlich, gut und freundlich, offen und ehrlich. Jedermanns Freund.

Nicht so wie Raistlin – der lächerliche Wicht, der Verschlagene.

Alles, was ich je besessen habe, war meine Magie, schrie es *unaufhörlich in ihm. Und jetzt hat er sie auch!*

Zur Unterstützung lehnte Raistlin sich gegen die Wand, hob beide Hände, legte die Daumen zusammen und zeigte mit ihnen auf Caramon. Er begann magische Worte zu murmeln, aber es waren keine Worte, wie Caramon sie gesprochen hatte.

»Raist?« Caramon zog sich langsam zurück. »Was machst du da? Nun komm schon! Laß mich dir helfen. Ich kümmere mich um dich – so wie immer... Raist! Ich bin dein Bruder!«

Raistlins trockene Lippen öffneten sich zu einem Grinsen.

Haß und Eifersucht – seit langem in Wallung und flüssig unter einer Schicht kalten, festen Steins gehalten – brachen hervor. Die Magie jagte durch seinen Körper und flammte aus seinen Händen hervor. Er beobachtete, wie das Feuer flackerte, wie es einen Ring bildete und Caramon einzingelte. Als der Krieger eine lebende Fackel geworden war, erkannte Raistlin durch seine Ausbildung auf einmal, daß einfach nicht möglich sein konnte, was er gesehen hatte. In dem Moment, wo er erkannte, daß etwas nicht stimmen konnte, verschwand das Bild von seinem brennenden Bruder. Einen Augenblick später verlor Raistlin das Bewußtsein und sank zu Boden.

»Wach auf, Raistlin, deine Prüfungen sind vollendet.«

Raistlin schlug die Augen auf. Die Dunkelheit war verschwunden; Sonnenschein strömte durch ein Fenster. Er lag in einem Bett, und das verwelkte Gesicht Par-Salians schaute auf ihn herab.

»Warum?« krächzte Raistlin und griff voller Zorn nach dem Magier. »Warum hast du mir das angetan?«

Par-Salian legte seine Hand auf die Schulter des zerbrechlichen, jungen Mannes. »Die Götter haben ein Schwert verlangt, Raistlin, und jetzt kann ich ihnen eins geben – dich. Das Böse wird über dieses Land kommen. Die Zukunft der ganzen Welt, die Krynn genannt wird, gerät aus dem Gleichgewicht. Mit deiner Hilfe und der von anderen kann das Gleichgewicht wiederhergestellt werden.«

Raistlin starrte ihn an, dann lachte er kurz und bitter auf. »Krynn retten? Wie? Du hast meinen Körper zerstört. Ich kann nicht einmal richtig sehen!« Er sah entsetzt auf.

...Denn er konnte beobachten, wie das Gesicht des Magiers allmählich starb. Als er seinen Blick auf das Fenster richtete, zerbröckelten die Steine vor seinen Augen. Wo immer er auch hinschaute: alles verfiel und verdarb. Nach einem Moment klärte sich sein Sichtfeld wieder.

Par-Salian reichte ihm einen Spiegel. Raistlin sah, daß sein Gesicht eingefallen und hohl war. Seine Haut hatte eine goldene, leicht metallische Farbe angenommen; sie würde der Beweis der Leiden sein, die er durchgestanden hatte. Aber es waren seine Augen, die ihn vor Entsetzen zusammenzucken ließen, denn die schwarzen Pupillen waren nicht mehr rund – sie hatten die Form von Stundengläsern!

»Du siehst jetzt durch Stundenglasaugen, Raistlin. Und daher siehst du auch, wie die Zeit alle Dinge verändert. Du siehst den Tod, wann immer du Leben betrachtest. Auf diese Weise wird dir immer bewußt bleiben, wie kurz die Zeitspanne ist, die wir in der Welt verbringen.« Par-Salian schüttelte den Kopf. »In deinem Leben wird es keine Freude geben, Raistlin, fürchte ich – in der Tat, wenig Freude für jeden, der auf Krynn lebt.«

Raistlin legte den Spiegel beiseite. »Mein Bruder?« fragte er mit einer Stimme, die kaum mehr als ein Wispern war.

»Es war eine Illusion, die ich geschaffen hatte – meine persönliche Herausforderung an dich, daß du tiefer in dein eigenes Herz schaust und die Weise untersuchst, wie du mit denen, die dir nahestehen, umgehst«, erklärte Par-Salian sanft. »Was deinen Bruder angeht, er ist hier, sicher... ziemlich sicher. Da kommt er.«

Als Caramon den Raum betrat, setzte sich Raistlin auf, schob Par-Salian beiseite. Der Krieger schien erleichtert zu sein, daß sein Bruder genügend Kraft hatte, ihn zu begrüßen, aber in Caramons Augen spiegelte sich auch eine Traurigkeit, die aus der Kenntnis einer unangenehmen Wahrheit rührte.

»Ich hätte nie gedacht, daß du die Illusion als das erkennen könntest, was sie war«, sagte Par-Salian. »Aber das hast du; immerhin, welcher Zauberkundige kann Zaubersprüche werfen und dabei Schwert und Rüstung tragen?«

»Dann habe ich nicht versagt?« murmelte Raistlin heiser.

»Nein.« Par-Salian lächelte. »Der letzte Abschnitt deiner Prüfung war die Niederlage des Dunkelelfen – wahrhaft hervorragend für jemand mit deiner geringen Erfahrung.«

Raistlin sah auf das gehetzte Gesicht seines Bruders und seine abgewandten Augen. »Er hat beobachtet, wie ich ihn tötete, nicht wahr?« wisperte Raistlin.

»Ja.« Par-Salian sah von einem zum anderen. »Es tut mir leid, aber das mußte ich dir antun, Raistlin. Du mußt viel lernen, Magier – Gnade, Mitgefühl, Ahnungen. Es ist meine Hoffnung, daß die Prüfungen, die vor dir liegen, dich lehren werden, woran es dir jetzt mangelt. Wenn nicht, wirst du am Ende dem Schicksal erliegen, das dein Meister vorausgesagt hat. Aber was das Jetzt betrifft, kennt ihr euch jetzt, du und dein Bruder, wahrhaftig. Die Schranken zwischen euch sind niedergeschlagen worden, obwohl ich befürchte, daß jeder von euch Wunden bei dieser Begegnung davongetragen hat.«

Par-Salian erhob sich, um aufzubrechen. »Verwende deine Kräfte gut, Magier. Die Zeit naht, daß du mit deiner Stärke die Welt retten mußt.«

Raistlin neigte seinen Kopf und saß schweigend da, bis Par-Salian den Raum verlassen hatte. Dann richtete er sich auf. Er taumelte und stürzte fast.

Caramon sprang nach vorne, um ihm zu helfen, aber Raistlin stützte sich auf einen Holzstab und fing sich selbst wieder. Während er den Schmerz und den Schwindel bekämpfte, der ihn überfiel, trafen Raistlins goldene Augen die seines Bruders. Caramon zögerte… und hielt inne.

Raistlin seufzte. Dann zog sich der junge Magier selbst hoch, gestützt auf den Stab des Magiers, und ging langsam und mit zögernden Schritten aus der Tür hinaus.

Mit gesenktem Kopf folgte ihm sein Zwillingsbruder.

Zeit der Ernte

Nancy Varian Berberick

Flint blickte argwöhnisch auf die Flecken blauen Himmels, die sich durch das Netzwerk der Bäume über ihm zeigten. Goldenes Licht fiel von einer nach Westen ziehenden Herbstsonne schräg herab. Der Gedanke an eine weitere Nacht in diesem düsteren Wald verbesserte seine Laune keineswegs, die ohnehin nach zwei schlaflosen Nächten bereits auf einen Tiefpunkt gesunken war. Das Schlaflied dieses Waldes bestand aus verruchtem Gewisper und angsterfülltem Stöhnen, und die Bäume erinnerten ihn an Skelette. Er erschauerte und ertappte sich dabei, daß er nervös an den Griff seiner Streitaxt klopfte. Irgend etwas stimmte mit diesem Wald nicht, und Gedanken an Solace und an sein Zuhause waren dem alten Zwerg auf dieser Reise noch nie so lieb gewesen wie jetzt.

Der Zwerg funkelte Tanis an. Verdammt sei die neugierige Natur dieses jungen Halb-Elfen! Er hatte vor nicht allzu langer Zeit seine Heimat Qualinesti verlassen. Sollte das bedeuten, daß er sie beide auf der Suche nach Abenteuern auf jeden Trampelpfad führen mußte, der sich ihnen bot? Und war nicht er, Flint Feuerschmied, Zwerg und achtbarer Geschäftsmann, alt genug, um es besser zu wissen?

Flint stieß einen verärgerten Seufzer aus. Vermutlich nicht –

sonst würde er sich jetzt nicht in dieser mißlichen Lage befinden: verloren in einem düsteren Wald, der nicht einmal auf einer seiner Karten eingezeichnet war.

»Hast du die Absicht, noch länger die Erde anzustarren«, knurrte er, »oder können wir uns nach einem Lager umsehen?«

Tanis, der Flint dicht gefolgt war und gerade den wurzeldurchzogenen Boden auf der linken Seite des Weges untersuchte, gab Flint ein Zeichen. »Schau dir das an!«

Das Gebüsch war wie das vom Frost angegriffene Gras seitlich des Pfades verbogen und niedergetrampelt. Die Spuren zeigten, daß hier jemand den Wald betreten hatte. Ein Fetzen brauner Wolle flatterte noch im hakeligen Griff eines Strauches.

»Es sieht aus, als wäre hier jemand durchgegangen«, sagte Flint. »Und zwar erst kürzlich.«

Tanis spähte in die Richtung, die der einsame Wanderer eingeschlagen haben mußte, in den Wald hinein. Die Melodie des Wassers spielte die Begleitung zu dem wispernden Rascheln der Blätter in der kühlen Brise. Aber dann hörte er in der Nähe ein leises Geräusch, als ob jemand heftig nach Luft schnappt – ein unverkennbares Zeichen von Angst.

»Flint?« flüsterte er.

»Ich habe es auch gehört.«

Tanis griff nach seinem Bogen und legte mit den flinken, beinahe geistesabwesenden Bewegungen eines seit Jahren geübten Schützen einen Pfeil auf. Eine Geste und ein Nicken von ihm genügten, um dem alten Zwerg zu signalisieren, er solle ihm leise folgen.

Mit der Geräuschlosigkeit eines Elfen, die der eines gejagten Fuchses gleichkam, verließ Tanis den Pfad und trat in den dunklen Wald.

Dicht nebeneinander wachsende Eichen und Gestrüpp drängten sich zusammen und bildeten eine breite Mauer aus Stämmen und bedrohlichen Schatten. Im Schutz des Waldes bewegte sich Tanis schnell von einem Baum zum anderen. Plötzlich endete der dichte Wuchs der Bäume an einer Lichtung, die mit breitfingrigen, bronzenen Blättern bedeckt war.

Das Mädchen, das sich am Rande der Lichtung niedergekauert hatte, war das verwahrloseste Geschöpf, das Tanis je gesehen hatte. Ihr Haar hatte die Farbe von Espenblättern, die Reif berührt hat, und fiel zerzaust und zottelig auf ihre Schultern und über ihr Gesicht. Es konnte jedoch nicht die zahlreichen Kratzer und Schnitte an ihren Wangen verbergen, Zeichen eines gehetzten Marsches, auf dem sie auf das Gestrüpp nicht geachtet hatte.

Sie konnte nicht älter als siebzehn sein, und das war selbst nach den Maßstäben der kurzlebigen Menschen jung, dachte Tanis. Sie hockte zusammengekrümmt im dichten Schatten einer uralten Eiche und verhielt sich vollkommen still. In ihren blauen Augen lag etwas, das den Halb-Elfen an eine Hirschkuh erinnerte, die einem Jäger in die Falle gegangen ist.

Flint stieß leise einen verblüfften Fluch aus. Als wäre das Flüstern des Zwergs der entscheidende Anstoß gewesen, lief das Mädchen davon.

»Nein, warte!« schrie Tanis. Aber das Mädchen stürzte zwischen die Bäume. Es war offensichtlich zu verängstigt, um noch einen Blick zurückwerfen zu können. Tanis sprang ihr nach und hängte beim Laufen seinen Bogen um und steckte den Pfeil wieder in den Köcher. Hinter sich konnte er Flint hören, der die Richtung zum Fluß eingeschlagen hatte. In einer hohen Eiche über ihnen krächzte heiser ein Rabe und flog geräuschvoll davon.

Tanis holte das Mädchen am Fluß ein. »Fräulein, wartet!«

Doch sie hastete hinunter zu dem mit Moos bewachsenen Ufer. Dort angelangt, fiel sie auf die Knie und tastete am Rande des Wassers nach einem Stein. Ihre Hand zitterte vor Kälte und vor Angst. Trotzdem ergriff sie entschlossen einen großen Stein. Mit ihrer ganzen Kraft, doch nicht gerade treffsicher, schleuderte sie ihn gegen den Halb-Elfen.

Tanis duckte sich und hörte den Stein harmlos im Gebüsch hinter sich landen. Flint brach ein wenig stromaufwärts durch den Wald. Er bewegte sich lautlos entlang des Ufers, nicht weit von dem Mädchen entfernt. Da dessen Aufmerksamkeit immer noch auf Tanis gerichtet war, der jetzt das Ufer in zwei großen Sprüngen erreichte, konnte Flint sie am Ellbogen fassen. Er hielt ihre Arme hinter ihrem Rücken fest und zwang sie stehenzubleiben.

»Das wird wohl reichen, junge Frau«, knurrte er mürrisch. »Wir haben nämlich nicht vor, dir etwas anzutun.«

Die Augen vor Angst weit aufgerissen, sah das Mädchen verstört von dem alten Zwerg zu dem jungen Halb-Elfen. Keuchend wand es sich in Flints Griff. Tanis machte einen weiteren Schritt auf es zu und streckte seine Hände vor, die keine Waffen hielten.

»Er meint es ernst. Wir wollen dir nichts antun. Flint, du kannst sie loslassen.«

»Darüber wäre ich heilfroh – wenn sie nur verspricht, unsere Köpfe nicht mit Steinen einzuschlagen.«

Tanis lächelte das Mädchen an. »Das wird sie versprechen, nicht wahr?«

Sie streckte ihr Kinn vor, und obgleich ihre Lippen bebten, musterte sie Tanis trotzig. »Und was sichert ihr mir zu?«

»Zwei Dinge«, erwiderte Tanis sanft. »Daß keiner von uns

dir etwas antut, und außerdem können wir dir ein warmes Feuer für die Nacht anbieten. Ist das annehmbar?«

In ihrem geflüsterten »Ja« waren Hoffnung und Angst derart vermischt, daß es Tanis merkwürdig anrührte. Im Zwielicht, das sich jetzt über den Wald legte, sah er Tränen in ihren Augen glitzern. Er nahm ihre Hand und half ihr vom Ufer herauf.

Er warf einen schnellen Blick über ihren Kopf hinweg zu Flint, aber der Zwerg zuckte lediglich die Achseln. Doch Tanis wußte, daß sein Freund sich mit derselben Frage beschäftigte wie er: Was machte das Mädchen allein hier in diesem Wald?

Tanis gelang es, zwei fette Hasen zu erlegen, während Flint und das Mädchen ein Lager errichteten. Sie hieß Riana, aber außer ihrem Namen teilte sie ihnen nichts weiter über sich mit. Tanis hoffte, daß sie bereitwilliger erzählen würde, wenn sie sich erst einmal aufgewärmt und etwas gegessen hätte.

Riana schwieg die ganze Zeit, während die Hasen gebraten wurden, wenn ihre Angst auch teilweise zu schwinden schien, als sie Tanis' unbeschwerte Neckereien und Flints mürrische Antworten mitbekam. Beim Essen sprach sie auch nicht, bedankte sich nur dafür und bot sich schließlich an, das Geschirr am Fluß zu spülen.

Tanis horchte, wie sie vorsichtig zum Ufer ging. Ein kalter Wind rauschte durch die Lichtung und ließ die Blätter rascheln und die kahlen Zweige der Bäume gegeneinander reiben und schlagen. Es waren die einzigen Geräusche in einem Wald, der vor dem nahenden Winter in Schweigen gefallen war.

Der Himmel war beim Sonnenuntergang klar gewesen, aber jetzt krochen dichte Wolken vom Norden herauf. Lunitaris karmesinrotes Licht hatte zwar in den vorhergehenden Nächten geleuchtet, doch an diesem Abend würde dies nicht der Fall sein; Solinari, wenn sie ihn sehen konnten, bildete am Himmel lediglich einen schlanken, neuen Bogen. Hinter dem Schein des Feuers kratzten die knorrigen Hände der Bäume am düsteren Himmel. Geisterhafter Nebel trieb zwischen ihren dunklen Stämmen hindurch und tauchte Gras und Unterholz in Dunkelheit.

In Flints Tornister war ein kleiner Beutel, der nichts als Holzklötze enthielt. Tanis lächelte, als er seinen Freund beobachtete, wie er in den Beutel griff und das erstbeste Stück hervorkramte. Der Klotz in der Größe seiner Hand war glatt und weiß und stammte aus dem Mark eines Ahornbaumes. Flints Dolch glänzte im Feuerschein, als er es sich am Feuer bequem machte. In dem Schweigen voller Verbundenheit, das sich über beide legte, verwandelte sich das kleine Stück Holz in einen Hasen, ein Ohr gesenkt und das andere wachsam hochstehend. Die Nüstern des Hasen waren weit geöffnet, als ob er in der frostigen Nachtluft schnuppern würde. Flint benötigte nur noch ein paar Schnitte, als das leise Stöhnen, das sich wie ein Trauerlied anhörte und das sie schon die Nächte zuvor heimgesucht hatte, wieder erscholl.

Tanis erschauerte. »Im Namen der Götter, Flint, warum wandert ein Kind wie sie allein durch diesen elenden Wald?«

Aber noch bevor Flint eine Antwort geben konnte, fiel Rianas Schatten deutlich und schwarz über das Feuer. Ihre Stimme zitterte. »Ich war nicht allein, als ich aufgebrochen bin. Mein Bruder und – und Karel waren bei mir.« Sie stellte das Geschirr zum Trocknen am Feuer ab und setzte sich dann dicht davor, um sich zu wärmen.

Tanis schürte das Feuer und beobachtete, wie die hellen Flammen höher schlugen. »Wo sind die beiden jetzt, Riana?«

Das Mädchen erschauerte und kauerte sich enger in den dürftigen Schutz seines zerrissenen Umgangs. »Ich... ich weiß es nicht. Es geschah vor zwei Nächten. Wir hatten ein Lager weiter nördlich errichtet. Wir waren auf der Rückkehr von unserer Reise nach Haven. Unser Dorf liegt nördlich von hier. Vielleicht kennt ihr es – das Schlängelnde Tal.«

Flint arbeitete an seiner Schnitzerei weiter und sah nicht auf. »Wir kennen es«, bestätigte er ruhig. »Und was geschah mit deinem Bruder und diesem Karel?«

»Unser Lager – wurde angegriffen!« Der Wind gab in den Bäumen einen leisen Klageton von sich. Riana zog ihre Knie hoch und kauerte sich noch näher zur Wärme. »Es wurde angegriffen – von Dingen, Phantomen, Geistern, ich weiß nicht, was das war. Ich weiß nur, daß sie schrecklich waren. Und als Karel sein Schwert durch eines dieser Wesen stieß, starb es nicht. Es lachte nur, und der Klang ließ mein Herz erstarren. Ich habe Karel noch nie so voller Angst gesehen! Und ich kenne ihn mein ganzes Leben lang. Er sah mich an – als ob er mich um Hilfe anflehen würde. Oder als wolle er mir Lebewohl sagen.« Sie hielt inne und schluchzte auf. In ihren großen blauen Augen lagen Trauer und fast wahnsinnige Verzweiflung. »Und dann berührte es ihn. Es nahm seine Hand, und ein anderes Wesen nahm Darin, meinen Bruder, und – und sie waren verschwunden.«

Sie ließ ihr Gesicht auf ihre Knie fallen und wiegte sich in stiller Trauer. Von ihrem Kummer gerührt, legte Tanis einen Arm um sie. Sie lehnte sich zitternd an ihn. In der Stille der finsteren Nacht schien ihnen das Knistern des Feuers fast zu laut.

»Und du hast dich verlaufen, irrst seit Tagen herum?«

»Nein!« Ihre Stimme klang an seiner Schulter gedämpft. Tanis spürte, wie sie sich vor Zorn versteifte. »Ich habe mich nicht verlaufen, ich versuche, sie zu *finden!*«

»Es scheint«, murmelte Flint, der seine Augen noch immer unaufhörlich auf seine Schnitzerei gerichtet hielt, »als ob es auf das gleiche hinauslaufen würde.«

»Es ist nicht das gleiche.« Riana zog sich von Tanis zurück und strich sich über das Haar, das in ihr tränenverschmiertes Gesicht fiel.

»Ich verstehe. Dann hast du vielleicht eine Vorstellung, wohin diese Geister oder Phantome deinen Bruder und seinen Freund gebracht haben?«

»Wenn ich es wüßte, würde ich sofort dorthin gehen.«

»Verlaufen und herumirrend.«

Bevor Riana protestieren konnte, nahm Tanis ihre Hand und brachte Flint mit einem strengen Blick zum Schweigen. »Riana, wie auch immer der Fall liegt, du kannst nicht allein durch diesen Wald laufen. Wir sind auf dem Weg nach Nordosten, nach Solace. Wir würden uns freuen, wenn du uns bis dorthin begleiten würdest.«

»Nein. Ich danke dir. Aber nein. Ich muß meinen Bruder und Karel finden. Hast du denn nicht gehört, was ich gesagt habe?« Sie sah von Tanis zu Flint und verstand plötzlich Flints hartnäckige und strenge Befragung. »Ihr glaubt mir nicht, oder?«

Tanis schüttelte den Kopf. »Nein, Riana, das ist es nicht...«

»Ihr glaubt mir nicht. Was denkt ihr denn? Denkt ihr, ich habe sie umgebracht? Meinen eigenen Bruder und den Mann – der für uns beide unser ganzes Leben lang ein Freund gewesen ist? Oder denkt ihr etwa, daß ich dermaßen übermütig bin, zum Vergnügen allein durch diesen elenden Wald zu laufen?« Ihre Stimme erhob sich scharf in der kalten Dunkelheit. »Mein Bruder und Karel sind *verschwunden!*«

»Riana, wir wollen dir helfen. Komm mit uns nach Solace.«

»Ich muß sie finden, und in Solace werde ich sie nicht finden.« Ihre Stimme wurde bitter und klang vor Enttäuschung kühl und abweisend. »Aber ich danke euch für das Feuer und das Essen heute abend. Morgen früh werde ich mich auf den Weg machen.«

Tanis ergriff wieder ihre Hand, und plötzlich nahm Flint den Gedanken seines Freundes so deutlich wahr wie den Frost in der Nachtluft.

Er wird sich der törichten Suche dieses Mädchens annehmen!

Er beugte sich schnell nach vorn, um Einspruch zu erheben, aber bevor er sprechen konnte, sagte Tanis: »Dann wirst du aber nicht allein gehen, Riana.«

Die Augen des Mädchens leuchteten auf, und ihre Lippen teilten sich zu einem aufrichtigen Lächeln voll Überraschung und Hoffnung. »Du hilfst mir?«

»Dazu habe ich mich entschlossen.«

Flint beobachtete mit verengten Augen, wie sich Riana und Tanis noch eine Weile unterhielten. Er machte keine Anstalten, sich an dem Gespräch zu beteiligen, sondern saß vor dem Feuer und brütete vor sich hin. Als Riana schließlich müde wurde und ihm eine gute Nacht wünschte, antwortete er lediglich mit einem kurzen Nicken.

Nachdem das Mädchen sich in Tanis' Decke eingewickelt hatte und eingeschlafen war, setzte sich Flint auf, immer noch grimmig schweigend.

Aber Tanis sagte nichts. Die Erfahrung hatte ihn gelehrt, daß Schweigen die beste Verteidigung gegen Flints Mißbilligung war. Angesichts der Tatsache, daß er keinen Auslöser fand, um seinem Widerwillen Luft zu machen, würde Flint früher oder später einen Weg finden, Tanis' Schweigen zu brechen. Mit betonter Sorgfalt überprüfte Tanis das Feuer und hob dann die

Pfeile auf, die er für die Hasenjagd verwendet hatte. Die grüngoldenen Federn, die die Pfeile als sein Eigentum kennzeichneten, waren beschädigt. Tanis bearbeitete sie schweigend, bis Flint endlich das Wort ergriff.

»Nun?«

Tanis schaute von seiner Arbeit auf. »Was nun?«

»Für Wortspielereien ist es etwas spät, Tanis«, knurrte Flint. »Was hat dich veranlaßt, diesen Blödsinn mitmachen zu wollen?«

»Was sollen wir denn sonst tun? Sie hier zurücklassen?«

»Wir können sie immer noch nach Solace mitnehmen.«

»Sie wird nicht mitgehen.«

»Woher weißt du das so genau? Du hast ihr nicht hart genug zugesetzt.«

Tanis glättete die steifen Federn an einem Pfeil. »Das schien mir klar und eindeutig genug.«

»Was mir eindeutig und klar erscheint, ist, daß du dich auf eine aussichtslose Aufgabe eingelassen hast. Tanis, wir wissen doch nicht einmal, was an der Geschichte des Mädchens überhaupt wahr ist. Geister? Banditen, würde ich eher sagen. Aber Phantome, die kalten Stahl anlachen?« Der alte Zwerg schüttelte den Kopf. »Entweder lügt das Mädchen, oder sie ist einfach dumm.«

»Nein, Flint. Nichts von beidem.«

»Bist du dir so sicher?«

Tanis war sich eigentlich nicht völlig sicher. Er wußte lediglich, daß ihre Entschlossenheit echt war, weiterzumachen und ihren Bruder und ihren Freund zu finden. Ihre Augen hatten vor Entschlossenheit geglänzt, und in ihren Äußerungen hatte die Leidenschaft einer Person gelegen, der man nicht widersprechen kann. Und obwohl er nicht erklären konnte, was dies Gefühl rechtfertigte, war Tanis überzeugt, daß das Mädchen die Wahrheit gesagt hatte. Er schüttelte den Kopf. Zumindest die Wahrheit, von der sie überzeugt war.

»Ich bin mir sicher, selbst wenn ich es nicht begründen kann. Flint, das Mädchen ist verängstigt. Mit diesem Wald stimmt etwas nicht. Das haben wir doch beide gespürt. Und trotzdem will sie weitersuchen, mit oder ohne Hilfe. Ich kann sie nicht alleine gehen lassen.«

»Ich will gar nicht abstreiten, daß an diesem Ort eine bösartige Atmosphäre herrscht. Ich kann es förmlich riechen, und je weiter nördlich wir reisen, um so stärker wird es. Bursche, du bist noch nicht alt, du magst meinetwegen noch verwegen sein; aber ich bin es.«

Tanis sah von seinem alten Freund zu Riana, die friedlich schlief. Ihr Kopf ruhte in einer Hand, die andere hatte sie zu einer Faust geballt, als ob sie selbst im Schlaf ihren Mut festhielt. Welche Zweifel auch immer über ihre Geschichte bestanden, er wußte genau, daß sie weitermachen würde, und wenn es sein mußte, auch ohne seine Hilfe. Und wahrscheinlich würde sie dann bald umkommen. Das durfte er nicht zulassen.

»Flint, du bist mir zu nichts verpflichtet. Ich möchte zwar nicht alleine gehen, aber ich werde es, wenn es sein muß.«

Rauch stieg vom Feuer auf und bildete zwischen ihnen einen dünnen Schleier. Dennoch konnte Flint die Trauer in den Augen seines Freundes erkennen. Und trotz seiner Einwände wußte er, daß keine Entscheidung zu fällen war. »Nein, ich habe bemerkt, daß du so achtsam warst, mir keine Verpflichtung aufzuerlegen. Obwohl es mich verwundert, daß du denken kannst, ich würde dich alleine gehen lassen.« Er griff nach den Pfeilen, die Tanis auf den Boden gelegt hatte. »Hier, wenn du nicht aufpaßt, wirst du sie an die Flammen verlieren.«

»Dann kommst du also mit?«

Der Wind flüsterte der Nacht verruchte Geheimnisse zu. Das Stöhnen der Bäume, die dem Frost ausgesetzt waren, hätte genausogut das Klagen verlorener Seelen sein können. Flint erschauerte, und die Geschichte des Mädchens über Phantome und Geister fiel ihm wieder ein. »Ich bin von dieser Geistergeschichte des Mädchens zwar nicht überzeugt, aber es liegt für mich auf der Hand, daß ihr bei dieser närrischen Suche jemanden mit gesundem Zwergenverstand nötig haben werdet.«

Tanis dankte ihm ernst und würdevoll; er wußte, daß ein Lächeln jetzt nicht angebracht war.

Auf dem schwarzen Steinbalkon seines Schlosses wandte der alte Magier Gadar sein Gesicht dem kalten Himmel zu. Lunitaris rotes Licht sickerte zwischen den geballten Fäusten karmesinroter Wolken hervor. Schatten trieben über dem Boden. Wie dunkle Atemzüge schlangen sie sich um die grauen Stämme der steif aufgereihten Kiefern und glitten an den Gebirgshängen herab. Ein Nachtfalke, dessen Fänge im aufgehenden Mond aufblitzten, ließ sich aus seinem Nest fallen. Er bewegte sich wie ein Pfeil, der unwiderruflich auf seine Beute zuschießt. Der Hase schrie auf, sein erster und letzter Laut, ein kurzes Lied über sein Leben und der Protest über die Qual des Todes.

In einer Kammer hinter dem Magier, die von einer Fackel und einem Feuer erleuchtet wurde, krächzte ein Rabe, als ob er ihn aufmerksam machen wollte, daß die Zeit verstrich. Gadar wandte seinen Blick vom Gebirge ab und kehrte in die Kammer zurück.

Wieder krächzte der Rabe, richtete grüblerisch seinen Kopf auf und putzte seine Flügel.

»Ich weiß«, murmelte Gadar erschöpft. »Sie könnten Ärger machen. Aber man wird mit ihnen fertig werden.«

Das Putzen hörte auf. Der Rabe wandte seinen Kopf wieder zu dem langen Tisch, der vor dem Kamin stand, und beäugte mit tiefem Mißtrauen die Holztruhe, die mitten darauf stand. Die Truhe, aus feinpoliertem Rosenholz und mit Scharnieren und Riegeln aus Silber versehen, war der einzige Gegenstand, in dem sich nicht das Licht des Feuers spiegelte.

»Ja, ja, mein Freund, du verschwindest am besten, solange du noch kannst.«

Der Vogel zauderte nicht. Er erhob sich ungeschickt, bewegte sich auf das Fenster zu und trieb hinaus in die bitterkalte Nacht.

Als er allein war, machte sich Gadar an der Truhe zu schaffen. Mit überlegten Bewegungen öffnete er den zierlich gearbeiteten Silberriegel und schloß seine Augen. Die Worte des Beschwörungszaubers kamen schnell, erfüllten ihn mit Macht und forderten zugleich von ihm die nötige Willenskraft, um das zu lenken, was er aufrief.

Wisse, wer dich ruft:
Er, der festhält, was du aufgegeben hast.

Er hob den Deckel der Truhe an. Kaum nahm er das seidige Holz unter seinen Fingern wahr und beachtete auch nicht das lautlose Aufspringen der Scharniere. Er schlug seine Augen auf und ließ seinen Blick auf den schweren bernsteinfarbenen Samt fallen, der für den Schatz die Truhe polsterte. Kaltstrahlend, silbern, mit Gold ziseliert, lagen dort die vier mit Juwelen versehenen Schwertgriffe, in der Form eines Kreuzes angeordnet.

Wisse, wer dich führt und lenkt:
Er, der bewahrt, was du verloren hast.

Das Feuer im Kamin schlug hoch und tänzelte und toste wie die hohlen Stimmen vertriebener Geister. Ein Wind, so kalt, als wäre er über Gletscher hinweggefegt, ächzte durch den Raum.

Wisse, wer dich schickt:
Er, der das besitzt, was du verkauft hast.

Schwarz wie die Nacht nahmen die vier Phantome vor dem Magier Gestalt an. Ihre Körper waren lediglich Schatten von dem, was sie einst gewesen waren: lebende Männer. Ihre Augen waren rot wie die Flammen im Kamin, ihre Herzen so leer wie der Winterwind.

»Wo?« fragte der Dunkelste, der am längsten tot war.

»Eine Tagesreise von hier. Ihr solltet in der Lage sein, sie vor der Morgendämmerung zu erreichen. Ein Mädchen, ein Zwerg und ein Halb-Elf.«

»Sie bringen?«

Gadar zögerte.

Das Phantom lachte, und alle Härchen auf den Armen des Magiers standen hoch. Die Geister hatte er unter Kontrolle, aber er fürchtete sie trotzdem. Doch noch mehr fürchtete er jeden Aufschub in seinen Plänen. Er durfte jetzt unmöglich aufgehalten werden. Morgen war die Nacht, in der der Zauber geworfen werden mußte; heute war die Nacht, in der er einen der zwei jungen Männer auswählen mußte, die in seinen Verliesen warteten. Er mußte die vier Phantome umherstreifen lassen. Es mußte sichergestellt werden, daß nichts eintrat, was den Zauber beeinträchtigen konnte.

»Bereitet ihnen ein Ende!«

»Es ist schon geschehen«, wisperte der Anführer.

Und das ist es auch, dachte Gadar, während er beobachtete, wie die unkörperlichen Körper verblaßten und sich immer mehr auflösten. Es war geschehen. Diese Kreaturen hatten noch nie versagt. Sie würden auch jetzt nicht versagen.

Bedauern regte sich im Herzen des alten Magiers. Aber es wurde nie so stark, daß es ihn von dem dunklen Pfad hätte bringen können, auf dem er wandelte. Seine Gewissensbisse waren an Ketten gebunden, und ihre Glieder waren von jenen geschmiedet worden, deren Tod er zu verantworten hatte. Und diese Ketten waren schwer, von der Glut seiner Not rotgefärbt.

Rianas Schlaf war nur kurz. Als Flint Tanis für die Wachablösung geweckt hatte, war sie wach geworden und hatte sich ans Feuer gesetzt. Mit allem möglichen Heizmaterial, das ihr in die Hände fiel, ließ sie es hoch auflodern. Sie war kein gesprächiger Gefährte gewesen, dachte Tanis jetzt, als er beobachtete, wie sie das Feuer zu noch stärkerer Helligkeit schürte. Die meiste Zeit der letzten Wache hatte sie damit verbracht, in die tänzelnden Flammen zu starren.

Er erhob sich und nahm sanft den langen, rauchgeschwärzten Stock aus ihren Händen.

»Es reicht«, sagte er und warf den Stock beiseite. »Du bringst uns in Gefahr, zu Tode geröstet zu werden.« Seine Worten taten ihm leid, als er sie zusammenzucken sah. Er hatte seine Warnung im Spaß gemeint, denn der Nebel, der während der letzten Stunden die Bäume gespenstisch aussehen gelassen hatte, war dichter geworden. Wenn auch der Morgen in nur einer Stunde dämmern würde, waren Wärme und Licht doch willkommen.

»Entschuldigung«, murmelte sie. Sie zog ihren Umhang dichter um ihre Schultern und hielt ihn mit einer zitternden Hand. Dennoch wandte sie ihre Augen nicht vom Feuer ab.

Tanis konnte ihre bittere Angst spüren. »Du tust gut daran, dich zu fürchten, Riana. Falls du in Betracht ziehst, deine Suche aufzugeben, brauchst du dich nicht zu schämen.«

»Nein!«

Flint regte sich in seinen Decken, in die er sich zum Schutz gegen den kalten, feuchten Boden gehüllt hatte.

»Psst«, flüsterte Tanis. »Er hat Wache gehalten. Laß ihn schlafen.«

Als Riana schließlich sprach, war ihre Stimme leise und zittrig. »Ich werde Karel und Darin nicht aufgeben.« Sie biß sich fest auf die Unterlippe, daß Tanis dachte, daß sie bluten müßte. »Ich hasse diesen Wald. Ich bin nicht die Närrin, für die dein Freund mich hält. Ich... ich täte nichts lieber, als mit euch nach Solace zu gehen. Aber – ich kann nicht. Kannst du nicht verstehen, daß ich zumindest versuchen muß, sie zu finden? Sie sind alles, was mir von meiner Familie geblieben ist...« Ihre Worte verloren sich, als ob sie ein Leben ohne ihren Bruder oder ihren Freund nicht in Erwägung ziehen wollte.

Als sie schwieg, wurde der Wind plötzlich stärker, und Tanis erbebte. Die Flammen loderten auf, und dann fielen sie in glühender Asche zusammen. Rauch, dicht und beißend, bauschte sich in Schwaden über das Lagerfeuer. Seine Augen brannten und fingen an zu tränen. Über sich konnte er das tiefkehlige Tosen des Windes hören, der über den Baumkronen tobte. Obwohl Tanis Riana einen Augenblick lang nicht sehen konnte, wußte er, daß sie sich erhoben hatte. Er hörte sie husten. Es war ein Würgen, unter das sich japsende Atemzüge mischten. Hinter ihm war Flint aufgewacht. Der Zwerg beschwerte sich bitter über Leute, die ein einfaches Lagerfeuer nicht kontrollieren konnten, ohne einen ganzen Wald niederzubrennen.

Der Wind stieß härter gegen das Feuer, zerstreute glühende Holzstücke um ihre Füße, saugte am Rauch, bis der sich in eine schwarze Säule verwandelte, die in den unsichtbaren Zweigen der Bäume über ihren Köpfen verschwand. Und langsam schlich sich bei Tanis Angst ein.

»Riana?« rief er.

Ihre Stimme klang leise und gequält, als sie wimmernd antwortete. Dann legte sich der Wind so schnell, wie er sich erhoben hatte; als hätte er niemals geweht. Tanis sah sich in der Stille um, konnte Riana erkennen, die erstarrt auf der anderen Seite des Feuers stand, und Flint, der sich hinter ihm versteifte, seine Axt in der Hand. Er las die Gefahr in den Augen des alten Zwerges und wirbelte herum. Seine Hand fuhr an den Griff des Dolches an seinem Gürtel.

Sie hätten aus dem Rauch entstanden sein können, so dunkel und unkörperlich wirkten sie. Aber ihre Augen, vier Paare karmesinrot glühende Kohlestücke, zeugten von einem unheiligen Leben. Einer löste sich von der Gruppe, größer und dunkler als die anderen, und machte einen kühnen Schritt auf die Stelle zu, wo das Lagerfeuer gebrannt hatte, das inzwischen nur noch verstreute Asche war.

Rianas Keuchen war ein zitternder Laut des Entsetzens und der Angst. Tanis sah, daß sein Schwert außerhalb seiner Reichweite lag, und spürte seinen Mut sinken, als ihm bewußt wurde, daß dies die Kreaturen sein mußten, die drei Nächte zuvor Rianas Lager angegriffen hatten. Wenn ihre Geschichte stimmte, konnte kein Schwert oder Dolch etwas gegen diese Phantomgestalten ausrichten.

Als ob der Anführer dieser schwarzen Schatten Tanis' Gedanken gelesen hätte, lachte er auf; ein hoher, schriller Ton, der die Knochen aller zum Gefrieren brachte, die ihn vernahmen.

»Trauer nicht um dein Schwert«, sagte er, seine Stimme klang hohl und todbringend. »Es würde sich für dich nicht lohnen, wenn du es hättest.«

»Wer...« Tanis blieben die Worte in der Kehle stecken, die sich vor Angst zusammenschnürte, und er holte scharf und angespannt Luft. »Wer bist du?«

»Das dürfte für dich keine Rolle spielen. Was eine Rolle spielt, ist, daß wir geschickt wurden, um euch ein Ende zu bereiten.« Die roten Augen des Phantoms glühten, als es wieder lachte. »Und ein Ende ist euch bereitet.«

Rianas leises, angsterfülltes Stöhnen war nur noch ein Wispern. Sie neigte ihren Kopf und bedeckte das Gesicht mit beiden Händen. »Nein«, schluchzte sie, »nein, nicht wieder.«

Das Phantom richtete seine Aufmerksamkeit auf sie. Wiedererkennen flackerte in seinen leuchtenden Augen auf. »Doch, Kleine, wieder. Und dieses Mal ist es das letzte Mal.« Er langte nach ihr, seine Bewegung war so fließend wie im Wind treibender Rauch.

Tanis sprang nach seinem Schwert und zerstreute beim Laufen heiße Asche des Lagerfeuers. Er bekam die Scheide zu fassen und riß die Klinge heraus. Gerade rechtzeitig wirbelte er herum, um ein anderes Phantom zu sichten, das auf ihn zukam. Das dritte jedoch wich zurück, als die glühenden Stücke wie orangene Juwelen an seine Füße fegten. Es fürchtete das Feuer!

»Flint! Feuer! Das Feuer!«

Aber Flint, der einem vierten Angreifer gegenüberstand, konnte sich nicht zu dem sterbenden Feuer bewegen. Sein Instinkt wehrte sich gegen Rianas Geschichte, daß diese Feinde gegen ehrbaren Stahl unempfindlich sein sollten. Daher schwang er seine Axt mit tödlichem Schwung gegen den Angreifer. Es war ein Hieb, der den Kopf eines sterblichen Feindes von der Schulter gespalten hätte. Die Klinge fuhr unbeschadet durch den Hals des Phantoms und zischte durch die kalte Luft der Vordämmerung.

Vor Zorn und Angst fluchend, duckte sich der alte Zwerg und sprang dann rasch zur Seite, um seinem Angreifer auszuweichen. Er kam dabei jedoch dicht genug an den Phantomangreifer heran, daß er die todesgleiche Eiseskälte hätte spüren können, die von dessen durchsichtigem Körper ausging. Er krabbelte außer Reichweite, stieß dabei mit seinem Fuß gegen einen der Steine des Feuerrings, die verstreut herumlagen, und fiel auf die Knie. Mit der Hand, die auf dem Boden aufschlug, wollte er sich schnell abstützen, um sich hochzuwerfen und weiter zu verteidigen. Doch dabei traf seine Hand auf brennende Kohlestücke.

»Flint! Feuer!«

»Feuer«, knurrte der Zwerg. »Ich weiß, daß es Feuer ist...«

Tanis stand zwischen Riana und dem Anführer der Phantomangreifer. Sein Schwert war zur Verteidigung nutzlos. Plötzlich verstand Flint, was Tanis gemeint hatte, und erkannte, was zu tun war, um diese geisterhaften Krieger abzuwehren.

Mit schnellen Bewegungen nahm er die größten Holzstücke, die noch glühten. Er wagte nicht, sich umzuschauen, ob die Kreatur, der er gerade entkommen war, sich zu einem erneuten Angriff aufmachte. Dem stechenden Schmerz schenkte Flint keine Beachtung, sondern legte die Holzstücke in den durcheinandergeworfenen Feuerkreis. Dann langte er nach dem zerstreut herumliegenden Anmachholz, das vorher ordentlich aufgehäuft gewesen war, und legte es auf das schwelende Feuer. Er zwang sich, noch mehr zusammenzutragen, obwohl sein Atem vor Angst so flach war, daß er kaum reichte, um die Funken zu Flammen anzufachen.

»Flint!«

»Ich versuche es doch, ich *versuche es!*« Zwei der Phantomkrieger näherten sich dem Zwerg, der eine von der linken, der andere von der rechten Seite. Eisige Kälte kroch seinen Rücken hoch. Über seinem Kopf heulte der Wind voll Zorn in drohender Ankündigung eines gräßlichen Todes. Und die Kreatur, die nach Tanis gegriffen hatte, war gerade dabei, ihre Hand, die das Blut zum Gefrieren bringen würde, an seinen Hals zu legen.

Riana schrie auf. Es hätte das Signal für Licht sein können.

Flammen hüpften hoch, wirbelten umher, züngelten über das brüchige Anmachholz und knisterten laut in der Nachtluft. Flint riß ein brennendes Stück Holz aus dem Feuer und schleuderte es seinem Freund zu. Er schaute sich nicht einmal um, ob Tanis die Fackel erhalten hatte, sondern ergriff noch ein Stück und wandte sich seinen Angreifern zu.

Aber da war niemand mehr, der mit ihm kämpfen wollte. Sie waren weg, verschwunden vor den hell leuchtenden Flammen. Nur ihre hohen, jammernden Stimmen waren geblieben und hallten durch das heller werdende Licht des neuen Tages.

Mit einem Schauder hob Flint seine Axt auf und stellte sich so dicht wie möglich ans Feuer. Es war nicht die Wärme, die er suchte, sondern das Licht. Er steckte seine verbrannten Finger in den Mund und beäugte Tanis und Riana über seine Knöchel.

Tanis zog das Mädchen beschützend an sich. Er ließ sein Schwert fallen und führte es zum Feuer. Schweigend half er Riana, Platz zu nehmen, sammelte die Decken auf, die verstreut herumlagen, und hüllte sie damit ein. Er wisperte ihr einige Worte zu und wartete auf ein Nicken als Antwort. Als er den hellen Feuerkreis verließ, machte er Flint eine Geste, er solle sich zu ihm gesellen. Der alte Zwerg entfernte sich nur widerwillig vom Feuer. Außerdem kümmerte er sich immer noch um seine schmerzende Hand.

»Bist du in Ordnung?« fragte Tanis und drehte Flints Hand herum.

»Nein«, keifte Flint, »bin ich nicht! Ich bin verbrannt und bis zum Wahnsinn verängstigt!«

»Schlimm verbrannt?«

Flint warf ihm einen finsteren Blick zu und entriß ihm seine Hand. »Schlimm genug«, knurrte er. Aber als er echte Sorge in den Augen seines Freundes sah, zuckte er die Achseln. »Aber nicht so, daß ich meine Axt im Notfall nicht mehr schwingen kann. Obgleich ich gern wüßte, wozu die gegen Geister gut sein soll.«

»Du änderst also deine Meinung über Riana?«

»Daß sie eine Lügnerin ist? O nein, sie ist keine Lügnerin.«

»Und dumm?«

Flint schnaufte und schüttelte den Kopf. »Dazu stehe ich noch. Und ich ergänze, daß wir gleichfalls dumm sind, wenn wir weiter durch diesen verfluchten Wald laufen.«

»Ich mache weiter.«

»Das habe ich mir gedacht. Also dann, ich auch.« Er starrte finster seine Handflächen und die Blasen an, die sich bereits bildeten. »Dafür ist mir noch jemand eine Bezahlung schuldig, und ich mag unbezahlte Schulden nicht.«

Der Morgen dämmerte in einem schwachen, silbrig glänzenden Licht am östlichen Himmel und erstickte Gadars Gewißheit, daß seine Arbeit am kommenden Abend ungestört sein würde. Die Phantomkrieger hatten bei ihrer Aufgabe versagt, ihn preisgegeben und verwundbar zurückgelassen. Erst wenn die Dunkelheit das Tageslicht wieder verschlucken würde, würde er sie wieder anrufen können. Doch bis dahin konnten die Eindringlinge ihn schon gefunden haben.

Oder vielleicht auch nicht. Er mußte dieses Risiko eingehen. Der richtige Zeitpunkt für seine Zaubersprüche war gekommen, das Opfer war auserwählt. Die nächste Nacht würde zu spät sein.

Einen Moment lang wurde Gadars Herz von einem scharfen, ja sogar bitteren Bedauern berührt. Das war jedesmal so, wenn er vor dieser Aufgabe stand. In dem jungen Mann leuchtete hell die Flamme der Jugend. Wie bei den anderen floß das Blut in seinen Adern schnell und sprudelnd. Die Jugend würde in seinen Augen tanzen, in seinen Adern strömen, und sein Gesicht würde vor goldenen Hoffnungen erstrahlen.

Das Stöhnen wurde nun beharrlicher und erzählte von einem, der gegen das schwarze Gefängnis der Ohnmacht ankämpft und sich mit schwachen Kräften, aber einem um so stärkeren Herzen dagegen wehrt. Es wäre so viel einfacher, zurückzusinken, sich einen Moment Ruhe zu gönnen und dann einen weiteren Versuch zu unternehmen. Aber dieser junge Mann hatte einen starken Willen. Und der würde ihm seine Lebensessenz geben.

»Junge«, flüsterte Gadar, »wenn es einen anderen Weg gäbe...« Aber es gab keinen anderen Weg. Jeder andere Weg war ihm seit dem Tag verwehrt, als er zum ersten Mal seinen Fuß auf diesen dunklen Pfad gesetzt hatte. Was bedeutete schon ein weiteres Leben in Anbetracht der vielen, die er schon genommen hatte, und des einen, das er sogar für den Preis seiner eigenen Seele aufrechterhalten mußte? Es gab keinen Gewinn im Bedauern, lediglich gefährliche Zerstreuung.

Gadar durchquerte das Zimmer, hielt an dem großen Tisch an und überprüfte die Zutaten des Zaubers, den er am Abend werfen würde. Alles stand bereit: Wermut, der zerstoßene Staub eines zerschmetterten Saphirs, Rosmarinzweiglein und das dunkle Herzblut einer trächtigen Hirschkuh.

Gadar hatte nicht die Absicht, den Geist seines auserwählten Opfers vorübergehend in ein Gefängnis einzusperren, und dies war der schwierigste Teil des Zaubers. Würde er lediglich den Geist des jungen Mannes in ein inneres, labyrinthähnliches Gefängnis werfen, könnte er sein Ziel nie erreichen. Für das Leben seines Opfers hatte er bessere Verwendung.

Aus diesem Grund hatte er den untersetzten, jungen Mann mit dem dichten, haselnußbraunen Haar ausgesucht. Darin war sein Name, und er schien stark genug, die Lebensessenz zu liefern, die dem Magier so wichtig war.

Zumindest solange, bis er einen stärkeren finden würde.

Der Magier hielt inne, warf wieder einen kurzen Blick auf den dämmernden Himmel. Es könnte sein, dachte er und zog eine neue Idee in Erwägung, daß das Versagen seiner geisterhaften Häscher bei ihrer dunklen Aufgabe gar nicht so schlecht war. Es könnte sein, daß er reich belohnt werden würde, wenn die Eindringlinge ihn auf seinem Wunsch hin finden würden. Für das hartnäckige Mädchen und den alten Zwerg hatte er keine Verwendung. Aber dieser junge, starke Halb-Elf trug in sich eine Lebenskraft, die viele, viele Jahre länger währen würde, als es diesen armseligen, jungen Menschen möglich war, die er bisher benutzt hatte.

»Ja«, wisperte er, fuhr mit seinen Fingern am Tischrand entlang, »und zumindest hätte ich eine Zeitlang Ruhe und eine Pause von dieser aufreibenden Arbeit.«

Jetzt konnte er seine Phantome nicht zu dem Halb-Elfen

schicken. Nicht, wenn die Sonne hell brannte. Aber der Halb-Elf würde von allein kommen. Gadar lächelte kalt. Dieses hartnäckige Mädchen würde das schon schaffen. Er mußte einfach nur zulassen, daß sie ihn fänden. Er würde ihnen nur so viele Hindernisse in den Weg legen, wie er brauchte, um Zeit für seinen Zauber zu gewinnen.

Darins junges Leben konnte ihm die Zeit geben, die er brauchte. Und Zeit war schließlich die Ware, nach der er ständig auf der Jagd war.

Schon lange vor Sonnenuntergang hatte sich Dunkelheit über den Wald gelegt. Das Gewisper der vorherigen Nacht wurde zu einem unheilvollen Knurren im Gestrüpp und zu schluchzendem Gejammer in den Zweigen der Bäume. Der Wind heulte stürmisch. Die kleine Gruppe bewegte sich weiter und machte vorsichtig einen kaum erkennbaren Pfad zwischen den riesigen Kiefern aus. Die drei wurden von einem Schauer ergriffen, der Tanis an den Winter erinnern ließ.

Am Morgen hatte Flint in grimmigem Spaß erklärt, daß sie zweifellos auf ihre geisterhaften Angreifer stoßen würden, wenn sie sich einfach von der verruchten Atmosphäre führen ließen, die im Wald herrschte.

Tanis hatte diesen Gedanken nicht ernst genommen, bis alle das gleiche unbeschreibliche Grauen empfanden, je weiter sie Richtung Norden – da sie ihr Ziel ohnehin nicht kannten – wanderten.

»Wie ein fauliger Gestank, wie eine feuchtkalte Berührung«, hatte Riana geflüstert. Ihre Hände hatte sie zu Fäusten geballt, so daß die Knöchel weiß hervortraten; sie zitterten beim Sprechen. Etwas Furchterregendes schien sich gerade jenseits ihres Blickfelds aufzuhalten und pfiff in den Bäumen auf eine Weise, wie Tanis noch nie Wind pfeifen gehört hatte. Er stöhnte erbarmungswürdig und heulte angesichts des Winters, der sich drängend näherte.

Im rauhen Wind erschauerte Tanis und nickte Flint zu. »Wir können diesem Gefühl wie einer Straße folgen.«

»Ja, das können wir gut«, stimmte Flint zu und fuhr mit einem Daumen über den Griff seiner Axt. »Aber was werden wir finden? Vermutlich nichts, was uns gefällt.« Die Erinnerung an die Phantome jagte einen stärkeren Kälteschauer durch seinen Körper, als es der Wind vermochte, der jetzt in seinem Gesicht stach.

Der Weg, der kaum erkennbar gewesen war, wurde eine Zeitlang breiter; ein steiniger, öder Pfad führte sie weiter bergauf. Zuweilen schien es, als wäre das Heulen des Windes in Wirklichkeit das Jammern der Toten, die den Verlust ihres Lebens beklagten. Die Bäume waren häßliche Wucherungen, die sich dank der Laune einer grausamen Natur ans Leben klammerten. Dann, als überhaupt nichts mehr wuchs, als sie den Wald weit hinter sich gelassen hatten und ihr Atem in der eisigen, dünner werdenden Luft mühsam und schnell ging, wurde der Pfad wieder schmaler und verlor sich in einem Engpaß zwischen hohen Gipfeln. Hoch oben auf einem von Findlingen übersäten Abhang verschwand er plötzlich. Hinter ihnen lag der düstere Wald, vor ihnen tief unten ein schmales Tal.

Riana, zitternd und erschöpft, schaffte die letzten wenigen Meter den Paß hoch nur noch mit Hilfe von Tanis. Aber die eiserne Entschlossenheit, die sie bis hierher geführt hatte, glimmte immer noch in ihren Augen. *Sie hat mehr Mut als Kraft,* dachte Tanis.

»Wir werden uns hier einen Moment lang ausruhen, Riana. Das haben wir alle nötig.«

Sie nickte stumm. Zum Sprechen zu müde, sank sie auf einen eisüberzogenen Findling. Tanis musterte sie einen Augenblick voller Zweifel, dann gesellte er sich zu Flint, der am Rande des Abhangs stand.

»Sie wird es nicht mehr lange schaffen, Tanis. Das Mädchen ist erschöpft.«

»Ich weiß. Und sie ist nicht die einzige. Seit einigen Stunden bist du sehr still, Flint. Wie geht es dir?«

Flint blies an seinen Fingern, die steif waren und vor Kälte schmerzten. »Meine Knochen frieren ein. Vermutlich kommt das davon, wenn man den wilden Geschichten hübscher, junger Frauen zuhört, die ihre Brüder und Liebhaber im Wald verloren haben.«

»Liebhaber? Wer, Karel? Wie kommst du darauf?«

Flint schnaufte und schüttelte den Kopf. »Jeder, der ihre Geschichte gehört hat, muß darauf kommen. Obwohl es wahrscheinlich auch ihr selbst neu ist. Sie hängt zweifellos sehr an ihrem Bruder, aber es ist dieser junge Karel, über den wir hin und wieder etwas hören, oder nicht? Junge Mädchen erröten im allgemeinen nicht so tief, wenn sie über alte Freunde der Familie reden.«

»Flint, du überraschst mich.«

»Warum, weil ich meine Augen benutze? So alt bin ich nun auch wieder nicht, du Grünschnabel. Aber das ist es nicht, was mir gerade Sorgen bereitet. Ich würde gerne wissen, an welchem Abgrund wir überhaupt sind.«

Tanis sah hinunter ins Tal – eine tiefe Spalte im Gebirge, eingehüllt im dicken Nebel. »Ich glaube, wir haben ungefähr erreicht, was wir gesucht haben. Sieh mal.« Er zeigte tief unten auf eine Stelle, wo sich der Nebel gelichtet hatte.

Schwarz, aus dem Herz und den Knochen des Gebirges erbaut, ragte, einem zerklüfteten Skelettfinger gleich, ein riesiges Schloß mit Türmen empor. Die Abendsonne glühte im brüchigen, blauen Himmel wie eine feuerrote Wunde, die über den abstoßenden schwarzen Steinen blutete. Um sie herum klagte und schluchzte der heulende Wind.

»Kannst du es spüren, Flint?«

Das Böse, das sie gespürt hatten und das sie zu diesem Ort geführt hatte, schien unten im Tal zu brodeln und zu rumoren, als ob es die Quelle des klagenden Windes und der eisigen Angst wäre.

»Ja, ich kann es spüren. Und es gefällt mir nicht gerade.« Der Zwerg warf über seine Schulter einen Blick auf Riana, die zusammengekauert zitternd dasaß, die Augen auf die mit Eis bedeckten Steine vor ihren Füßen gerichtet. »Tanis, ich werde den Gedanken nicht los, daß die Geister aus diesem Tal gekommen sind.« Er sah wieder hinab ins Tal und spürte die Berührung von etwas seine Seele streifen, das kälter war als der bittere Wind. »Und ich glaube auch, daß dort unten etwas weiß, daß wir hier sind.«

Wäre er nicht so müde, hätte Tanis gelächelt. Er kannte den überaus nüchternen, alten Zwerg schon so viele Jahre und war doch immer wieder über die zuweilen schrulligen Wendungen in dessen Gedanken überrascht. Er musterte seinen alten Freund eingehend. Was er in Flints Augen sah, ließ ihn erschauern. Sicheres Wissen hatte Flint zu dieser Äußerung veranlaßt, während sein sarkastisches Lächeln Tanis zu verstehen gab, daß er keine Vorstellung hatte, woher dieses Wissen kam.

»Nur ein Gefühl«, brummte der Zwerg.

»Ich glaube, du hast recht. Und ich glaube auch, daß derjenige, der über uns Bescheid weiß, uns jetzt nicht mehr umkehren läßt, egal, wer es ist. Es wird bald dunkel sein, und keiner von uns ist in der Lage, in der Nacht hinunter zu diesem Schloß zu gelangen. Am besten brechen wir sofort auf.«

»Ja gut, aber bedenke folgendes, Tanis: Als sie ihr Lager angegriffen hatten, schienen diese Phantomangreifer wenig Interesse an Riana zu haben. Sie haben nur Darin und Karel mitgenommen. Und da ist noch etwas, was mir sagt, daß sie auch nur ein geringes Interesse an einem alten Zwerg haben.«

Jetzt mußte Tanis lächeln. »Behauptest du etwa, das ›Gesicht‹ zu haben, Flint?«

»Nein. Ich erinnere mich nur an ihre Geschichte.«

Er dachte den ganzen Weg ins Tal hinunter an ihre Geschichte. Obwohl es nicht zu seinen besonderen Fähigkeiten gehörte, einen schmalen Schieferpfad zu erkennen, fand Flint, daß für einen Hügelzwerg, wie er es war, der viele Jahre in den Kharolisbergen verbracht hatte, dieser Pfad zu leicht zu erkennen war. Er hätte keinen Eid geschworen, daß er zuvor nicht auch schon dagewesen wäre, aber er schien irgendwie fehl am Platze zu sein.

»Als ob er noch nicht lange hier ist«, flüsterte er Tanis zu. »Aber er sieht alt aus.«

»Und er ist fast so gerade wie eine senkrechte Linie«, sagte Tanis und packte Riana, die auf einem losen Schiefer rutschte. »Je schneller wir ihn verlassen, um so sicherer werden unsere Hälse sein.«

Flint hatte seine Zweifel. Und nach der kaum beherrschten Angst in ihren Augen zu urteilen, glaubte er, daß Riana sie teilen würde. Trotzdem richtete sie sich mit der gleichen unerschütterlichen Entschlossenheit auf, die sie bis hierher gebracht hatte. Flint empfand widerwillig einen neuen Respekt vor ihr. Er wandte sich um und nahm ihre Hand.

»Hier entlang, Riana. Und paß auf, die Schiefer werden lokkerer und kleiner. Ich möchte nicht gerne den restlichen Pfad hinunterpurzeln.«

»Riana?« *Riana... Riana... Riana...* Karels Gewisper hallte in seinem Kopf voller Wucht wider, wie ein Donner, der über ihn hereinbrach. Die Fliesen des Steinbodens unter seiner Wange waren so hart wie Eis im tiefsten Winter. Sein Lederwams bot keinen Schutz gegen den eisigen Luftzug, der über den Boden fegte.

»Darin?«

Allmählich wurde ihm bewußt, daß er allein war. Keine Kette hielt ihn fest, keine Fessel band ihn an den Boden. Trotzdem war er nicht in der Lage, einen Finger zu rühren. Und Riana und Darin waren verschwunden.

Allein! Aber wo? Obwohl er angestrengt mit seinem schwerfällig funktionierenden Gedächtnis kämpfte, konnte Karel nicht die Erinnerungslücke füllen zwischen dem eisigen Griff des körperlosen Kriegers, der seine Hand berührt hatte – wie lange war das her? einen Tag? zwei? – und dem eisigkalten Boden jetzt. Aber es mußte einige Zeit verstrichen sein. Direkt im Fenster über seinem Kopf konnte er Lunitari, in dunkle Wolken gehüllt, dahinziehen sehen. Als er den karmesinroten Mond das letzte Mal gesehen hatte, war er noch am Abnehmen gewesen. Jetzt nahm er bereits leicht zu.

Wo war er?

»Wo bist du?«

Angst durchströmte ihn, aber er wurde so fest gehalten, daß er sich nicht rühren konnte. Die Stimme klang alt, aber hart und von tödlicher Macht durchdrungen. Wie das Gewisper eines Geistes hörte er eine schmerzerfüllte Antwort.

»Hier, in deiner Gewalt.«

»Sage mir deinen richtigen Namen.«

»Darin, Teorts Sohn.«

Obwohl es die Stimme seines Freundes war, die auf die kühle Frage antwortete, erkannte Karel sie kaum wieder. Teilnahmslos, ohne eigenen Willen, ohne jene beharrliche Zuversicht, die für Darin charakteristisch war. Er zitterte innerlich, und ihm wurde übel von der Erkenntnis, daß es nicht Darins Wille war, daß er antwortete, sondern der Wille eines anderen.

Irgendwo außerhalb seines Blickfelds hörte Karel ein Feuer zischen und flackern. Der bittere Geruch von verbranntem Wermut verpestete die frische Luft.

»Höre mich an, Darin, Teorts Sohn.«

Karel schloß seine Augen, als sich diese befehlende Stimme zu einem geheimnisvollen, murmelnden Singsang senkte. Er spürte, wie der Steinboden zu summen und zu vibrieren begann. Magie!

Spannung legte sich über den Raum, so dicht und körperlich, daß er glaubte, sie berühren zu können. Züngelnde Flammen warfen schwarze Schatten und gespenstische Lichter gegen die Wand. Die Spannung der magischen Kräfte entlud sich und füllte den Raum mit tanzenden Regenbögen.

Darin stöhnte. Der Laut wand und krümmte sich tief aus seinem Herzen hervor und berührte Karels Seele mit Grauen. Er kämpfte gegen seine unsichtbaren Fesseln. Seine Muskeln ächzten vor Anstrengung, und sein Kopf platzte fast vor Schmerz. Schweißtropfen brannten in seinen Augen und ließen die schimmernden Regenbögen des magischen Lichts in Scherben wildgewordener Farben splittern.

»Darin!« keuchte er. Aber Darin antwortete nicht. Er konnte es nicht.

In einem Kreis aus Blut, von Magie gelähmt, benommen von

der beängstigenden Erkenntnis, daß Gadar nach seiner Seele griff, kreischte Darin auf.

Sie hatten den Geröllhang hinter sich gelassen und das Tal erreicht. Obwohl Tanis ständig Ausschau gehalten hatte, fand er keine Anzeichen einer Bewachung der schwarzen Burg. Aber gerade als er sich wieder seinen Gefährten zuwenden wollte, senkte sich eine Dunkelheit, dicht und schwarz wie ein Trauerumhang, mit erschreckender Plötzlichkeit über sie.

Riana stöhnte entsetzt auf, aber Flint schüttelte nur den Kopf, als ob er sagen wollte, daß er so etwas erwartet hatte. »Nachts ist es niemals so dunkel«, murmelte er. Er sah seine Gefährten nur noch als blasse, rötliche Umrisse in der undurchdringlichen Schwärze. Auch Tanis konnte gewiß noch sehen. Aber er wußte, daß Riana, die lediglich mit ihrer menschlichen Nachtsicht ausgestattet war, die bei den Zwergen und Elfen als schwach galt, fast blind sein mußte.

»Tanis, gib ihr eine Minute«, wisperte er. Zu Riana sagte er: »Schließe einen Moment deine Augen, dann sieh, ob du dich nicht an die Dunkelheit gewöhnen kannst.«

Sie gehorchte und senkte ihren Kopf, um sich besser konzentrieren zu können. Als sie dann ihre Augen wieder aufschlug, schüttelte sie doch nur wieder den Kopf.

»Es ist, als wäre ich blind.«

»Ja«, stimmte Flint zu, »und wahrscheinlich sollst du dich auch so fühlen.« Er nahm ihre Hand. »Finde dich zurecht, Mädchen. Tanis, was hast du herausgefunden?«

»Nicht viel. Dort drüben an der nördlichen Seite ist eine Hintertür. Wir können darauf zugehen. Der Haupteingang ist unbewacht, aber ich würde lieber so unauffällig wie möglich eintreten. Laßt uns zum Hintereingang gehen.«

»Ich habe nichts dagegen. Geh du weiter voran.«

Der Pfad, auf dem Tanis sie führte, war schmal und steinig und schlängelte sich an der nördlichen Seite des Tals an einem kleinen Abhang hinab zu einem hohen schlanken Turm, der einigen Abstand von der Burg hatte. Tanis hielt sich dicht an der schwarzen Mauer des Turms und schlich langsam zu der ausgewitterten Holztür, wo er auf Flint und Riana wartete. Sie klammerte sich immer noch an die Schulter des alten Zwergs.

Die Tür führte zu einer langen Treppe mit dunklen, glitschigen Stufen. Im Laufe der Jahre gesprungen und gebrochen, mit widerlich grauem Moos bewachsen, waren sie gefährlich zu besteigen und so schmal, daß sie jeweils nur für eine Person Platz boten.

»Seid vorsichtig«, flüsterte Tanis. Er wartete, bis Riana zwischen ihm und Flint war, dann nahm er sorgfältig die ersten Stufen. So dunkel war es im Turm, daß sie nur mit langsamen und vorsichtigen Schritten vorankamen. Still wie Schatten schlichen sie weiter und weiter, bis Flint beinahe überzeugt war, daß die Stufen auf den Gebirgsgipfeln enden würden.

Doch endlich, nach einer Ewigkeit, in der sie blind eine Stufe nach der anderen gesucht und sich an brüchigen Steinwänden vorwärts getastet hatten, um nicht das Gleichgewicht zu verlieren, hörte Flint Tanis wispern, daß die Stufen in einem Korridor endeten.

In diesen Korridor mit einer hohen Decke strömte Licht von einer Kreuzung, die einige hundert Meter westlich lag. In der kaum durchdringbaren Dunkelheit sah Flint, daß Tanis nach Rianas Hand griff und ihr bei den letzten Stufen half.

Flint holte tief und langsam Luft. Er war erleichtert, die tückischen Stufen hinter sich gelassen zu haben, langte nach hinten, um seine Axt zu richten, und trat in den Korridor. Die schwarzen Steinwände troffen vor Feuchtigkeit, und der Boden unter ihren Füßen war glitschig von Pfützen mit einem grünlichen Schaum.

Plötzlich nahm er einen stöhnenden Wind wahr, obwohl hier kein Wind wehen konnte. Und unter diesem Stöhnen hörte er kalte, schnatternde Stimmen.

»Tanis, mir gefällt das nicht.«

Riana drehte sich um. In ihren Augen lagen Angst und Fragen, und ihre Hand glitt aus Tanis' Griff. Schatten hüpften und tänzelten um sie herum, als ob sie durch Fackellicht in der Hand eines irrsinnigen Tänzers geworfen würden. Wie Fledermäuse fegten die hohlen, herzlosen Stimmen der Toten um die hohe, gewölbte Decke. Den Korridor durchdrang Eiseskälte wie aus einem Grab.

Plötzlich verdichteten sich die Schatten, wirbelten herum und verwandelten sich allmählich in schwarze, verschwommen menschenähnliche Formen.

Bevor Flint sich bewegen oder eine Warnung schreien konnte, langte eine dunkle Geistererscheinung nach seinem Freund und ließ ihn in seinem Griff zur Reglosigkeit erstarren. Entsetzt sah er Tanis an: Dessen Augen waren plötzlich still und glasig, und sein Gesicht wirkte wie eine geschnitzte Totenmaske.

Flint machte einen Satz auf seinen Freund zu und wollte ihn dem tödlichen Griff des schwarzen Geistes entreißen. Doch so schnell er sich auch bewegte, es war zu spät. Er spürte einen Augenblick unter seiner Hand die Körperwärme von Tanis. Dann spürte er nichts mehr.

»Nein!« heulte er auf und schlug in Angst und Zorn gegen die feuchte Steinwand. »Tanis!« Aber Tanis war weg, verschwunden, als wäre er niemals dagewesen. »Nein!« Flint schlug wieder auf die Wand ein. Er spürte nicht den stechenden Schmerz, der sich in seinen Knöcheln festsetzte. »Tanis! Verdammt! Wo bist du?«

Wieder wollte er voller Zorn und in einem fast blinden Bedürfnis, etwas Festes und Konkretes zu spüren, auf die Wand einhämmern, als eine schlanke Hand sein Gelenk nahm und seine Faust nach unten zog.

»Nein, bitte hör auf!« schrie Riana. »Flint, hör auf!«

Flint drehte sich zu dem Mädchen um, und seine Augen blitzten gefährlich auf.

»Wo ist er?«

»Er ist verschwunden – sie haben ihn mitgenommen, genauso wie sie damals Karel und Darin mitgenommen haben. Ich weiß nicht, wo er ist!«

Stimmen wisperten zwischen den Schreien, die die Luft erfüllten, und erzählten von Folter und niederschmetternden Qualen. Verschwunden, dachte Flint zornig. Er hielt seine Wut aufrecht, um die eiskalte Angst in seinem Blut zu wärmen. Verschwunden! Und läßt mich hier zurück, verdammt!

Am Ende des Korridors, wo graues Licht von einer unbekannten Quelle hereinströmte, sah er eine erloschene Fackel in einer alten Halterung. Flint lief dorthin, fand eine zweite und nahm beide hastig an sich. Schnell zündete er beide an und schob eine in Rianas Hände.

»Halt sie gut fest«, knurrte er, »und laß sie nicht ausgehen. Was auch immer es mit diesen Dämonen auf sich hat, auf jeden Fall treiben sie ihr schmutziges Geschäft im Dunkeln. Heute morgen hegten sie keine Liebe für unser Lagerfeuer, genauso werden sie sich jetzt von unseren Fackeln fernhalten. Wir werden jetzt Tanis suchen. Und ich habe keine Zweifel, daß wir bei ihm auch deinen Bruder und seinen Freund finden werden.«

Riana hatte ihre Fackel mit beiden Händen gepackt, um sie gerade zu halten. In den schwankenden Schatten blickten Flints Augen hart und angsterregend auf sie. »Wie … wie werden wir ihn finden?«

Flint nahm seine Fackel in die linke Hand und ergriff mit der rechten seine Streitaxt. »Wir werden ihn finden«, knurrte er. »Darüber mach dir keine Gedanken, Mädchen. Wir werden ihn finden.« *Und wenn ich ihn finde,* dachte er und steigerte sich bewußt in seinen Zorn, um seine Angst zu verdrängen, *kann er sich glücklich schätzen, wenn ich ihm keinen Tritt von hier nach Solace verpasse, daß er mich in diesen Alptraum gebracht hat!*

Als sie die ersten Leichen fanden, verwandelte sich Flints Zorn in dumpfe Angst. Riana konnte ihre Tränen jetzt nicht mehr verbergen. Sie stand wie angewurzelt in dem Korridor und starrte auf die leblosen Hüllen, die einst die kräftigen Körper junger Männer gewesen waren. Keine einzige der Leichen, von denen sich einige noch im Verwesungsprozeß befanden und andere im Laufe der Zeit zu weißen Skeletten ausgebleicht waren, wies Anzeichen eines gewaltsamen Todes auf: keine gebrochenen Knochen, keine zertrümmerten Schädel. Keiner der Männer hatte sein Leben im Kampf verloren.

Sie lagen im Korridor wie ausrangiertes Spielzeug – gebraucht, kaputt und weggeworfen.

Während er sich dafür rüstete, das zu suchen, von dem er wußte, daß er seinen Anblick nicht ertragen würde, bewegte sich Flint vorsichtig zwischen den Leichen hin und her. Sein Blut pochte schmerzhaft in seinem Kopf, sein Atem ging unregelmäßig, und er flüsterte Bruchteile von Gebeten zu Göttern, die von nur wenigen verehrt wurden. Langsam, zuweilen sehr

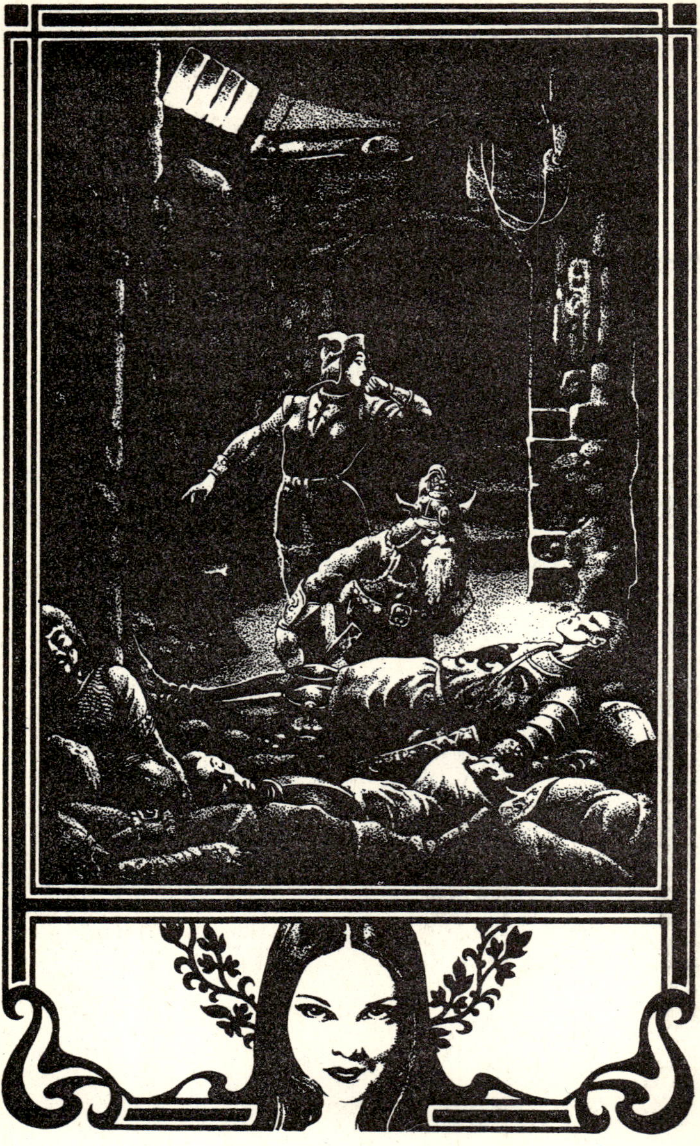

behutsam, ging er auf Zehenspitzen von einer Leiche zur nächsten, und seine Hände hielten dabei verbissen seine Axt umklammert. Aber unter den Leichen hatte er Tanis nicht gefunden, und alle Leichen waren auch schon zu lange tot, um Karel oder Darin zu sein.

Vor Erleichterung seufzte er und ging zu Riana zurück. Er legte ihre Hände in seine und führte sie an den Toten vorbei.

»Nein, es hat keinen Sinn sich abzumühen. Du kannst dich nicht bewegen.« Trotz seiner Warnung versuchte Karel instinktiv, dem Fremden seine Hand zu reichen. Er zog eine Grimasse und flüsterte wieder: »Versuch es nicht, du verschwendest nur deine Kraft. Und die wirst du brauchen.«

Die Worte echoten in Tanis' Kopf, hüpften und sprangen umher, so daß er ihnen kaum einen Sinn entnehmen konnte. Wo war er? Er erinnerte sich voller Deutlichkeit, die das Herz zum Stillstand brachte, an die Berührung von unerbittlichen, kalten Fingern an seinem Handgelenk, an den Griff einer Skeletthand und eine stöhnende, lockende Stimme, die ihn drängte, ihr zu folgen. Und er war gefolgt, weil er sich unfähig fühlte, sich zu verweigern. Dann wurde er von einer Dunkelheit umgeben, bitter wie eine erloschene Hoffnung, die ihn mit Grauen und Angst erfüllte.

Flint? Riana? Mit einem trostlosen und hoffnungslosen Gefühl erinnerte er sich an Flints Worte am Abhang: *Diese Phantomangreifer schienen wenig Interesse an Riana zu haben... sie werden auch nur ein geringes Interesse an einem alten Zwerg haben.* Wo waren Riana und Flint? Tot? Tot. Er hörte sich vor Angst aufstöhnen und erkannte, daß er seine Stimme nicht verloren hatte.

»Wer ist da? Wo bist du?«

»Hier, neben dir.« Karels leises Lachen klang bitter. »Wenn du deinen Kopf wenden könntest, würdest du mich sehen. Aber wie die Dinge liegen, wirst du dich begnügen müssen, die Decke anzustarren, Freund. Warte, bis er wieder tief in seinen Zauber versunken ist. Dann versuche, dich zu bewegen.«

Ein Licht, das sich in allen Regenbogenfarben brach und tanzte, hüpfte vor Tanis' Augen, bildeten einen Bogen und ergoß sich über sein Blickfeld. Er drückte seine Augen zu und versuchte, den nadelscharfen Schmerz auszuschalten. »Wer bist du?«

»Karel. Psst.«

»Darin.« Die Stimme des Magiers klang wie ein Donner, der durch den Raum rollte und die Luft mit Gefahr durchdrang. »Erhebe dich!«

Neben sich hörte Tanis Karel aufstöhnen. Er biß seine Zähne zusammen und strengte sich an, sich zu bewegen. Die Anstrengung hätte ihn auf die Füße bringen müssen. Es gelang ihm aber nur, sich auf die Seite zu drehen. Das genügte, um den ganzen Raum überblicken zu können, und es genügte, ihn vor Entsetzen erschauern zu lassen angesichts des Anblicks, der sich ihm bot.

Ein kleiner, sehr alter Mann sprach dort Befehle. Er trug sein Alter mit wenig Anmut und Würde. Es lag auf ihm wie eine ruchlose Bürde. Seine Augen glühten in seiner Magie, und seine rote Robe wirbelte um ihn, als er die Hand hob.

In einem mit dunkelrotem Blut gezogenen Zirkel befand sich ein junger Mann, der nur noch schwach kämpfte. Darin, dachte Tanis, Rianas Bruder! Das sanfte Murmeln des Singsangs des Magiers hob und senkte sich teils in lockenden und teils befehlenden Tönen.

Und dann taumelte Darin mit ruckartigen und verzagten Bewegungen hoch. Seine Hände zuckten, und seine Beine drohten nachzugeben; dann versteiften sie sich, als seine Füße auf dem Steinboden Halt fanden. Getrocknete Rosmarinblätter raschelten in der Hand des Magiers. Das Feuer im Kamin gab seufzende Geräusche von sich. Mit einer geübten, schwungvollen Gebärde warf er den Staub eines pulverisierten Saphirs, der blau wie der Himmel im Spätherbst funkelte, in Richtung auf den blutigen Zirkel. Der Staub blieb mitten in der Luft stehen, bildete einen azurnen Ring über Darins Kopf und legte sich dann behutsam und mit großer Genauigkeit kreisförmig in den blutigen Zirkel, wo er eine weitere Abgrenzung bildete.

Darin war in den magischen Zirkeln Gadars gefangen, sein Gesicht war verzerrt und leichenblaß. In diesem Moment kam ihm die volle Erkenntnis und malte in sein Gesicht das blanke Entsetzen.

Im selben Moment schlug eine Tür, die Tanis am anderen Ende des großen Raumes kaum sehen konnte, mit einem splitternden Knall auf. Unheimliches Licht spiegelte sich hüpfend und tänzelnd auf der feingeschliffenen Klinge von Flints Axt.

Karels angstvolles Aufschluchzen, als er Riana hinter Flint stehen sah, hätte auch von Darin stammen können, der sprachlos und entsetzt in den zwei Zauberkreisen stand. Oder es hätte die Stimme von Tanis' Angst sein können. Gadar wirbelte herum. Seine Augen glühten wild und haßerfüllt, weil seine Absichten durchkreuzt wurden. Weißes Licht schoß aus seinen Fingern – tödliche Flammenpfeile.

»Flint! Nach unten!«

Aber Tanis' Schrei war nicht nötig, den alten Zwerg dazu zu bringen, sich in Deckung zu werfen und dabei Riana mit sich zu reißen. Karel schlug heftig gegen sein Bein und schrie: »Jetzt! Auf, Freund, wir können uns bewegen!«

Das Kreischen des Magiers, als er sich zu Tanis und Karel umwandte, glich dem zornerfüllten Heulen eines Pumas. Tanis, der sich schon halb aufgerichtet hatte, ließ sich wieder auf den Steinboden fallen. Weißglühende Lichtpfeile schossen an seinem Gesicht vorbei, stachen und brannten und füllten die Luft mit einem schwefeligen, ätzenden Gestank. Aus dem Augenwinkel sah Tanis, daß Karel durch den Raum zu Darin hinüberlief, der gefangen in dem verzauberten Blutkreis stand.

Darin stöhnte. Als Karel sich vor dem blutigen Zirkel niederkauerte und seinem Freund die Hand entgegenstreckte, schrie er vor Schmerz auf und wurde von der sprühenden, stechenden Kraft, die Gadars Magie heraufbeschworen hatte, zurückgeschleudert.

Riana schrie, und Tanis machte einen Satz auf den Magier zu. Er konnte ihn an den Knien fassen und warf ihn zu Boden. An einer verborgenen Stelle in seinem Umhang fand Gadar das Messer. Die kalte Klinge blitzte im tänzelnden Fackellicht einmal auf, dann ein zweites Mal und streifte über Tanis' Handrükken.

Tanis spürte den Schmerz jedoch kaum, bewegte den Magier mit einem Ruck auf den Bauch und stieß seine Hand, die das Messer hielt, auf den Boden. Die Stahlklinge schlug klirrend auf den Stein. Tanis riß erst eine, dann die andere Hand des Magiers hinter seinen Rücken und schob ein Knie in sein Kreuz, um ihn besser festhalten zu können.

Rianas Schluchzen, voller Angst, Entsetzen und Verzweiflung, kam dem Halb-Elfen langsam zum Bewußtsein. Ein bitterböser Fluch des Zwerges versicherte ihn, daß Flint unverletzt war.

»Laß Darin gehen, Magier«, befahl Tanis kurz und bündig. »Es ist vorbei. Laß ihn gehen.«

Bebend und nach Luft ringend, drehte Gadar den Kopf, um seinen Ergreifer anzufunkeln. Seine Stimme, hart wie Eis und Stahl, war ein heiseres Knurren. »Es ist erst vorbei, wenn der Zauberer es für beendet erklärt. Glaube ja nicht, du könntest ihn aus dem magischen Zirkel befreien. Wer auch immer seine Grenzen überschreitet, wird unverzüglich den Tod finden.«

»Es besteht kein Grund mehr, ihn festzuhalten. Laß ihn gehen.«

»Kein Grund in deinen Augen, Grund genug für mich.« Gadar hustete und erschauerte. Einen Moment lang hatte Tanis den Eindruck, daß die Augen des alten Mannes trübe wurden und das schwarze, haßerfüllte Funkeln tiefer Trauer wich. »Aber selbst das kann jetzt vorbei sein, endlich vorbei, trotz allem, was ich getan habe.« Grimmige Entschlossenheit verfinsterte wieder das Gesicht des Magiers. »Nein! Ich werde bis zum Ende kämpfen! Kämpfen, wie ich immer gekämpft habe!«

Wissend, daß er zuschlagen mußte, bevor Gadar seine Magie wirken lassen konnte, hob Tanis seine Faust. Aber Gadar war ein alter Mann! Und müde, so wie er aussah! *Alt und erschöpft,* flüsterte eine trockene, gesprungene Stimme in ihm, *und es wird nur ein Schlag nötig sein, junger Mann, nur einer, wenn du dich entschließt, auf diese Weise mit einem derart zerbrechlichen Gegner zu verfahren. Welche Kraft habe ich gegen die stahlharte Hand deiner Jugend?* Die Überdrüssigkeit eines Greises und Trauer, die seit uralter Zeit wie eine Bürde lastete, lagen in der Stimme. Verschwommene Bilder von mitleiderregenden, aber auch tapferen Anstrengungen verschmolzen im Bewußtsein des Halb-Elfen in einer Deutlichkeit, als wären sie seine eigenen lebhaften Erinnerungen. Im schwankenden Fakkellicht schien der Schatten seiner eigenen Hand schwarz und böse zu sein. Er ist ein alter Mann!

Tanis lockerte seinen Griff und wollte den Magier schon freilassen. Als er aber seinen Kopf abwandte, beschämt über seinen Gedanken, einen derart hilflosen Gegner niederzuschlagen, sah er, daß Gadars Lippen sich langsam bewegten und stumm die Worte eines tödlichen Zaubers sangen. Seine schwarzen Augen funkelten wie die einer uralten Schlange, die sich zusammengerollt für den tödlich Biß bereitmacht.

Nur ein Schlag war erforderlich, um den Magier zum Verstummen zu bringen. Aber als das magische Regenbogenlicht wieder aufleuchtete, in der Luft pulsierte und pochte, wußte Tanis, daß er bereits zu lange gezögert hatte.

Karel zog seine Schultern hoch und senkte seinen Kopf, um Gadars magische Mauer zu durchstoßen.

»Nein!« schrie Riana.

»Karel!« Diesmal schrie nicht Riana, sondern Darin. Etwas von seiner Persönlichkeit flackerte wieder in seinen Augen auf. Er streckte seine Hand aus, als ob er Karel aufhalten wollte, der gebückt dasaß und sich bereitmachte, durch den Blutzirkel zu springen. Darins Augen waren düster vor Angst, dann schließlich, befreit von dem Einfluß des Magiers, zeigte sich Verstehen in ihnen. Langsam wurde sein Körper wieder von seinem eigenen Willen belebt. Er taumelte auf Karel zu, warf sich gegen die pulsierende magische Wand und stieß seine Hand hindurch.

»Nein, Karel!« Seine Stimme klang hohl, und in ihr hallte bereits die unendliche Qual der Phantome, die das Schloß heimsuchten.

Die unterbrochene Energie, die Gadar mit Hilfe seiner Magie freigelassen hatte, erfüllte den ganzen Raum mit Stöhnen und Kreischen. Darin ergriff die Schulter seines Freundes, stieß ihn hart zurück und schleuderte ihn auf den Boden.

Darin krümmte sich in solch entsetzlicher Qual, daß er nicht einmal einen Laut aus seinem offenen Mund herausbrachte, und brach dann zusammen. Vor Schmerz zuckte und wand er sich. Schließlich verblaßten zischend und fauchend alle Regenbogenlichter, trieben einen Moment lang ziellos umher und verschwanden.

In dem Zauberkreis war kein Menschenleben mehr zu retten.

Im darauffolgenden verzweifelten Schweigen, umgeben von der schwächer werdenden Energie und dem Wissen um das Opfer, das Darin auf sich genommen hatte, bewegte sich Tanis instinktiv auf Riana zu.

Wie gelähmt stolperte sie einen Schritt auf den inzwischen ungefährlichen Zirkel zu, in dem ihr Bruder lag. Tanis zog sie zurück und führte sie behutsam zu Karel. Der blieb auf seinen Knien hocken und griff mit gesenktem Kopf blind nach ihrer Hand.

»Warum?« fragte sie. Die Frage war schmerzhaft aus ihrem weinenden Herzen gerissen. »Warum, Karel?«

Karel hielt sie fest. Er antwortete nicht. Er sah zu Tanis auf, als ob er ihm die gleiche Frage stellen wollte. Aber auch Tanis wußte keine Antwort. Hinter sich hörte er den Magier stöhnen, er hörte, wie er sich bewegte und dann ruhig wurde. Bis auf seine eigenen harten Atemzüge und Rianas Weinen schien der Raum plötzlich still zu sein. Der alte Magier atmete nicht mehr.

Es mußte Antworten geben, aber der Magier würde sie ihnen jetzt nicht mehr geben können. Tanis fragte sich, ob er sie überhaupt ausreichend oder sogar begreiflich gefunden hätte, wenn er sie noch hätte hören können.

Sein Kopf schmerzte von der Frage, die er sich wieder und wieder stellte, welche Absicht einen Menschen zu solch einer bösen Anwendung der Magie bewegen konnte.

Ein alter Mann. Seine Haut hatte die Farbe von Pergament,

seine Hände waren schwielige Klauen, durch die sich dicke, verknotete Venen zogen. Alter? Hatte der Magier beabsichtigt, sich die Lebensgeister des jungen Darin zunutze zu machen? Hatte er die Jugend anderer geplündert, um sein Leben zu verlängern? Ekel, ohne jegliches Mitleid, erfüllte Tanis, bis sich sein Magen zusammenzog.

Erschöpft drehte er sich um und hielt nach Flint Ausschau. Er fand den Zwerg in der dunkelsten Ecke des Raumes. Er kniete neben einem kleinen Bett. In diesem Bett lag unter dicken Gewändern und Decken ein schlanker, zerbrechlicher Junge.

Einen langen Moment lang meinte Tanis, daß der Junge tot sei. Sein Atem, so schwach, daß er genausogut ein Schattenspiel über seinem Brustkorb sein konnte, war unhörbar.

»Flint?«

Der alte Zwerg schüttelte den Kopf. »Er lebt, aber kaum noch.«

Der Junge seufzte. Dann öffnete er die Augen, und Tanis konnte den pochenden Schmerz fühlen, der sich in ihnen spiegelte. Es schien ein uralter Schmerz zu sein, der seit langem erduldet und zu lange abgelehnt worden war. Dann waren die Augen einen Moment lang mit Flehen erfüllt. Und wieder verdunkelten sie sich vor Angst.

»Vater?«

»Nein«, sagte Tanis und ließ sich neben dem Bett auf die Knie.

»Vater, nicht mehr.«

Tanis sah zu Flint hinüber, der den Kopf schüttelte. Der Junge war so schwach, daß er kaum sehen konnte, so erschöpft, daß er nicht erkennen konnte, daß Tanis nicht sein Vater war, zu dem er sprach. Schmerzhaftes Mitleid überwältigte Tanis, und er nahm die Hand des Jungen.

»Sei jetzt still«, flüsterte er.

Aber der Junge versuchte noch immer schwach, seine Hand zu heben. »Nein. Nicht mehr, Vater. Bitte, ich kann nicht. Nicht mehr.«

»Psst, jetzt, Bursche. Ruh dich aus.«

»Bitte, Vater. Ich würde... ich würde bleiben, wenn ich könnte. Bitte, Vater. Nicht mehr. Ich... will nichts mehr von diesem gestohlenen Leben.«

Als Tanis Flints bebendes Luftholen hörte, verstand auch er plötzlich, warum der Magier so erbittert um Darins Leben gekämpft hatte. Es war für den Jungen bestimmt gewesen! Der Junge war wohl nicht älter als zwölf oder dreizehn Jahre, aber seine Augen sprachen von vielen Jahren mehr. Und all diese Jahre, das erkannte Tanis auf einmal, waren nur Winter gewesen.

»Vater? Laß mich gehen. Ich bin so müde... laß mich gehen. Vater?«

»Tanis, gib ihm, was er möchte.« Flint setzte sich mühsam auf den kalten Steinboden. Sein Rücken war gegen das Bett des Jungen gelehnt. Es war, dachte Tanis, als ob der alte Zwerg den Anblick des Jungen nicht länger ertragen konnte.

Und eigentlich hätte auch er sich lieber abgewandt. Aber er konnte es nicht, auch wenn er das Gefühl hatte, er würde in der Not ertrinken, die er in den Augen dieses Jungen sah.

»Er will den Tod, Flint.«

Der Junge erschauerte, rührte sich wieder und griff nach Tanis' Hand. Das leise Rascheln der Bettdecken war wie der leise Gang des Todes.

»Tanis, hilf ihm«, wisperte Flint. »Er glaubt, du wärst sein Vater.«

Tanis hob den Jungen sanft in seine Arme und hielt ihn behutsam fest. Er wollte den schwachen Lebensfunken in dem Kind erhalten, als würde sein Mitleid allein reichen, ihn weiterglühen zu lassen. Auf der anderen Seite des Raumes sah er Riana, die in Karels Armen weinte und mit einer Hand über das Gesicht ihres Bruders fuhr. An seinem Hals konnte er den schwachen Atem des sterbenden Jungen spüren, noch warm von dem Leben, das mit jedem Augenblick schwächer wurde. Er wollte nicht den Tod von ihm, erkannte Tanis dann, sondern nur die Erlaubnis zu sterben.

»Ja.« Tanis flüsterte das Wort, das der Junge hören wollte, den Segen, den der Magier ihm niemals gewährt hatte. Suchend sah der Junge auf, voller Schwäche, dann lächelte er.

»Ich liebe dich, Vater.«

»Ich weiß«, hauchte Tanis, der an den Worten würgen mußte. »Aber geh jetzt, und geh mit meiner Liebe.« Einen Moment lang hätte er am liebsten seine Worte zurückgenommen. Dann seufzte der Junge, ein leichtes Zittern wie das Flattern von Mottenflügeln. Tanis' Arme schlossen sich fester um den zerbrechlichen Körper, der jetzt leblos in seinen Armen lag, und er neigte seinen Kopf.

Nach langer Zeit hörte er Flint, der sich neben ihm bewegte. Der Halb-Elf sträubte sich nicht, als sein Freund den Jungen aus seinen Armen nahm und ihn sanft auf das Bett zurücklegte.

»Bist du in Ordnung, Bursche?«

Tanis nickte.

»Worüber denkst du nach?«

»Daß all diese Leute in ihrem Handeln von Liebe geleitet worden sind. Riana und ihr Bruder, Karel und sogar der Magier und sein Sohn. Aber sieh doch nur, wie bitter die Ernte war.«

»Jawohl«, sagte Flint und griff nach unten, um ihm beim Aufstehen zu helfen. »Einige Früchte sind bitter.«

Tanis berührte das friedliche Gesicht des Jungen auf dem Bett. Er dachte, daß es auch der Schlaf sein könne, der die scharfen Linien des Schmerzes glättete, und nicht der Tod. »Und einige werden überhaupt nicht geerntet.«

Flint schwieg lange Zeit. Dann lächelte er in sich hinein. Er nahm Tanis' Arm und zog ihn sanft vom Bett des Jungen fort. »Einige sind bitter, und andere werden nicht geerntet. Die Ernte hängt vom Boden ab, in dem der Same gepflanzt worden ist, Bursche, und von der Pflege, die ihm gegeben wurde.« Er wies mit dem Kopf zu Riana hinüber, die jetzt ruhig in Karels Armen lag. »Glaubst du nicht, daß ihre Ernte dennoch süß sein könnte?«

Auf der Suche nach dem rechten Glauben

Mary Kirchoff

Das Gemeinschaftsfeuer aus Torf wärmte im Lager meine alten Hände, die von der harten Tagesarbeit steif waren. Ich, Raggart Knug, wahrer Kleriker des Eisvolkes, hatte gerade die langwierige, kalte Aufgabe vollendet, einen weiteren Frostsplitterer zu schmieden. Vor Zufriedenheit seufzte ich, kaute an dem rohen, frischen Fisch und zog meine Zehen ein wenig näher zu den Flammen.

Als die Sonne hinter der Bucht am Eisgebirge verschwand, setzten sich auch andere vom Lager ans Feuer, um sich zu wärmen.

»Erzähl uns noch mal die Geschichte von den Fremden!« bat Mendor. Seine Augen glänzten vor Aufregung.

Laina, ein hübsches Mädchen mit Haaren in der Farbe von geschmolzenem Walroßtran, gesellte sich zu uns. »Ja, erzähl uns, wie die wunderschöne Elfenfrau und ihre Gefährten einen Eisbären bezaubert und gegen den verruchten Drachenfürsten gekämpft...«

»Warte einen Moment! Wer soll denn nun diese Geschichte erzählen?« unterbrach ich sie kichernd.

Obwohl ich müde war, mochte ich die Gelegenheit nicht auslassen, meine Lieblingsgeschichte zu erzählen – über die Zeit, als ich ein wahrer Kleriker wurde. Ich wischte meine fettigen Hände an meiner Fellhose ab, beugte mich vor, um die Geschichte zu erzählen und mich von dieser Zeit in eine andere zu bewegen, als wäre es erst gestern gewesen, als...

Neun Fremde kamen aus dem Norden, aus Tarsis, wie sie sagten. Die Wachen hatten sie in einiger Entfernung vom Lager bemerkt, da sie sich mit ihren farbenfrohen Roben und dünnen Tierhäuten wie Frühlingsblumen von den weißen Gletschern abhoben.

Ich wollte jene aber nicht begleiten, die ausgewählt wurden, den Eindringlingen entgegenzutreten. Da die Rede von umherstreifenden und plündernden Minotaurierbanden war, hatte ich vor, die bevorzugte Waffe des Eisvolkes, den Frostsplitterer, so schnell wie möglich fertigzustellen. Ich war allein bei meiner Arbeit, da ich als Kleriker des Eisvolkes als einziger auf Krynn mit dem Wissen begabt bin, wie man diese bemerkenswerten Streitäxte aus unglaublich dicken Eisblöcken schmiedet. Die Kenntnis davon wird nur in meiner Familie weitergegeben.

Ich hoffte, die eine vor Sonnenuntergang fertigzustellen, und so hielt ich mein Gesicht gesenkt, als unser Anführer auf der Suche nach Männern, die die Fremden zur Rede stellen sollten, auch zu mir kam. Es funktionierte nicht. Aus unerfindlichen Gründen befahl der Große Harald mir, mich der Gruppe ebenfalls anzuschließen.

Murrend raffte ich meinen Stab und meinen Beutel mit Heilmitteln zusammen, bevor wir uns auf den Weg zum Hafen machten. Fast geistesabwesend stopfte ich auch den Frostsplitterer, an dem ich gerade arbeitete, in den Beutel. Ich habe keine

Ahnung, warum ich das tat, da ich nicht stark genug war, ihn zu gebrauchen. Ich hatte sechzig Jahre hinter mir, und meine Muskeln waren nicht mehr die eines jungen Mannes. Außerdem würde meine Aufgabe darin bestehen, mich mit den Fremden vernünftig auseinanderzusetzen, und nicht, gegen sie zu kämpfen. Obwohl ich einst der kenntnisreichste Berater bei dem Eisvolk war, hatte ich im Laufe der Jahre immer weniger von der Welt außerhalb des Lagers gesehen.

Meine alten Knochen knirschten streitlustig, als ich die Leiter über die Mauer aus festem Packeis hochkletterte und zu den Booten im Hafen ging. Schon bald jagte unser einsames Eisboot, dessen Segel sich wie eine Wolke bauschten, über das gefrorene Ödland und beförderte zwölf Männer des Eisvolkes zu dem farbigen Fleck, den die Fremden darstellten.

»Es sind neun«, schrie Wilmar, der für Harald an der linken Seite des Bootes Ausguck hielt.

»Und ein Eisbär, ein gutes Omen!« rief Harald. »Stellt das Segel!« Aufgrund ihrer Stärke und Ausdauer werden die Eisbären von dem Eisvolk seit langer Zeit verehrt und bewundert.

Das Eisboot glitt in einem weiten Bogen dahin und hielt ungefähr fünfzig Meter von der Reisegruppe entfernt an. Mit einem Wink befahl Harald, wir sollten uns den Fremden nähern.

Harald, dessen korpulenter Körper leicht schwankte, trat ungefähr zehn Meter nach vorn. »Ich bin Harald Hakan, Häuptling des Eisvolkes, des Volkes, dessen Land ihr widerrechtlich betreten habt. Kehrt dorthin zurück, woher ihr gekommen seid, und wir werden euch kein Leid zufügen.«

»Uns Leid zufügen?« knurrte ein junger Mann in schwerer Rüstung. Sein Schnurrbart sträubte sich vor Verachtung. »Derek Kronenhüter, Ritter der Krone, wird von niemandem herumkommandiert!«

Ich beobachtete, wie sich Haralds zwei Meter hohe Gestalt zu voller Größe und Breite aufblähte. In wenigen Augenblikken würde er uns den Befehl zum Angriff erteilen.

Plötzlich schob sich ein junges, schlankes Elfenmädchen an dem Ritter vorbei und stellte sich vor die Fremden. Ich muß zugeben, daß ich angesichts der Schönheit dieser Frau zu atmen vergaß. Ihre Haut war makellos und samtweich und ähnelte in nichts den rußbeschmutzten Gesichtern der Frauen im Lager. Sie sah zerbrechlich wie ein Eiszapfen aus, und dennoch lag in ihren Augen die Kraft seines Verwandten, des Frostsplitterers.

»Ich bin Laurana, Prinzessin der Qualinesti-Elfen«, begann sie. Ihre Stimme war hell, melodisch und bezaubernd. Sie stellte die anderen Mitglieder der Gruppe vor, doch ich war so hingerissen von dem Klang ihrer Stimme, daß ich deren Namen kaum zur Kenntnis nahm. Aber ich wußte auch, daß Harald sich bei mir Rat holen würde, und folglich zwang ich mich, ihren Worten zu lauschen.

Zu der Gruppe gehörte noch ein anderer Elf, ein ruhiger, gutaussehender junger Mann, den Laurana als ihren Bruder vorstellte. Er sprach wenig, aber seine Augen strahlten vor Liebe, wann immer er seine Schwester ansah.

Drei andere Männer waren wie Derek gekleidet, offensichtlich auch Ritter, obwohl damit ihre Ähnlichkeit auch schon aufhörte. Einer hieß Aran, war hochgewachsen und rothaarig und schien unbeschwert und umgänglich zu sein, doch entsprang dieser Eindruck nur meiner Vorstellung – bei unserer Begegnung gab es nichts zu lachen. Der Ritter mit dem Namen Brian war ruhig und strahlte eine schwer einzuschätzende Stärke aus.

Der vierte Ritter war interessanter als die übrigen, hauptsächlich deswegen, weil er nicht so leicht zu durchschauen war. Laurana nannte ihn Sturm. Diesen Ritter mit dem zweifachen

Schnurrbart umgab etwas Unstetes und Geheimnisvolles. Er war groß und stand stolz da, und in seinen Augen glänzte Aufrichtigkeit. Aber inmitten seiner Begleiter wirkte er merkwürdigerweise einsam und allein.

»Wir sind euch nicht böse gesonnen«, fuhr Laurana fort. »Wir kommen aus Tarsis und sind auf dem Weg zum Schloß von Eismauer, um eine Mission zu erfüllen, die für die Sicherheit von Krynn lebensnotwendig ist.«

Haralds Brustkorb hörte auf, vor Zorn zu beben, aber er blieb vorsichtig. »Aber diesen Bären habt ihr nicht aus Tarsis mitgebracht«, knurrte er.

Das Mädchen erblaßte bei seinem anklagenden Ton. »Nein, er wurde von Minotauriern gequält, darum haben wir ihn befreit«, erklärte sie hastig. »Wir haben ihn freigelassen, aber...«

»Er hat sich in Laurana verliebt!« schrie ein kleines, kindliches Wesen mit einem langen Pferdeschwanz, das lebhaft nach vorne sprang.

Völlig unerschrocken, trat das Wesen mit ausgestreckter Hand auf Harald zu. »Wie geht es dir? Mein Name ist Tolpan Barfuß und...«

»Halt den Mund, du Türknopf«, knurrte ein untersetzter Zwerg und riß den aufgeregten Kender am Arm zurück, »oder ich werde dich selbst an einen Minotaurus verfüttern!«

Laurana lächelte verlegen und sah zu dem gewaltigen, weißen Bären hinüber. »Er scheint mich sehr zu mögen.«

Wie Harald fand ich die Gegenwart des Eisbären faszinierend. Ich erkannte aufgrund seines ungeschickten, unbeholfenen Ganges, daß es sich um einen jungen Bären handeln mußte. Ich hatte diese schwerfälligen Tiere schon häufig auf dem Gletscher gesehen, aber niemals einen, der so bereitwillig einem Herrn gefolgt war, gleichgültig welcher Rasse. Ein Eisenband spannte sich fest um seinen dicken Hals, und tiefrote Striemen verunstalteten sein weißes Fell. Sie bestätigten die Geschichte der Elfenfrau über die Mißhandlungen durch die Minotaurier.

Aber Haralds Interesse wandte sich angesichts dieser Beobachtung zu den Minotauriern. »Wie viele Stier-Kreaturen waren dort? Habt ihr sie getötet?«

Ich konnte sehen, daß die Elfenfrau versuchte, Haralds Reaktion abzuschätzen. Vielleicht war das Eisvolk den Minotauriern ja friedlich gesonnen. »Es waren sieben – und ja«, riskierte sie zu sagen, nachdem sie ihn eingehend gemustert hatte, »wir haben sie getötet. Seitdem haben wir keine mehr gesehen.«

Auch wenn Haralds volles Gesicht durch ein Grinsen noch breiter wurde, konnte ich erkennen, daß er den Fremden noch immer nicht traute. »Die Stier-Männer belästigen uns seit langem. Wir stehen tief in eurer Schuld. Kommt mit uns in unser Lager und ruht euch aus. Wir werden euch Essen und richtige Kleidung geben, bevor ihr eure Reise über den Gletscher fortsetzt.«

Das war nicht nur reine Höflichkeit. Ich wußte, daß Harald die Fremden weiter befragen wollte, und er fühlte sich auf seinem eigenen Boden sicherer. Und falls ihm ihre Antworten nicht gefielen... würden sie unser Dorf lebendig nicht mehr verlassen.

Der Zwerg mit dem säuerlichen Gesicht trat nach vorne und schulterte sein Gepäck. »Also, ich könnte sicherlich warmes Essen und richtige Kleidung gebrauchen«, brummte er. »Dieses fruchtlose Unterfangen, zu dem uns der Kender verleitet hat, um eine dämliche Kugel der Drachen zu finden, von der wir überhaupt nichts wissen, reicht aus, um die Knochen eines Mannes zum Gefrieren zu bringen.«

Der Ritter Derek konnte sich nicht länger beherrschen. »Wir

dürfen keine Zeit für lärmende Festlichkeiten verschwenden! Und woher sollen wir wissen, ob wir diesen Barbaren vertrauen können? Ich finde, wir sollten unverzüglich weiterziehen!« Derek streckte seine Hand aus und ergriff Laurana am Arm, wohl mit der Absicht, sie zu zwingen, ihm in die Augen zu sehen. Offensichtlich wollte er seinem Argument Nachdruck verleihen.

Es funktionierte nicht.

Der riesige, weiße Bär hatte bis dahin ruhig neben Laurana gestanden. Als Derek das Elfenmädchen berührte, brüllte der Bär zornerfüllt auf und stellte sich plötzlich auf die Hinterbeine. Seine massige Gestalt richtete sich zu voller Höhe auf, so daß selbst Harald als Zwerg erschien, und er neigte sich bedrohlich über den Ritter, fauchend und knurrend, als ob er ihn warnen wolle, sich zu bewegen. Aus Dereks Gesicht schwand jegliche Farbe; hastig ließ er den Arm des Mädchens wieder los. Um mich traten die Männer des Eisvolkes ein wenig zurück. Sie wußten, daß die scharfen, hervorstehenden Krallen des Bären die Kraft hätten, Dereks Kehle im Nu aufzureißen. Die eisige Luft knisterte fast vor Spannung und wurde nur von Dereks unregelmäßigen Atemzügen unterbrochen.

»H... h... herunter, Bär«, gelang es schließlich dem Elfenmädchen zu stammeln. Aber das Tier blieb über Derek aufgerichtet. Laurana, die wohl erkannte, daß nur sie allein über den Einfluß verfügte, das Tier zu überreden, streckte mutig ihre schlanke Hand hoch, um es beruhigend zu streicheln. »Herunter!« befahl sie mit festerer Stimme. Der Bär zögerte einen Moment lang, dann ließ er sich widerstrebend auf alle viere fallen, beäugte Derek und knurrte ihn ein letztes Mal an. Obwohl er offensichtlich erleichtert war, daß der Bär ihn nicht mehr bedrohte, glühte Dereks Gesicht rot vor Demütigung.

Das also ist der Grund, warum diese schlanke, junge Frau die

Männer anführt, dachte ich mir. Der Bär hat sie auserwählt. Ich sah, daß auch Harald diese Begebenheit zur Kenntnis nahm.

Im selben Moment ging ein bärtiger Mann, den ich übersehen hatte, vorsichtig an dem Bär vorbei. Ich schätzte ihn älter als die meisten seiner Gefährten ein, aber jünger als mich. Er sprach zu dem Elfenmädchen in mildem, aber bestimmtem Ton, und aus ihrer respektvollen Haltung konnte ich schließen, daß er seit langem ihr Berater war. »Derek hat in einem Punkt recht, Laurana, meine Liebe: Wir dürfen keine Zeit verschwenden. Vielleicht wartet Tanis schon in Sankrist auf uns.«

»Das habe ich nicht vergessen, Elistan«, erwiderte Laurana leise, und in ihren Augen lag ein seltsamer, fast sehnsüchtiger Ausdruck.

Langsam wandte sie sich wieder zu Harald um. »Wir müssen leider dein gastliches Angebot ablehnen«, begann sie. »Mein... das heißt... Freunde von uns warten auf uns.« Schmerz lag in ihrer Stimme. »Und wir haben eine wichtige Mission zu erfüllen, bevor wir sie wieder treffen können«, fügte sie erklärend hinzu.

»Du hast mich leider mißverstanden, Prinzessin«, entgegnete Harald. Sein freundlicher Ton war verschwunden. »Es war kein Angebot, sondern eine Aufforderung. Verstehst du, das Eisvolk befindet sich im Krieg – und wir können es uns nicht leisten, jedem zu vertrauen.« Er lächelte schmallippig. »Ihr werdet daher mit uns zurückkehren.« Gewohnt, daß man seinen Befehlen gehorcht, wandte sich Harald um. Er sah folglich nicht, daß Derek sein Schwert zog und Laurana den Arm des Ritters ergriff und ihn zwang, sein Schwert wieder einzustekken.

»Was kann ich tun, um dich zu überzeugen, daß wir euch nicht feindlich gesonnen und keine Spione sind?« fragte sie hinter Haralds Rücken. »Unsere Mission ist lebensnotwendig – sie kann nicht warten!«

Harald drehte sich langsam um. Die Verärgerung färbte sein rotes Gesicht noch dunkler. Er mochte keine Komplikationen – und dieses Mädchen erwies sich als dickköpfig. Doch auf einmal schien ihm eine Idee gekommen zu sein, denn plötzlich strahlte er auf.

»Du hast meine Erlaubnis, deine ›Mission‹ fortzusetzen«, sagte er. »Aber laß mir einige von deiner Gruppe...«

»Als Geiseln hier?« beendete Laurana kühl den Satz.

»Nein, ich würde es lieber als ein Zeichen des Vertrauens bezeichnen.« Harald lächelte leicht. »Und als ein Zeichen unseres Vertrauens schwöre ich, ihr Leben sieben Tage lang zu verschonen. Diese Zeit gebe ich dir für deine Rückkehr. Das ist doch gerecht, oder nicht? Natürlich würde ich vorziehen, daß du uns alle deine Krieger hierläßt«, fügte er hinzu, und seine Augen wanderten zu den gut bewaffneten Rittern, »und den Bären als Maskottchen.«

Lauranas Mund verzerrte sich vor Entsetzen und Zorn. Ihr ganzer Körper bebte, als sie sich zu beherrschen versuchte. »Ohne Kenntnisse über den Gletscher ist es für uns unmöglich zu wissen, wie lange wir brauchen, um das Schloß von Eismauer zu erreichen. Und ohne Krieger – welche Chance haben wir denn dann, das zu bekommen, wonach wir suchen?«

Harald zuckte die Achseln. »Ich habe nicht gesagt, daß ich *alle* Krieger will. Diese zwei reichen aus«, sagte er und zeigte auf Aran und Brian. »Und die beiden mit Namen Flint und Gilthanas bleiben hier. Wegen deinem Bruder und deinem Freund wirst du eher geneigt sein, wirklich zurückzukehren.« Er musterte Derek. »Den Launischen kannst du behalten.«

»Das ist eine Unverschämtheit!« fauchte Derek, der bereits

wieder seine Hand auf den Schwertgriff legte. »Sie sind nur zwölf. Ich finde, wir sollten es darauf ankommen lassen und...«

Aber Laurana unterbrach ihn mit schneidender Stimme. »Wenn es darum geht, die Kugel zu erlangen, werde ich es auf nichts ankommen lassen. Wenn du auf einem Kampf bestehst, Derek, dann wirst du alleine kämpfen müssen.« Der Ritter Sturm trat näher zu ihr und nickte zustimmend. »Ich schlage vor, du weist deine Männer an, Harald zu begleiten«, fügte Laurana hinzu; ihre Stimme senkte sich, »so wie ich es bei meinen Freunden und meinem Bruder tun werde.«

Der Zwerg blickte finster drein. »Nein, Laurana«, widersprach er dickköpfig. »Ich werde nicht zulassen, daß du ohne mich durch diese gefrorene Wildnis auf der Suche nach diesem Weiß-Reorx-was-das-ist läufst! Es ist zu gefährlich!« Als er sich bewußt wurde, daß seine Stimme wieder lauter geworden war, beäugte Flint argwöhnisch den Bären und wurde wieder leiser. »Tanis würde mir das niemals verzeihen!«

»Auch unser Vater nicht«, fügte Lauranas Bruder grimmig hinzu. »Mir wäre es lieber, wir machten kehrt und vergäßen diese Kugel, als daß ich dich ohne Schutz gehen lasse!«

Mit einem traurigen Lächeln legte Laurana ihre Hände in die der beiden Männer. »Ihr beide wißt, daß die Kugel der Drachen vielleicht Krynns einzige Hoffnung ist, und alle zählen auf uns. Außerdem werde ich nicht allein sein – Sturm, Elistan und Derek sind bei mir. Wenn es eine andere Möglichkeit gäbe«, fügte sie hinzu, »würde ich sie wahrnehmen. Aber anscheinend bleibt uns nichts anderes übrig, als ihre Bedingungen zu akzeptieren. Macht es mir bitte nicht noch schwerer, als es ohnehin ist.«

Flint sah ihr prüfend in die Augen und seufzte tief. »Na schön«, sagte er mürrisch. »Außerdem willst du sowieso einen mißmutigen, alten Zwerg, der dich nur aufhält, nicht dabeihaben.«

Gilthanas nickte ebenfalls langsam, aber ich konnte erkennen, daß er keineswegs glücklich war. Er wollte Einwände erheben, aber sie sah ihn weiterhin hartnäckig und flehend an, so daß er schließlich wütend die Schultern zuckte. »Ich bleibe, wenn es das ist, was du willst«, sagte er.

Seufzend wandte sich Laura wieder an Harald. »Welche Sicherheit haben wir überhaupt, daß du deinen Teil dieses Handels einhältst und ihnen kein Leid zufügst?« fragte sie.

Harald kratzte sich einen Moment lang nachdenklich an seinem bärtigen Kinn. Auf meinen Stab gestützt beobachtete ich geistesabwesend, daß der alte Mann, Elistan, sich neben Laurana stellte.

Erst da bemerkte ich das Medaillon um den Hals des alten Mannes. Der Atem blieb mir in der Kehle stecken, aber dieses Mal vor Angst – die diesige Wintersonne spiegelte sich auf dem goldenen Medaillon, das die Form eines Platindrachen, das Symbol des wahren Gottes Paladin, hatte. Ich konnte meinen Augen nicht trauen. Vor langer Zeit, direkt vor der Umwälzung, waren alle Kleriker der wahren Götter von der Welt verschwunden, unter ihnen mein eigener Ururgroßvater. Mit ihnen war ebenfalls die Fähigkeit der Kleriker verlorengegangen, dem Willen der Götter in der Welt nachzukommen, Heilungen auszuführen und andere magische Zauber zu werfen. Viele waren überzeugt, daß die wahren Götter Krynn im Stich gelassen hatten, aber meine Familie hatte das nie geglaubt. In jenen Zeiten hatte sich meine Familie verpflichtet, auf ein Zeichen für die Rückkehr der wahren Götter zu warten. Bisher hatte niemand diesen Tag erlebt. Nervös rieb ich mir mit schmuddeligen Fäusten die Augen und hoffte, das Bild auszulöschen.

Aber als ich wieder aufsah, hing das Medaillon immer noch um Elistans Hals. Mir wurde langsam übel. Ich hatte stets gebetet, daß ich als erster einen wahren Kleriker ausfindig machen würde – einen, der Wunder vollbringen kann –, als ein Zeichen, daß die wahren Götter zurückgekehrt wären. Aber tief in meinem Herzen habe ich niemals wirklich daran geglaubt. Angesichts des Symbols, das diese Entdeckung ankündigte, glaubte ich es immer noch nicht – ich konnte es nicht glauben! Er mußte ein Scharlatan sein, und ich hatte nur noch den Wunsch, jemandem zu entfliehen, der versuchen würde, uns zu täuschen.

»Du verhandelst hart, Elfenfrau«, sagte Harald schließlich zu Laurana. »Du gefällst mir – ich traue dir zwar nicht ganz – aber du gefällst mir.« Sein Lachen dröhnte gegen den gefrorenen Gletscher. »Als Zeichen unseres Vertrauens und um dir zu helfen, innerhalb von sieben Tagen zurückzukehren, werde ich dir einen Führer mitgeben.« Er schlug mir auf die Schulter. »Unser Kleriker ist der beste von uns. Er wird euch zum Schloß begleiten.«

Haralds Worte hallten in meinem schmerzenden Kopf wider und hallten über den Gletscher. Konnte das Schicksal so grausam sein? Hatte ich richtig gehört? Haralds kräftige Hand auf meiner Schulter bestätigte mir seine Worte. Meine Entgegnung klang für mich, als würde ein anderer sprechen. »Ich kann nicht – ich meine, ich will sie nicht führen«, murmelte ich und wich Haralds Augen aus. »Ich traue ihnen nicht.«

Haralds breites Gesicht wurde so rot wie sein Haar. »Ganz recht!« bellte er. »Sie werden uns aber ohne ihre Krieger nicht angreifen, und sie werden dir nichts tun, solange wir ihre Freunde festhalten.« Er drehte ruckartig sein Gesicht zu mir herab, um mich anzusehen. Sein Atem roch nach Fisch. »Stellst du etwa meine Entscheidung in Frage?«

Aus meinen Wangen wich jegliche Farbe, als ich mich zwang, aus meiner trockenen Kehle Wörter hervorzubringen. »Nein – nein. Es ist nur...« Konnte ich ihm meine Befürchtungen mitteilen?

»Spuck es aus, Mann«, brüllte Harald ungeduldig. »Männer erfrieren, während du herumstotterst!«

Ich zwang mich, den Klumpen in meiner Kehle hinunterzuschlucken. »Dieser Mensch da, Elistan – er trägt das Symbol des wahren Gottes Paladin! Er ist ein Scharlatan!«

Haralds wütender Gesichtsausdruck löste sich. Er war jetzt verwirrt. »Aber Raggart, du hast dich doch wie jedes Mitglied deiner Familie mit deinem Leben verpflichtet, solch einen zu treffen!« sagte er. »Das ist doch deine Chance!«

Die einfache Logik von Haralds Worten verwandelte meine Angst in verbissene Dickköpfigkeit. »Darum bin ich ja so mißtrauisch!« flüsterte ich. »Wie kann solch eine bedeutende Person einfach so eines Tages auf dem Gletscher auftauchen? Was ist diese Kugel der Drachen überhaupt? Wenn sie so wertvoll ist, wer würde sie denn dann in einem zugefrorenen, aufgegebenen Schloß am entferntesten Rand des Gletschers aufbewahren? Jemand, der etwas zu verbergen hat, das ist es!«

Harald schüttelte bestimmt den Kopf. »Ich kann dazu nichts sagen. Die Götter wandeln auf geheimnisvollen Wegen.« Er schüttelte mich leicht. »Aber ob er ein wahrer Kleriker ist oder ein feindlicher Kundschafter, der unsere Stärke feststellen soll, wir brauchen unseren besten Führer, um sie zu bewachen. Und dieser Jemand bist du!«

Ich, Raggart Knug, Kleriker des Eisvolkes, sah in die eisblauen Augen meines Häuptlings und wußte, daß nur der Tod mich davor bewahren konnte, diese Fremden zum Schloß von Eismauer zu führen.

Wir wollten uns gerade zum Aufbruch bereitmachen, als der Kender, der neben Laurana gestanden hatte, ungeduldig von einem Fuß auf den anderen hüpfte und fröhlich fragte: »Nun, und wer will mich?«

»Sie!« schrien beide Gruppen gleichzeitig und zeigten auf die andere.

Es schien, als ob wieder ein Streit aufflammen würde, denn Derek weigerte sich, Tolpan zu nehmen, während der Zwerg darauf beharrte, daß der Kender ohne Aufschub zum Schloß von Eismauer geschickt werden sollte. Zu guter Letzt entschied Harald über Tolpans Schicksal. »Der Kender geht!« verkündete er entschlossen.

Ich hatte den Eindruck, daß selbst Laurana über diese Entscheidung bekümmert war.

Auch der Eisbär erwies sich als schwierig. Er weigerte sich, sogar recht heftig, möchte ich ergänzen, Laurana zu verlassen, bis sie ausführlich mit ihm sprach. Ich frage mich, wieviel er wirklich verstand, doch vermutlich ließ er sich durch ihren Ton umstimmen. Der Bär begleitete Harald, und mir fiel auf, daß unser Anführer eine ziemliche Entfernung zu dem schmollenden Bären einhielt, als er die Kundschaftergruppe zum Eisboot zurückführte.

Schließlich brachen meine Gruppe und ich zur Suche nach dieser Kugel der Drachen oder hinter was sie auch immer her waren auf. Ich benutzte einen Stab, um meine alten Knochen vorwärts zu treiben. Allmählich gewöhnte sich mein Körper an die Härten, denen man am Gletscher ausgesetzt ist. Obgleich die Zeit und die Naturkräfte auf die Landschaft eingewirkt hatten, wußte ich noch, wonach Ausschau zu halten war und wie man schneebedeckten Gletscherspalten auswich. Trotz meines Unbehagens wegen dieser Reise über den Gletscher genoß ich den kalten, eisigen Wind, der über meine ledernen Wangen fegte, und den Anblick des aufwirbelnden Schnees. Ich war doch zu lange in meiner Hütte eingesperrt und mit dem Schmieden von Frostsplitterern beschäftigt gewesen.

Als ich mich an meine Pflichten erinnerte, schaute ich zurück auf meine Schützlinge und wurde von Dankbarkeit erfüllt, daß Harald darauf bestanden hatte, uns Torf für ein nächtliches Feuer auf dem offenen Gletscher mitzugeben und uns in Bären- und Otterfelle des Eisvolkes zu kleiden. Die geliehenen Felle hoben die Fremden weniger auffällig vor dem schneeweißen Hintergrund ab als die farbenprächtigen Roben.

Gefahr kümmerte mich nicht. Das Alltagsleben hielt genügend Gefahren bereit. Außerdem hatte ich ein erfülltes Leben geführt und fürchtete die Möglichkeit des Sterbens nicht mehr besonders. Dennoch wollte ich mein Leben nicht in der Begleitung einer Bande von Betrügern im Namen des wahren Gottes beenden! Die Ironie des Schicksals ließ mich fast kichern: Das Schicksal hatte schon einen verschrobenen Sinn für Humor.

Unglücklicherweise besaß Derek den nicht. Nichts paßte ihm. Ich ging zu langsam. Ich ging zu schnell. Es war zu kalt. Es war zu heiß mit den Fellen. Ich hatte für den Ritter nichts übrig, aber ich wußte, daß es ihn nur weiter anstacheln würde, wenn man auf seine Beschwerden einging. Ich blieb schweigsam und hielt den Kopf gegen den aufwirbelnden Wind gesenkt, während ich unseren Weg über den Gletscher zum Schloß von Eismauer ausfindig machte.

Krynns Sonne ging an drei kalten Tagen auf und unter, in denen wir durch das verschneite Ödland wanderten. Jeden Tag kämpften sich hinter mir fünf Wanderer aus wärmeren Ländern durch bitterkalten Wind und Schneegestöber, die einen Mann gut eingraben konnten.

Der Kender erwies sich als größere Nervensäge als zehn Kinder unseres Dorfes zusammen. Mehr als einmal sah ich aus den Augenwinkeln, wie er den Pfad, den ich ausgewählt hatte, verließ. Einmal bekam ich ihn gerade noch am Kragen zu fassen, als der Schnee unter seinen kleinen Füßen nachgab und eine Gletscherspalte freilegte.

»Wow, sieh dir das an!« staunte er. »Ich frage mich, was da unten ist. Vielleicht sollte ich eine Karte zeichnen – womöglich ist das eine Abkürzung zur anderen Seite von Krynn!« Tolpan griff in einen Beutel und suchte Papier.

»Sei nicht noch dümmer, als du sowieso schon bist«, knurrte Derek und stapfte durch den Schnee, der bis zu seinen Knien reichte. »Ich wäre der erste, der sich hinunterstürzen würde, falls es dort zu einem wärmeren Ort gehen würde!«

Tolpan verzog leicht das Gesicht. »Vermutlich«, murmelte er.

Obwohl ich mir geschworen hatte, für mich zu bleiben und sie lediglich, wie befohlen, zu führen, konnte ich es mir nicht verkneifen, mir Gedanken über sie zu machen. Immerhin hatte ich genügend Zeit, sie gründlich zu beobachten.

Mein erster Eindruck von Sturm Feuerklinge änderte sich nicht: Er war ein einsamer Mann. Aus irgendwelchen Gründen schien der ältere Ritter Derek bestrebt zu sein, den Willen des jüngeren Ritters zu brechen, aber Sturm schwankte niemals in seiner Treue zu Laurana. Und obgleich er provoziert wurde, daß es für zehn Mann reichte, erhob er niemals seine Stimme gegen den älteren Ritter. Ein dunkles Geheimnis schien wie eine schwarze Bestie auf Sturms Schultern zu lasten, aber ich habe niemals herausgefunden, was es war.

Auch wenn Elistan die meiste Zeit schwieg und sich niemals beklagte, vertraute ich ihm immer noch nicht – oder vielleicht gerade deswegen. Hin und wieder lächelte er ohne ersichtlichen Grund gelassen in sich hinein, während seine Augen den düsteren Horizont absuchten. Er genoß diese Reise sicherlich nicht. Lachte er über mich? Lachte er etwa darüber, einen leichtgläubigen alten Kleriker hereinlegen zu können, der auf die Rückkehr des wahren Glaubens wartete? Der Gedanke beschleunigte meine Schritte, um den Augenblick schneller herbeiführen zu können, an dem ich mich von ihm trennen konnte.

Aber ich muß zugeben, so sehr ich es auch versuchte, so konnte ich mich nie auf den Zeitpunkt freuen, wo ich Laurana verlassen würde. Als ich sie kennenlernte, fand ich es merkwürdig, daß eine schlanke, junge Frau acht Männer anführte, von denen vier Ritter waren. Damals glaubte ich wie Derek, daß ihr Einfluß über die Gruppe von dem Bären herrührte.

»Meine Aufgabe besteht darin, diese Kugel zu bekommen«, hatte der Ritter eines Abends geknurrt, nachdem er eine weitere Auseinandersetzung mit Laurana verloren hatte. »Dieser Bär ist nicht mehr hier, um deine Schlachten auszutragen.«

Ich empfand Dereks Drohung als dümmlich und hohl und behielt den Moment in Erinnerung, in dem ich erkannte, daß Laurana mich verzaubert hatte, aber nicht auf romantische Weise. Jede Nacht, wenn wir anhielten und ein kleines Feuer entzündeten, um uns zu wärmen und unsere mageren Rationen zu verzehren, saß Elistan bei Laurana. Er flüsterte mit ihr, beriet sie und gab ihr die moralische Kraft weiterzumachen. Der Anblick erfüllte mich mit Eifersucht. Ich wollte derjenige sein, dessen Rat sie suchte und dem sie ein dankbares Lächeln schenkte. Hinter ihrer äußeren Schönheit lag eine innere Kraft, die mich veranlaßte, ihr auch ohne den Bären zu folgen.

Wir alle waren dankbar, als am Morgen des vierten Tages die Sonne hinter der entfernten Silhouette des Schlosses von Eismauer und über dem zerklüfteten Vorgebirge von Eismauer aufging. Vor der Umwälzung hatte das aus Stein gebaute Schloß auf einer felsigen Insel im Meer südlich von Tarsis gestanden. Aber durch die Umwälzung war dieses Meer wie auch die Insel in Eis und Schnee verwandelt worden. Damals war Eismauer entstanden. Wortlos beschleunigten wir unsere Schritte. Jeder von uns wurde durch den Anblick angespornt. Bald würde ich von diesen Fremden befreit sein.

Schon nach wenigen Stunden standen wir am Fuß der Eiswand. Ungefähr vierzig Schritte zu unserer Rechten schlängelten sich, so weit das Auge reichte, die eisüberzogenen Überreste einer Treppe den Hang hinauf. Auf ihrer Spitze thronte unser Ziel – das Schloß von Eismauer.

»Ist es das – das mächtige Schloß von Eismauer?« quietschte die hohe Stimme des Kenders laut in der eisigen Luft. Angstvoll versuchte ich, ihm eine Hand vor den Mund zu halten, aber ich war zu spät. »Also, es ist doch nur ein großer Eisblock, nicht einmal so reizvoll wie andere Schlösser, die ich gesehen habe!« schrie er.

Wie ich befürchtet hatte, erschütterte ein langsames, stöhnendes Geräusch Eismauer, und eine Schneelawine donnerte auf uns herab.

»Rennt!« brüllte ich. Ich rannte, so schnell meine Beine und der tiefe Schnee es zuließen, und konnte nur hoffen, daß die anderen mir folgten. Als sich der Aufruhr um uns schließlich legte, steckte lediglich der Kender zu seinem Entzücken bis zum Hals im Schnee.

»Oh meiomei, habe ich das etwa verursacht?« fragte er unschuldig, während Sturm ihn unter den Achselhöhlen packte und wieder herauszog. »Seht mal!« keuchte er plötzlich. »Die Lawine hat eine Höhle oder etwas Ähnliches freigelegt!« Er zeigte himmelwärts auf eine dunkle, schattige Stelle, die sich in der Mitte der Eiswand befand. »Das muß eine Abkürzung zum Schloß sein. Dessen bin ich mir sicher. Und ich habe sie gefunden«, fügte er stolz hinzu.

Dereks Gesicht verzerrte sich in einem grimmigen Lächeln. »Das ist genau der Grund, warum wir sie meiden sollten. Ganz zu schweigen von der Tatsache, daß es töricht ist, zu einer dunklen Stelle zu klettern, die vielleicht eine Höhlenöffnung ist oder auch nicht und die vielleicht ins Schloß führt oder nicht.« Seine Augen verengten sich, als er sich drohend zu dem Kender hinabbeugte. »Und falls es eine Öffnung ist – was glaubst *du* wohl, wer sie geschaffen hat?«

»Das weiß ich wirklich nicht«, erwiderte der Kender. »Aber es wäre interessant, das herauszufinden.«

Derek schnaufte höhnisch. »Interessant ist nicht das Wort, das ich zur Beschreibung dessen verwenden würde, was auch immer einen machtvollen Artefakt wie diese Kugel bewacht.«

Lauranas Augenbrauen zogen sich vor Sorge zusammen. »Darüber habe ich noch gar nicht nachgedacht!« sagte sie mit ärgerlichem Blick. »Ich hatte angenommen, daß das Schloß von Eismauer leer steht, da es so weit abgelegen auf dem Gletscher liegt. Aber Derek hat wahrscheinlich recht. Raggart, du kennst dieses Gebiet besser als wir alle zusammen. Was glaubst du? Ist es wahrscheinlich, daß das Schloß bewohnt ist?«

Ich zögerte einen Augenblick, um zu entscheiden, was ich wirklich *glaubte*. Ich wollte sie nicht unnötig beunruhigen, aber andererseits mußte sie die Wahrheit erfahren.

»Es gab Berichte über einen weißen Drachen, der in das Schloß fliegt und wieder heraus«, teilte ich ihr widerstrebend mit. »Hier könnten sich auch noch andere Kreaturen aufhalten – ihr seid doch bereits auf Minotaurier gestoßen.«

»Ich weiß nicht, warum ich daran nicht schon früher gedacht habe!« Sie seufzte. Dann blickte sie argwöhnisch die eisüberzogene Bergwand hoch. »Welchen Weg sollen wir einschlagen?«

Ich folgte ihrem Blick. »Ich glaube, der Kender hat recht – da ist eine Höhlenöffnung, die ins Schloß führen könnte. Auch wenn wir nicht wissen, was uns drinnen erwartet, stehen wir dem gleichen Risiko gegenüber, wenn wir zum Gipfel hochklettern, mit dem zusätzlichen Risiko, von oben gesichtet zu werden. Wofür du dich aber entscheidest, das Klettern wird auf jeden Fall sicherer sein, wenn wir uns alle aneinanderseilen.«

»Der alte Barbar weiß nicht, was er sagt«, höhnte Derek, »aber seine Idee mit dem Seil klingt vernünftig. Laßt uns nicht noch mehr Zeit verschwenden – eine Kugel erwartet uns oben!« Er band ein Stück Seil um seine Taille und hielt das andere Ende Sturm hin. »Komm, Feuerklinge, binde dich an mir fest, dann werden wir den Anfang von dieser Treppe suchen!«

Sturms Brauen hoben sich fragend. »Laurana?«

»Raggart ist unser Führer«, erwiderte sie zuversichtlich. »Wir klettern zu der Öffnung.«

Plötzlich verwandelte sich ihr Gesichtsausdruck in blanke Furcht. Wie durch einen zufallenden Vorhang wurden wir in Schatten getaucht. Verblüfft folgte ich ihrem Blick. Dort oben, hoch über Eismauer, erblickte ich den gigantischen Bauch eines weißen Drachen, der sich von der Brüstung des Schlosses erhob.

»Nach unten!« zischte ich. Glücklicherweise fiel jeder sofort auf den Bauch, ohne Fragen zu stellen, sogar der Kender. Sie wußten wie ich, was geschehen würde, wenn der Drache uns erspähte. Ich erschauerte bei dem Gedanken und betete, daß wir in unseren hellen Fellen mit dem Schnee verschmelzen würden.

Mit einem kurzen Blick nach hinten schoß der Drache in die

Richtung, aus der wir gerade gekommen waren. Einen gewaltigen Schatten zog er hinter sich her. Eine plötzliche Angst verknotete meinen Magen. Als der Drache nur noch ein Punkt am fernen Horizont war, erhob ich mich und wandte mich um, um zurückzugehen.

»Warte, Raggart! Wohin gehst du?« schrie Laurana. Sie stolperte mir nach und hielt mich am Arm fest.

»Jetzt haben wir Gewißheit über die Berichte von einem Drachen. Angesichts der Richtung, die er eingeschlagen hat, befürchte ich, daß er auf mein Dorf zusteuert. Ich muß sofort zurückgehen!«

Laurana schaute mich mitfühlend an. Doch dann schüttelte sie den Kopf. »Wir können unsere Suche nach der Kugel nicht aufgeben, erst recht nicht so kurz vor dem Ziel«, sagte sie.

»Was ist mit dieser Kugel der Drachen? Wie kann sie wichtiger sein als das Leben meiner Verwandten?« herrschte ich sie an.

»Ich verstehe deine Sorge«, erwiderte Laurana, »aber ein einzelner Drache wird kaum ein ganzes Dorf angreifen. Und *wenn* er es doch wollte, hätte er es schon längst getan. Denk doch nach, Raggart«, befahl sie und ergriff meine Schultern. »Und selbst wenn wir sofort aufbrächen, würden wir dein Dorf erst Tage nach dieser Kreatur erreichen, zu spät, um überhaupt jemandem noch helfen zu können. Dann würden wir weder dein Dorf retten noch die Kugel bekommen.«

»Und was ist mit unserem Leben?« schrie ich. »Die Anwesenheit des Drachen überzeugt mich, daß das Schloß von Eismauer bei weitem gefährlicher ist, als einer von uns sich je vorgestellt hat.« Selbst für meine eigenen Ohren klang ich wie ein verängstigter alter Mann. Das machte mich nur noch wütender. »Ich bin weder ein alter Feigling noch ein junger Narr!«

»Natürlich bist du das nicht!« Lauranas Augen glitzerten hell. »Die Kugel, die wir suchen, hat gerade die Kraft, Drachen zu kontrollieren. Auch wenn du mich wohl nicht verstehst oder mir nicht glaubst, Raggart, es werden noch mehr Leute leiden, wenn wir sie nicht bald finden. Noch schlimmer ist es, wenn ein anderer sie für böse Zwecke verwendet.« Laurana griff nach meiner Hand. »Ich weiß, Harald hat dich angewiesen, uns zu beobachten – ich meine, uns zu führen, aber ich werde dir keine Vorwürfe machen, wenn du dich entscheidest, ohne uns umzukehren.« Ihre Stimme gewann an Schwung. »Aber, Raggart, Zeit ist von entscheidender Bedeutung, wenn wir unsere Freunde retten wollen – Krynn retten wollen. Wir – *ich* brauche deine Hilfe. Kommst du mit uns?«

Derek schnaufte verächtlich und sah sich nach einem Weg die Gletscherwand hinauf um.

Einen Moment lang war ich vor Unentschlossenheit zerrissen. Obwohl ihre Worte mich überzeugt hatten, daß meine Befürchtungen unbegründet waren, zögerte ich immer noch. Zu guter Letzt entschloß ich mich aus drei Gründen, sie weiter zu begleiten: Zum Guten oder zum Schlechten mußte ich die Wahrheit über Elistan herausfinden; Laurana wollte, daß ich mitgehe, und Derek wollte es nicht.

Mir behagte der Gedanke überhaupt nicht, daß mein Leben auf irgendeine Weise von Derek abhängen sollte, aber sobald ich an ihm angeseilt war, blieb mir nichts anderes übrig. Nach mir kam Laurana, dann folgten Elistan und Tolpan, und Sturm bildete die Nachhut. Obwohl sich Derek sehr lange über den Gletscher beklagt hatte, war er zu stolz auf seine körperliche Kraft und Ausdauer, um sich die Erschöpfung einzugestehen, die uns alle bei der halsbrecherischen Kletterei an der Eismauer überfiel. Seine Zähigkeit hat wohl mehr als einmal unser Leben gerettet. Wann immer ich zögerte oder meinen Halt verlor, war Dereks Hand da, um mich auf sicheren Boden zu ziehen.

Die Bergwand bot noch weniger Schutz vor den Naturgewalten als der offene Gletscher. Gezwungen, nach oben zu sehen, um den Weg zu finden, waren unsere Gesichter dem eisigen, schmerzenden Wind ausgesetzt, der über die Haut blies, bis sie wund wurde. Meine Finger hielt ich ständig gekrümmt, meine Arme schmerzten von der Anstrengung, und meine Zehen pochten von dem Ringen, neuen Halt zu finden. Selbst meine Kiefer schmerzten, da ich die ganze Zeit meine Zähne zusammenbiß.

Aber so sehr ich auch litt, so war ich doch zumindest an die Kälte gewohnt. Ich wußte, daß es für die anderen zehnmal schlimmer sein mußte. Unter mir rang Laurana mit sich, unwillkürliche Schmerzenslaute hinunterzuschlucken. Und unter ihr keuchte Elistan, bis ich glaubte, seine Lungen würden platzen.

»Ich will mich ja nicht beklagen«, hörte ich den Kender erschöpft sagen, »aber ist noch jemand müde? Ich kann mich ja wirklich für Abenteuer begeistern, und ich weiß, daß wir die Kugel finden müssen, aber seit jener Zeit mit dem wollenden Mammut war ich nicht mehr so erschöpft. Ich *habe* dir doch davon erzählt, oder nicht?«

»Doch, Tolpan, wir alle kennen die Geschichte«, erwiderte Sturm geduldig. »Spar dir deine Energie jetzt lieber für das Klettern auf.«

»Ich bin mir ziemlich sicher, daß Raggart sie noch nicht gehört hat«, widersprach Tolpan etwas gereizt, »aber vielleicht hast du recht«, fügte er hinzu und japste nach Luft.

Stunden, die bald Tage zu sein schienen, verstrichen, als wir langsam den Weg an der glasigen Eiswand hinter uns brachten.

Hinter mir seufzte der Kleriker Elistan laut auf. Obwohl ich ihm gegenüber immer noch Mißtrauen hegte, schien er ein netter, freundlicher Mann zu sein und keineswegs zu Witzen oder Betrügereien zu neigen. Was hatte ich – was hatten die Knugs über Generationen hinweg – erwartet? Wo sollte ich denn sonst den Boten der Götter finden, wenn nicht auf dem Gletscher, da ich selten das Dorf verließ, geschweige denn den Gletscher?«

»Sind wir denn bald da?« Tolpan sprach die Worte aus, die alle anderen liebend gerne auch vorgebracht hätten. »Ich komme mir vor, als ob wir zur Spitze hoch und dann wieder hinunter klettern würden!«

»Es *ist* bald Sonnenuntergang«, gab Laurana zu bedenken. »Vielleicht sollten wir anhalten.«

Auch ich hatte bemerkt, daß unsere Schatten am Hang länger wurden. Bald würden die Monde aufgehen.

»Falls wir die Öffnung nicht bald erreichen«, rief Sturm zu uns hoch, »schlage ich vor, daß wir einen Felsvorsprung suchen, wo wir die Nacht verbringen und uns ausruhen können.«

»Zum ersten Mal bin ich mit Feuerklinge einer Meinung«, sagte Derek, der schließlich der Erschöpfung nachgab. Mit einem fellbedecken Arm wischte er sich über die Augen und hielt mit dem Klettern inne, so daß auch wir anderen zum Anhalten gezwungen waren.

Bei dem Überqueren des Gletschers hatten wir den ganzen Torf aufgebraucht. Der Gedanke an eine Nacht, in der man sich an diesem eisigkalten Berg festklammert und der Wind lauter pfeift als Haralds Schnarchen, hob keineswegs meine Stimmung. Ich sah an Derek vorbei die Eiswand hoch. Obgleich das Zwielicht jede Eisritze ins Dunkel tauchte, machte ich eine aus, die nicht sehr weit entfernt und größer und dunkler als die anderen war.

Ich räusperte mich, denn ich hatte nicht mehr gesprochen, seit wir am Morgen mit der Klettertour begonnen hatten. »Ich glaube, wir sind fast da. Seht mal«, sagte ich und zeigte in die Richtung, wo ich die Höhlenöffnung wähnte.

»Das sagst du nur, weil ich vorgeschlagen habe, hier anzuhalten«, knurrte Derek, ohne aufzusehen. Die Erschöpfung ließ ihn noch mürrischer werden.

»Weißt du, Derek«, sagte Tolpan mit seiner schrillen Stimme, »die Leute wären eher geneigt, auf dich zu hören, wenn du so nett wärst wie Laurana oder Sturm…«

»Jetzt nicht«, warnte Sturm den Kender mit leiser Stimme.

»Ich bin sicher, daß Derek es zu schätzen weiß, so etwas gesagt zu bekommen«, fuhr Tolpan gelassen fort. »Flint hat mich einmal einen Dieb genannt. Alles war natürlich ein schreckliches Mißverständnis um ein Armband. Jedenfalls hat er mir erklärt, daß die Leute meine Motive mißverstehen könnten, weißt du, daß sie denken könnten, daß ich ein Dieb sei, obwohl ich doch wirklich nur ihre Interessen wahre. Jetzt weiß ich, daß ich das nicht so persönlich nehmen soll. Derek versteht schon, wie ich das meine«, schloß der Kender zuversichtlich.

»Nicht jetzt, Tolpan!« zischte Sturm und blickte in Dereks rot angelaufenes Gesicht und auf seine geballten Fäuste.

»Ja… nun…« Laurana hüstelte nervös. Vielleicht schluckte sie auch nur ein Lachen hinunter. »Ich glaube, wir sollten uns lieber beeilen, falls wir weiterklettern wollen.«

Dereks Faust öffnete sich langsam, während er noch um Beherrschung rang. Mit einem grimmigen Blick auf den sorglosen Kender drehte er sich um und blickte argwöhnisch in die zunehmende Dunkelheit. Dann kletterte er weiter den Hang hoch und zerrte uns praktisch mit sich.

Glücklicherweise hatten wir es nicht mehr weit.

»Na, so was!« keuchte Derek vor mir. Er kroch über einen zerklüfteten Vorsprung und verschwand aus meinem Blickfeld. Stirnrunzelnd trieb ich meine widerstrebenden Muskeln weiter. Als ich die Stelle erreichte, wo ich ihn zum letzten Mal gesehen hatte, blieb ich stehen und hielt plötzlich den Atem an.

Wir hatten die Höhle gefunden.

Und sie war jenseits aller Vorstellung: Wände, Decken und Boden waren aus Eis und glatt wie Glas. Obwohl die Höhle pechschwarz sein mußte, schimmerte ein Regenbogen aus gedämpften Farben auf der glasartigen Oberfläche. Farben, die ich in meinem ganzen Leben noch nie gesehen hatte, tänzelten auf dem düsteren, schwarzweißen Gletscher. Ich stand da wie angewurzelt.

»Raggart, was ist los?« Laurana schob sich an mir vorbei und kletterte auf den Vorsprung. »Du meine Güte!« stieß sie hervor. »Das ist ja wunderschön!«

»Und magisch«, fügte Elistan beunruhigt hinzu, als wir ihm auf den Vorsprung halfen. Tolpan und Sturm folgten. »Und ich vermute, das stammt von den Schwarzen Roben.«

»Was bedeutet das?« fragte der Kender.

»Das bedeutet leider, daß wir hier oben wahrscheinlich nicht allein sind«, antwortete Sturm grimmig. »Jemand, der über sehr machtvolle und böse Magie verfügt, hat dies geschaffen.«

»Ich kenne einige sehr machtvolle Zauberkundige«, mischte sich Tolpan ein. »Beispielsweise Raistlin – hast du je von ihm gehört?« fragte er mich. Meine Antwort wartete er aber nicht ab. »Und Fizban, obwohl er nicht so machtvoll ist«, fügte der Kender mit gerunzelten Brauen hinzu, »oder lebendig, was das betrifft.«

Derek warf Tolpan einen Blick zu, als wäre er eine lästige Fliege. »Wir dürfen jetzt nicht das Risiko eingehen, uns hier auszuruhen«, sagte er entschieden. »Dies könnte die Höhle des Drachen sein, soviel müßte allen klar sein!«

»Das glaube ich nicht, Derek, diese Höhle ist zu klein. Außerdem sind wir erschöpft!« widersprach Laurana matt. »Was nützt es, wenn wir zu müde sind, um uns im Notfall zu verteidigen?«

Ich nahm ihre Auseinandersetzung kaum wahr. In meinem Kopf wirbelte eine Frage umher, die mit jeder Drehung lauter dröhnte. Elistan hatte nicht erkennen lassen, daß er ein Zauberkundiger war. Obwohl ich die Antwort wußte, mußte ich meine Frage laut stellen. »Woher weiß er, daß die Höhle magischen Ursprungs ist?« fragte ich und zeigte auf den alten Mann.

Laurana zuckte gleichgültig die Achseln. »Elistan ist ein wahrer Kleriker von Paladin. Sein Gott hat ihm gesagt, daß dieser Ort mit Hilfe von Magie geschaffen wurde.« Sie wandte sich an Elistan. »Glaubst du, daß wir hier eine Weile ausruhen können?«

Ich sah in das ruhige, wenn auch erschöpfte Gesicht eines Mannes, der behauptete, ein wahrer Kleriker zu sein. Ich sah seine Liebe zu Laurana – zu jedem – und begann langsam zu wagen, ihm zu trauen.

»Für eine kurze Zeit können wir hier eine Rast einlegen, aber dann sollten wir weitereilen, wie Derek vorschlägt«, antwortete Elistan diplomatisch.

Derek schnaufte höhnisch über den errungenen Teilsieg. Er lehnte den Walroßtran ab, den ich ihm anbot, und begann, in der Höhle auf und ab zu schreiten. Laurana dagegen legte sich gelassen auf ein Fell und rollte sich wie eine Katze ein, um in der kurzen, kostbaren Zeit ein Schläfchen zu halten.

Ich teilte den restlichen Tran zwischen den anderen dreien und mir auf. Sturm stand abseits. Geistesabwesend kaute er seine Ration und beobachtete Derek beim Auf- und Abschreiten.

Elistan fand eine entlegene Ecke und nahm eine Meditationshaltung ein. Betete er zu Paladin – oder zu einem falschen Gott? Ich sehnte mich nach der Fähigkeit, Gedanken zu lesen. Falls Paladin wirklich existierte und Elistan sein Kleriker war, warum gab er mir dann kein Zeichen?

»Falls dich meine Meinung nicht beleidigt«, unterbrach Tolpan meine Gedanken, »möchte ich dir sagen, daß dieses Zeug furchtbar ist. Versteh mich bitte nicht falsch – ich schätze es wirklich, daß du dein Essen mit uns teilst –, aber essen deine Leute dieses Zeug wirklich immer?«

»Nein«, antwortete ich grinsend. »Manchmal essen wir rohen Fisch.«

Das schmale Gesicht des Kenders legte sich vor Abscheu in Falten. »Wirklich? Keine Würzkartoffeln, kein Zwergenschnaps?« Er erschauerte. »Ich glaube, du kannst nichts dafür, wer du bist – aber ich bin heilfroh, als Kender geboren zu sein und nicht als Eisbarbar.«

Ich sagte es ihm zwar nicht, aber auch ich war heilfroh darüber.

Derek schritt hin und her, bis er es nicht mehr aushielt. »Können wir jetzt bitte mit unserer Suche nach der Kugel fortfahren?« fragte er mit sarkastischer Höflichkeit. Laurana schreckte aus ihrem Schlaf hoch.

»Was?« murmelte sie benommen. »Wie lange habe ich geschlafen?« Mit einer Grimasse zwang sie sich auf die Füße.

»Nicht lange genug«, brummte Sturm und warf Derek einen verärgerten Blick zu.

Laurana zuckte zusammen und rieb über ihre verkrampften Rückenmuskeln. »Mach dir nichts daraus.« Sie versuchte, tatkräftig zu klingen. »Laßt uns mal sehen, ob diese Höhle irgendwohin führt.«

»Das sollte sie lieber«, sagte Derek in scharfem Ton und funkelte mich an, bevor er zum Ende der Höhle stürmte. »Beeil dich, Feuerklinge.«

Der unterdrückte ein Grinsen, schlug mir ermutigend auf den Rücken und ging dem ungeduldigen Ritter nach. Elistan zeigte wieder seinen gewöhnlichen, beunruhigend heiteren Gesichtsausdruck, zog seine Felle enger an sich und gesellte sich zu Laurana.

Glücklicherweise führte die Höhle zu einem Tunnel, obwohl niemand eine Idee hatte, wohin der führen mochte.

Wir sollten es bald herausfinden.

»Wißt ihr, ich habe das Gefühl, daß wir etwas übersehen«, murmelte Tolpan, der zwischen uns herumsauste und sein Gesicht gegen die kalten, glasartigen Wände drückte. »Ich bekomme das unheimliche Gefühl, daß wir beobachtet werden.«

»Das wirst du auch«, sagte Sturm und zog liebevoll am Zopf des Kenders, »von mir.«

Tolpan runzelte die Stirn. »Mach dich nur lustig über mich, Sturm, aber mein Onkel Fallenspringer sagt...«

Sturm hielt sich beide Hände auf die Ohren und schnaufte. »Bitte keine Onkel Fallenspringer-Geschichte.«

Derek riß seinen Kopf herum. »Psst!« knurrte er. Plötzlich verzerrte sich sein Gesicht vor Überraschung. »Halt!« Der Tunnel endete plötzlich an einem tiefen, schwarzen Abgrund! Mit einem Fuß über dem Rand, ruderte Derek wild mit den Armen, um nicht ganz hinunterzustürzen.

Instinktiv packte Laurana seinen ausschlagenden Arm, und Sturm griff nach ihr. Gemeinsam zogen sie den um Gleichgewicht ringenden Ritter vom Rand zurück. Schnaufend und keuchend brach er zusammen. Doch er besann sich schnell, rappelte sich hoch und schob die helfenden Hände von sich. »Großartig! Und wohin gehen wir jetzt?« verlangte er zu wissen.

Laurana runzelte die Stirn. »Ich sehe keinen Grund – und auch keine Möglichkeit – den Abgrund zu überqueren. Auf der anderen Seite ist lediglich eine Eiswand. Vermutlich müssen wir zurückgehen und doch weiter an der Bergwand hochklettern«, sagte sie müde.

»Nicht nötig!« trällerte Tolpan laut, den wir, wie ich gestehen muß, völlig vergessen hatten. Er sank auf die Knie und klopfte mit seinen Händen an die linke Wand. Plötzlich sah er zu Elistan auf und griff nach dem Streitkolben, der am Gürtel des Klerikers hing. »Darf ich ihn ausborgen?« fragte er höflich. Ohne eine Antwort abzuwarten, nahm er den Kolben und schleuderte ihn in die Eiswand, bis glasartige Scherben im ganzen Tunnel herumflogen.

»Tolpan, was um Krynns willen machst du da?« herrschte Laurana ihn an und streckte ihre Hand aus, um den nächsten Schlag zu verhindern. Sie hielt abrupt inne, als die Schläge des Kenders ein Loch enthüllten, das in einen Raum führte. Bevor sie etwas sagen konnte, hüpfte Tolpan durch die ausgezackte Öffnung.

»Tolpan, warte!« schrie sie und eilte ihm nach.

»O nein«, murmelte Sturm, als ob diese Situation nichts Neues für ihn wäre. Er schulterte sein Gepäck und folgte der goldhaarigen Elfe. Wir übrigen stiegen eilig hinterher.

Als ich durch die Öffnung trat, fand ich die anderen in einem großen Raum wieder, der aus grob gehauenen Steinblöcken gebaut war. In einer Ecke lag ein Stapel mit getrocknetem Brenntorf. In einer anderen waren riesige Holzfässer ordentlich nebeneinander aufgereiht. Waffen und Werkzeug hingen von Halterungen an den Wänden. Eine baufällige Tür hing an der gegenüberliegenden Wand in einer Angel. Wir schienen eine Art Lagerraum gefunden zu haben – aber für wen? Die plötzliche Erkenntnis ließ mein Haar zu Berge stehen.

»Ich wußte doch, daß wir etwas übersehen haben!« schrie Tolpan und flitzte vor Aufregung durch den Raum.

Elistan ging mit ausgestreckter Hand auf den Kender zu. »Ja, das hast du... Meinen Kolben, bitte«, erinnerte er Tolpan.

»Oh, das hier?« fragte Tolpan, zog den Kolben aus einem Beutel, wo er ihn offenbar aus Sicherheitsgründen aufbewahrt hatte. »Nein, ich meinte etwas anderes. Hört mal!«

Der Kender verstummte, und das Zimmer war plötzlich auf seltsam beunruhigende Weise still. Tolpan schlich langsam zur Mitte und legte seinen Kopf von einer Seite auf die andere. Wie angefroren standen wir da und beobachteten ihn. »Hörst du das, Sturm?« fragte er leise. »Es klingt wie... wie ein Klicken oder ein Kratzen. Raggart?«

Alle Augen richteten sich auf mich, als ob ich die Quelle des seltsamen Geräusches kennen müßte. Ich griff nach oben, um meine Fellkapuze zum besseren Hören abzunehmen, als Derek plötzlich vor Wut aufschrie und sein Schwert aufblitzte. Bevor jemand von uns Zeit hatte zu begreifen, was da geschehen war, brach im Raum ein knurrendes, schreiendes Durcheinander aus. Minotaurier, Kreaturen mit menschlichen Körpern und Stierköpfen, und Thanoi, eine andere bizarre Mischung aus Mensch und Walroß, platzten durch die Tür und stürzten sich auf die zwei Ritter und den Kender.

In der Überraschung hatte Sturm kaum Zeit, seine Waffe unter seinen Fellen hervorzuziehen. Mit Derek drängte er nach vorne und versuchte, die greulichen Kreaturen zurück zur Tür zu stoßen. Aber die Thanoi, gierig auf das Blut der Eindringlinge, waren rasend. Wild schwangen sie ihre Äxte und Keulen und zwangen die zwei Ritter zurück zur Mitte des Raumes.

Aus dem Augenwinkel sah ich kurz Lauranas flachsblondes Haar, als sie ihre Klinge zog und nach vorne sprang, um sich den Rittern anzuschließen. Der Anblick der mutigen Kämpferin ließ mich erkennen, daß allein ich nichts beitragen konnte zu helfen. Aber was konnte ich – ein müder, alter Mann – schon ausrichten?

Während mich noch meine Unentschlossenheit peinigte, sah ich den Kender zwischen den Reihen der Fässer verschwinden. Es sah ihm gar nicht ähnlich, sich von dieser Aufregung fernzuhalten. Was ist mit ihm los, fragte ich mich.

Plötzlich erfüllte ein blutrünstiges Brüllen meine Ohren. Ich wandte mit einem Ruck meinen Kopf herum und sah einen Minotaurus, der sich an den Kriegern vorbeidrängte und auf Elistan und mich zusteuerte. Aber der Gesichtsausdruck der Kreatur wechselte von Vergnügen zu Überraschung, als er vor meinen Füßen ohne ersichtlichem Grund plötzlich stolperte und stürzte. Hinter den Fässern hörte ich ein vergnügtes Kichern, und der Grund war mir bald klar! »Jetzt!« schrie der Kender, und ich vermutete, er meinte mich, denn plötzlich wußte ich, was zu tun war.

Zuerst hob ich meinen Stab und schlug damit über den Kopf des Minotaurus, so fest ich konnte. Dann rannte ich zu der ersten Reihe der Fässer und zog an dem Rand eines der schweren Behälter, bis er sich leicht bewegte und der Inhalt, was immer es auch war, überschwappte.

»Elistan, hilf mir!« rief ich dem Kleriker zu, der am Rand der Schlacht stand und Gebete murmelte. Als er meine Absicht erkannte, zog er seine Hände aus den Ärmeln und zerrte mit mir am Rand des Fasses, bis es mit einem Aufschlag, der den Boden erschütterte, auf seine abgerundete Seite fiel. Wortlos traten wir zurück und stießen das Faß mit voller Wucht an. Es rollte wie ein loser Findling zu dem hingestreckten Minotaurus.

Benommen von dem Sturz und meinem Schlag sah die Kreatur gerade noch, wie sich das Holzfaß spiralförmig auf sie zubewegte und gleich an die Spitzen seiner Hörner stoßen würde. Dann sah der Minotaurus nichts mehr. Das Faß zerquetschte, was sich in den Weg stellte.

Aber mein Triumph war nur kurz, denn kurz darauf erkannte ich meinen Fehler. Das Faß rollte weiter und bewegte sich jetzt direkt auf Laurana, Sturm und Derek zu. Da sie immer noch mit den Thanoi und Minotauriern mitten im Raum beschäftigt waren, sahen sie die Gefahr nicht. Ich geriet in Panik und schrie dem einzigen zu, der in meiner Nähe war: »Sturm!«

Das blutbespritzte Gesicht des Ritters hob sich. Seine Augen waren leicht geweitet. Ohne einen Schlag auszulassen, hieb er heftig auf den Thanoi vor ihm ein. Dann beugte er sich zu seiner Rechten und zog Derek von einem Minotaurus fort, mit dem der in einen Kampf verwickelt war, und schließlich warf er Laurana zu seiner Linken um – nicht eine Sekunde zu spät, bevor das schnell drehende Faß sie erreichte. Es schleuderte den Minotaurus und den Thanoi auf den Boden, dann blieb es stehen, festhaltend oder zerquetschend, was auch immer sich in seinen Weg gestellt hatte.

Unglücklicherweise auch Dereks Fuß. Überrascht über Sturms Eingreifen hatte der dickköpfige Ritter versucht stehenzubleiben, und war dabei in einer Blutlache ausgerutscht und gestürzt, gerade als das Faß ankam. Trotz offensichtlich großer Schmerzen hackte der Ritter noch die Finger eines pelzigen Thanoi ab, die verzweifelt unter dem Faß nach ihm griffen.

Mit erhobenem Schwert trat Laurana nach vorne und beendete das Leben der zappelnden Kreaturen, während Sturm das Faß dort anhob, wo Dereks Fuß eingeklemmt war.

»Das ist deine Schuld, Feuerklinge!« knurrte Derek, der beinahe auf Sturms hilfreiche Hände gespuckt hätte. Er mühte sich ab, sich ohne Hilfe aufzurichten, aber die Anstrengung kam ihn teuer zu stehen. Sturm konnte den Ritter von Solamnia gerade noch rechtzeitig unter den Achselhöhlen packen, bevor der auf den Boden sackte.

Als Kleriker meines Stammes war es meine Pflicht, die Wunden meines Volkes zu heilen, so gut ich vermochte. Ich eilte zu Derek, um seinen Fuß zu untersuchen. Obwohl dieser im Stiefel steckte, konnte ich erkennen, daß er unnatürlich verbogen war. Vorsichtig zog ich meine Fellhandschuhe ab. Meine Hand berührte den gezackten Rand eines Knochens. Blut floß in Strömen aus der angeschwollenen Wunde. Ich zwang mich, nicht vor Ekel aufzustöhnen, und durchforstete mein Gedächtnis nach einer Lösung. Aber mir fiel nichts ein. Ich hatte nicht die Kraft, diesen Mann zu heilen.

Derek war glücklicherweise von dem Schmerz ohnmächtig geworden. Ich richtete behutsam den Knochen, wie ich meinte, daß es richtig wäre, dann ließ ich Dereks Fuß aus meiner Hand gleiten, damit er auf dem kalten Boden ruhen konnte. Als ich aufsah, waren Sturms Augen auf mich gerichtet.

»Großartige Arbeit, Raggart«, sagte er mit einem herzlichen Lächeln. »Die List mit dem Faß war eine hervorragende Idee.«

Mein Mund sackte vor Entsetzen nach unten. Wie konnte er das jetzt sagen? Ich hatte nicht nur Dereks Fuß zerschmettert, sondern Sturms Feind noch mehr Gründe geliefert, ihn zu hassen. Derek würde Sturm diesen Fehler niemals verzeihen! Ich konnte die Scham nicht länger ertragen. Ich wirbelte herum und wollte fliehen, aber eine feste Hand legte sich auf meine Schulter.

»Gib dir nicht die Schuld, Raggart.« Elistans besänftigende Stimme hüllte mich ein. »Sturm hat recht. Dein schnelles Denken hat uns das Leben gerettet – auch Dereks.« Er kniete sich zu dem ohnmächtigen Ritter und legte eine Hand auf dessen Stirn.

Obwohl seine Worte mich beruhigen sollten, steigerten sie nur noch mein Schuldgefühl. Ich ließ meinen Kopf hängen und wandte mich mit glühendem Gesicht ab. Egal, was alle sagten, ich wußte, daß mein gedankenloses Handeln, auch wenn es einer guten Absicht entsprungen war, Dereks Verletzung verursacht hatte. Und ich hatte sie nicht nur verursacht, sondern ich konnte ihn nicht einmal heilen. Was war ich doch für ein Kleriker!

»Laurana! Sturm!« piepste der Kender. Schon wieder hatte ich ihn völlig vergessen. »Ich glaube, ich weiß jetzt, wo die Kugel ist!«

»Tolpan Barfuß, wo hast du gesteckt?« fragte Laurana streng. »Du bist doch nicht allein auf Erkundung gegangen, oder?«

»Na ja, nicht ganz.« Der Kender schaute verlegen drein. »Ich glaubte, einen dieser Walroßmänner aus der Tür gehen zu sehen, also dachte ich, ich schaue lieber nach, welche Schandtaten er im Sinn hat. Als ich dann erkannte, daß ich ihn aus den Augen verloren hatte, sah ich auf und fand mich in einer Bibliothek wieder – hier in diesem zugefrorenen Schloß!« Sein Gesicht war knallrot vor Aufregung, die er kaum beherrschen konnte. Obwohl ich nichts sagte, fiel mir auf, daß seine Beutel voller waren als zuvor.

»Das genügt«, sagte Laurana entschieden. »Unsere Schlacht

hier wird wahrscheinlich noch mehr Aufmerksamkeit auf uns lenken. Laßt uns weitergehen.« Sie strich sich eine Haarsträhne aus dem Gesicht. »Wird Derek laufen können, oder müssen wir ihn tragen?«

»Niemand wird mich tragen!« knurrte Derek. Zu meiner Verblüffung schob er sich an Elistan vorbei und zog sich selbst hoch. »Niemals soll die Rede davon sein, daß Derek Kronenhüter jemand aufgehalten hat!«

»Niemand würde dich jemals dessen beschuldigen«, murmelte Laurana. Die Zweideutigkeit in ihren Worten entging Derek. »Laßt uns die Bibliothek von Tolpan aufsuchen.«

Behutsam verlagerte Derek sein Gewicht auf den Fuß. Ich erwartete, daß er wie geschmolzener Schnee zusammenfallen würde. Aber als er zur Tür ging, war ein leichtes Hinken der einzige Hinweis auf seine Verletzung. Da ich deren Ausmaß gesehen hatte, war ich wie gelähmt! Sollte reine Willenskraft verantwortlich sein, daß Derek mit dem blutigen Stumpf laufen konnte, den ich doch erst kurz zuvor untersucht hatte?

Was mich aber noch mehr verblüffte, war die Tatsache, daß ich als einziger verblüfft war. Ich wollte gerade eine Erklärung verlangen, als Elistan meinen Blick auffing. Ein heiteres, halbes Lächeln strahlte auf seinem Gesicht, als er mir voller Verständnis zublinzelte. Ich schreckte vor der einzigen Erklärungsmöglichkeit zurück. Sollte das wahr sein...? Elistan...?

»Komm schon, Raggart!« Tolpans hohe Stimme trieb mich an. Mit einem Kopfschütteln sah ich mich in dem Lagerraum um und stellte fest, daß ich mit den toten Minotauriern und dem toten Thanoi alleine war. Alle warteten an einer Tür am anderen Ende des Raumes auf mich. Ich werde über Elistan und Dereks Fuß später nachdenken, nahm ich mir vor und eilte zu ihnen.

Sturm streckte seinen Kopf durch die Tür und sah sich nach

Lebenszeichen um. Mit einer Kopfbewegung signalisierte er uns, ihm zu folgen.

Wir betraten offenbar den zentralen Hof dieses einst wunderschönen Schlosses. Fünf oder noch mehr Türen zweigten in einem Halbkreis zur Rechten ab, und drei weitere lagen in einer Krümmung zu unserer Linken. Ansonsten war der Hof leer, bis auf einen riesigen Springbrunnen, der die Form wasserspeiender Drachen hatte. Den Springbrunnen fand ich sofort seltsam – warum war er nicht zugefroren?

»Magisch«, antwortete Elistan, als hätte er meine Gedanken gelesen. »Das Wasser verfügt über Heilkräfte.«

Aber statt mich über Elistans Erklärung zu begeistern, denn ich hatte viele kleine und große Wehwehchen, die sicherlich mit ein paar Schlucken heilbar waren, war ich beunruhigt. Jemand oder etwas mit mächtiger Magie und Intelligenz wirkte hier im Schloß von Eismauer.

»Die Bibliothek ist dort drüben!« flüsterte Tolpan und stahl sich in einen Raum links von uns davon. »An dieser Tür war eine Falle«, fügte er stolz hinzu. Seine Hand lag auf dem Türgriff, »aber ich habe sie entfernt.« Er verschwand durch die Öffnung, nur um seinen Kopf gleich wieder herauszustrecken. »Übrigens«, sagte er und zeigte auf eine Stelle vor der Tür, »tretet nicht auf diesen großen, flachen Stein.«

»Kender!« brummte Derek, aber ich bemerkte, daß er Tolpans Rat befolgte, als er in den Raum trat. Sturm und Laurana folgten ihm, zum Schluß kamen Elistan und ich.

Mehrere Kerzen, die fast abgebrannt waren, beleuchteten das kleine Zimmer, in dem sich auf Gestellen und Regalen Bücher, Schriftrollen und lose Blätter häuften. Tolpan war sofort überall, duckte sich unter den Tischen hindurch und spähte zwischen die Regale.

»Was läßt dich glauben, daß die Kugel hier ist, Kender?« fragte Derek. »Wir dürfen nicht lange bleiben. Wir können es uns nicht leisten, hier erwischt zu werden. Ich kann mich kaum umdrehen, geschweige kämpfen.«

»Derek hat recht, Tolpan«, sagte Laurana. »Laßt uns schnell suchen und dann von hier verschwinden.« Derek warf Laurana einen Blick zu. Er war offenbar überrascht über ihre Unterstützung. »Raggart, behalte den Hof im Auge.« Ich folgte ihren Anweisungen und stellte mich in die Tür, so daß ich das Zimmer und den Hof überblicken konnte.

»Ich habe nicht behauptet, daß die Kugel hier ist«, verteidigte sich Tolpan, »ich habe lediglich gesagt, sie *könnte* hier sein. Wem auch immer diese Bibliothek gehört, er muß eine Menge lesen, aber wie er wohl die Zeit dafür findet... Natürlich, was soll er auch sonst in diesem langweiligen Einerlei von Eis und Schnee machen – nichts für ungut, Raggart.«

Ich lächelte ihn an, um ihm zu zeigen, daß ich es nicht als Beleidigung aufgefaßt hatte. Offen gesagt, fand auch ich die Landschaft zuweilen etwas langweilig. Aber das Lächeln verging mir, als ich die Rücken mehrerer Bücher las – lauter Zauberbücher, bemerkte ich mit wachsender Beunruhigung.

»Ich habe seit... seit Pax Tarkas nicht mehr so ein allverzehrendes Böses empfunden.« Elistan erschauerte. »Ich glaube, wir sind in der Nähe der Kugel, aber ich glaube nicht, daß sie hier in diesem Zimmer ist.«

Sofort hörte Laurana auf, Bücher aus den Regalen zu ziehen. Mit einem entschlossenen Blick sagte sie grimmig: »Dann werden wir eben jedes Zimmer in diesem zugefrorenen Schloß durchsuchen, bis wir sie gefunden haben.«

»Das hätte ich mir denken können – wer kann schon einem Kender vertrauen«, höhnte Derek und ging zur Tür.

»Du warst in Tarsis derjenige, der darauf bestanden hat, mich mitzunehmen«, erinnerte ihn Tolpan und schob sein kleines Kinn nach vorne.

»Diese Forderung habe ich inzwischen mehr als einmal bedauert«, murmelte Derek.

»Dann wirst du vermutlich nichts über den Raum wissen wollen, der hinter dieser Wand versteckt ist«, sagte der Kender bescheiden.

Dereks Gesicht lief rot an.

Laurana trat zwischen die beiden. »Was für ein Raum, Tolpan?« fragte sie mit ihrer süßen Stimme.

Tolpan warf Derek einen triumphierenden Blick zu, bevor er sich aufgeregt grinsend an Laurana wandte. »Ich glaube, hinter diesem Bücherregal ist es«, sagte er und stolzierte zu der Wand, die sich direkt der Tür gegenüber befand, wo ich stand. Tolpan klopfte zweimal an die mittlere Stütze des Regals. Die ganze Wand schwenkte zurück und riß den Kender beinahe zu Boden. »Seht ihr?«

»Ich sehe«, entgegnete Derek und schob sich an dem aufgeschreckten Kender vorbei. Aufmerksam spähte er in den dahinterliegenden Raum. »Ich sehe einen weiteren Raum ohne Kugel.«

Derek machte einige Schritte in den Raum und verschwand aus meinem Blickfeld. »Halt – was zum…?« Er keuchte plötzlich. »Hey!« Es war ein Seufzen aus Enttäuschung, nicht aus einem Schmerz heraus. Alle drängten sich nach vorne. Obwohl ich an der Tür stehenbleiben sollte, konnte ich nicht widerstehen, einen Blick in den Raum zu werfen.

Dort, in einem Schlafzimmer, das genauso groß wie die Bibliothek war, stand Derek, und seine Hände hingen wie festgefroren an seinen Seiten. Ich konnte es nicht begreifen, bis ich die schlanke Gestalt eines Elfen im Kettenpanzer und in schwarzen Roben sah, in dessen Hand ein schwarzes Langschwert funkelte. Sein Kopf war mit einem seltsamen, gehörnten Helm bedeckt. Damals wußte ich es nicht, aber ich erhaschte zum ersten Mal einen Blick auf einen Drachenfürsten.

»Er ist ein zauberkundiger Dunkelelf, und er hat irgendwie Gewalt über Derek gewonnen!« schrie Elistan. »Haltet ihn auf, damit er nicht noch einen Zauber wirft!«

Bevor jemand den Dunkelelf erreichen konnte, hatte der den Knauf seines Schwertes in Dereks Gesicht gestoßen. Der Ritter brach bewußtlos – so hoffte ich zumindest – zusammen.

Sofort stürzten Laurana und Sturm in den Raum. Ihr Eintreten lenkte den Dunkelelf von dem hilflosen Ritter von Solamnia ab. Der Drachenfürst wollte sie gerade angreifen, aber beim Anblick von Laurana zögerte er einen Moment.

»Ein Elf, und dazu noch eine Frau, wagt, in das Schloß von Feal-Tas, dem Drachenfürsten über den weißen Flügeln, einzudringen?« knurrte der Zauberer wütend und begann, mit seinem Schwert auf sie loszugehen.

Als sie seinem Hieb auswich, verlor Laurana das Gleichgewicht und schlug mit dem Kopf gegen einen Holzschreibtisch. Einen Moment lang konnte sie sich nicht rühren, sondern krümmte sich auf dem Boden und hielt ihren Kopf mit beiden Händen. Feal-Tas sah seine Möglichkeit und näherte sich ihr mit erhobenem Schwert.

»Es waren angesehene und mächtige Elfen wie du, die mich verbannt haben!« schrie Feal-Tas. »Du wirst dafür bezahlen!« Aber in seiner Blutgier, Laurana zu töten, hatte der Zauberer Sturm vergessen.

Der Ritter sprang nach vorn, um das Schwert aus der Hand des Dunkelelfen zu schlagen. Aber mit einer Schnelligkeit und

Flinkheit, die den meisten Menschen unbekannt ist, las der Drachenfürst Sturms Absicht und wirbelte herum. Wütend hieb er auf die Schwerthand des Ritters. Sturm keuchte auf und hielt sein blutendes Handgelenk umklammert. Seine momentane Schwäche kam ihm teuer zu stehen. Feal-Tas zog einen Dolch aus seinem Ärmel und schleuderte ihn auf den Ritter. Ein entsetzlicher Schrei riß sich gurgelnd aus Sturms Mund, während er sich an die Kehle griff. Blut floß über seinen Fellumhang. Er brach zusammen.

»Sturm!« schrie Laurana beim Anblick ihres gestürzten Freundes. Ihr wunderschönes Gesicht verzerrte sich vor Zorn, als sie sich zu Feal-Tas umwandte. Mit grimmiger Entschlossenheit wischte Laurana das Blut aus ihren Augen und kämpfte gegen den Feind, obwohl leicht zu erkennen war, daß jeder Schlag sie zunehmend erschöpfte. Feal-Tas schien es zu genießen, mit ihr zu spielen, und schien sich köstlich zu amüsieren, ihre schwächer werdenden Schläge zu parieren, ohne zurückzuschlagen.

Elistan, dessen einzige Strategie bis dahin darin bestand, sich in dem kleinen Raum aus der Reichweite der Kämpfer zu halten, konnte sich nicht länger zurückhalten. Angesichts der allein kämpfenden Laurana warf er sich auf den Zauberer und schlug wiederholt mit seinem Streitkolben auf dessen Rücken. Obgleich der Angriff unerwartet kam, befreite sich Feal-Tas mit seiner Magie von dem Kleriker wie von einer Fliege. Eine riesige Phantomhand langte nach ihm und warf ihn zur Seite. Elistan schlug gegen eine weit entfernte Wand und glitt stumm zu Boden.

Und ich stand dort wie angewurzelt, nutzlos wie ein zwergischer Türknopf. Was war meine Strategie – meine Entschuldigung – gewesen? Ich hielt nicht einmal am Ausgang zum Hof

Wache! Was konnte ich unternehmen? Ich erinnerte mich an den Kender – wo war er? Zuvor war er mir zur Hilfe gekommen, um den Minotaurus zu Fall zu bringen. Aber er war nirgendwo zu sehen. Hier gab es nicht einmal Fässer, um mein unwürdiges Leben zu retten.

Ich beobachtete verzweifelt, wie Laurana, erschöpft von ihrem einsamen Kampf, auf ein Knie fiel. Sie versuchte vergeblich, ihr Gleichgewicht wiederzugewinnen, aber Feal-Tas beugte sich vor und schlug ihr das Schwert aus den blutverschmierten, schmerzenden Händen. Ihre Augen waren getrübt von Zornestränen, als sie ihm verzweifelt ihre Faust entgegenschleuderte. Der Dunkelelf packte ihr Handgelenk und lachte.

»Was für ein Jammer«, murmelte er, den herablassenden Ton des Siegers in seiner Stimme. Er hielt die Spitze ihres eigenen Schwertes gegen die pochende Ader an ihrer Kehle. »Du scheinst eine Elfe aus gutem Hause zu sein – und auch nicht ganz ohne Reiz. Ich könnte dein Leben verschonen, wenn du mir einen guten Grund lieferst«, schlug er vor.

Laurana, die von dem Kampf noch schwer atmete, wandte ihren Blick von dem Messer in Sturms Kehle und seiner blutdurchtränkten Brust zu dem Drachenfürsten. Sie schluckte mühsam. »Meinst du, ich könnte dir als Drachenfürstin Gesellschaft leisten?« fragte sie mit einer verführerisch gezierten Stimme. Niemals hätte ich geglaubt, daß sie dazu in der Lage wäre.

Ich war schockiert. Warum um Krynns willen spielte sie mit diesem bösen Drachenfürsten, während ihr Freund sterbend vor ihren Füßen lag? Plötzlich sah ich ihre Handknöchel, die vor Zorn zusammengeballt waren und weiß anliefen, und ich erkannte, daß sie Zeit gewinnen wollte, um ihre Kraft wiederzuerlangen.

»Mein Vorschlag hat nichts mit meiner Eigenschaft als Drachenfürst zu tun«, antwortete der Zauberer mit lüsternem Blick. Ermutigt, daß sie sich für diesen Gedanken zu erwärmen schien, zuversichtlich, daß sie keine Kraft mehr zum Kämpfen hatte, senkte der Zauberer sein Schwert. Mich beachtete er überhaupt nicht. »Wenn du dich ein bißchen säuberst, könntest du es wert sein.«

Lachend sah er zu seinem Bett hinüber und streckte sogar seine Hand aus, um die Seidenlaken zu glätten.

Ich glaubte, ich müßte an meiner Galle ersticken, während ich mich danach sehnte, das Leben aus dieser verruchten Kreatur zu würgen. Plötzlich erinnerte ich mich an meinen Frostsplitterer! (Ich weiß jetzt, daß der Gedanke von Paladin selbst kam.) Aber ich war nicht stark genug, ihn zu schwingen – nur Krieger vermochten das. Ich sah auf die gebeugte Gestalt der mutigen Kriegerin. Ob Laurana es konnte...? Niemand anderem als dem Eisvolk war es je erlaubt gewesen, Frostsplitterer zu gebrauchen. Aber diese Leute, mit denen ich zusammen war, waren ungewöhnlich. Der Glaube überwand die Tradition.

Ich zog die axtähnliche Waffe so lautlos wie möglich aus meinem Beutel und schlich nach vorne. Die Zeit schien stillzustehen. Der Zauberer war immer noch mit dem Bett beschäftigt und lachte vor sich hin. Seine verruchten Vorschläge, was er dem Elfenmädchen anzutun gedachte, brannten in meinem Herzen.

Auf Zehenspitzen schlich ich durch das Zimmer, stellte mich hinter Laurana und schob der Prinzessin der Qualinesti-Elfen den schimmernden Frostsplitterer zu. Ich betete zu Paladin, er möge ihr die Kraft verleihen, die mir fehlte.

Lauranas Finger schlossen sich um den Knauf des eisigen

Splitterers. Sie hob die Waffe über ihren Kopf, sprang wie ein Wolf auf und machte einen Satz auf den ahnungslosen Zauberer zu, der sich gerade umdrehte, um eine Antwort zu erhalten. Kerzenlicht spiegelte sich funkelnd auf dem eisigen Rand meines sorgfältig geschmiedeten Frostsplitterers, als er sich in Feal-Tas' Knie bohrte. Ein Schrei durchdrang die Luft. Der letzte, den der Zauberer auf Krynn ausstoßen sollte. Der Boden des kleinen Zimmers lief vom Blut des toten Drachenfürsten rot an.

Trockene, herzzerreißende Schluchzer erschütterten Lauranas Körper, als sie zu Sturm taumelte und sich neben ihn kniete. Unsicher folgte ich ihr und nahm die eisige Waffe aus ihren zitternden Fingern. Unbeholfen legte sie ihre Hände auf die blutüberströmte Brust des Ritters. Sie wußte nicht recht, was sie tun sollte. Sie biß sich auf die Lippe und zwang sich, ihre rechte Hand um den Knauf des Dolches zu schließen, der aus seiner Kehle ragte. Ein herzzerreißendes Stöhnen kam über ihre Lippen, als sie ihre Kraft und ihren Mut zusammennahm und den Dolch herauszog. Blut strömte aus der Wunde; sie drückte verzweifelt ein Stück Stoff darauf, aber es war sinnlos. Meine Kehle schwoll an von Tränen, während ich beobachten mußte, wie das Leben aus ihrem Freund wich.

Plötzlich nahm ich andere Geräusche in dem Raum wahr. Derek bewegte sich langsam, dann drehte er sich auf den Rükken. »Sei vorsichtig, Laurana!« schrie er, sprang auf, als würde er von einem Seil hochgezogen, und hielt sein Schwert bereit. »Es ist ein Zauberkundiger!« Doch auf einmal blinzelte der Ritter von Solamnia verblüfft. Seine Augen wanderten von dem toten Drachenfürst zu Laurana, die neben Sturm kniete. Verstehen und Bewunderung lagen in seinen Augen. Er neigte respektvoll seinen Kopf vor dem sterbenden Ritter.

Plötzlich drang ein gedämpftes Klopfen von der Wand hinter

Elistan herüber, das den bewußtlosen Kleriker weckte. Er schüttelte den Kopf, um wach zu werden, erhob sich langsam und trat von der Wand zurück.

O nein! dachte ich. Die Verbündeten des Zauberers! Wir sind verloren!

Die Brauen voll Mißtrauen zusammengezogen, hob Derek seine Waffe, als sich in der Wand ein kleiner Spalt in Form einer Tür zeigte.

Plötzlich tauchte der Kender auf.

»Wer hat denn die Tür zugehalten?« wollte er mürrisch wissen. »Ich habe geklopft und geklopft, aber ihr wart alle zu beschäftigt, wissen die Götter womit, um es zu hören!« Er sah Lauranas tränenverschmiertes Gesicht und dann die Blutlache auf dem Boden. Seine Augen weiteten sich ungläubig.

»Sturm!« schrie er und ließ sich neben Laurana auf den Boden fallen. »Sturm, wach auf! Flint wird es mir niemals verzeihen, wenn ich zulasse, daß dir in seiner Abwesenheit irgend etwas zustößt!« Der Kender würgte. »Du weißt doch, wie griesgrämig er sein kann, wenn er meint, daß ich wieder alles verpatzt habe! Oh, Sturm!« Die Stimme des Kenders verlor sich in Schluchzen.

Ich rang hilflos meine Hände und wühlte in meinem Gedächtnis nach einer Möglichkeit, sie zu trösten. Ich fühlte mich noch nutzloser als zuvor, als ich Dereks Fuß zertrümmert hatte.

Auf einmal rief Laurana: »Elistan!« und winkte dem Kleriker zu.

Ich starrte sie voller Kummer an. Jetzt würden wir sehen, ob Elistan ein Scharlatan war. Ich wünschte allein um ihretwillen, daß er das war, was er zu sein behauptete.

Seine Pelzrobe raschelte leise am Boden. Sein Gesichtsausdruck war gefaßt, als er sich zu dem sterbenden Ritter kniete.

»Wir werden Paladin um Hilfe bitten, aber es ist möglich, daß das Leben dieses Mannes erfüllt ist. Wenn dem so ist, müssen wir danken, daß er so gestorben ist, wie es sein Wunsch war: bei der Verteidigung jener, die er liebte.« Elistan zog das goldene Medaillon unter seinem Pelz hervor und hielt es behutsam fest. Dann murmelte er Worte, die ich nicht verstand. Die Zeit verstrich, und nichts geschah. Ich hielt den Atem an, hoffte und wagte doch nicht, an das Unwahrscheinliche zu glauben. Ich hielt meine Augen auf Sturm gerichtet. Elistan betete weiter, und seine Stimme gewann an Kraft und Stärke.

Plötzlich hörte das Blut auf aus Sturms Kehle zu sickern. Angst packte mich. War es das Ende? Hatte das Herz des Ritters versagt?

Und dann geschah das Wunder. Bis zu diesem Tag kann ich, wenn ich meine Augen schließe, alles wieder klar und deutlich sehen, was ich in dem kleinen Zimmer im Schloß von Eismauer erlebt habe. In Sturms Wangen kehrte Farbe zurück. Langsam, so langsam, daß ich meinen Augen kaum traute, schloß sich die Wunde. Sturm stöhnte auf, als das Leben in ihn zurückkehrte.

»Er wird leben«, verkündete Elistan mühsam und offensichtlich erschöpft. Tränen strömten aus meinen Augen, und ich senkte meinen Kopf und fiel vor Paladins Kleriker auf die Knie.

Aber Elistan zog mich wieder hoch. »Verehre nicht mich. Ich bin lediglich Paladins Bote auf Krynn, so wie auch du bald einer sein wirst.«

Bei diesen Worten der Verheißung glaubte ich zu träumen. Ich konnte es kaum fassen.

»Hey, ich habe es fast vergessen!« rief Tolpan, von Schluckauf geplagt. Seine Tränen versiegten. »Ich habe sie gefunden!«

»Was hast du gefunden?« fragte Laurana, deren Aufmerksamkeit noch von Sturm in Anspruch genommen wurde.

Eine Miene äußerster Geduld erschien auf dem Gesicht des Kenders. »Was haben wir denn gesucht! Eine Kugel, nicht wahr? Ich muß gestehen, sie sieht gar nicht so aus wie auf dem Bild, das ich in dem Buch in der Großen Bibliothek gesehen habe. Oh, sie ist rund und geschliffen und all das, aber sie ist furchtbar klein. Es sieht aus, als wäre etwas Rotes in ihr – am liebsten würde ich sie zertrümmern, um herauszufinden, was es ist!«

»Untersteh dich!« schrie Derek und steuerte auf die kleine Tür zu, durch die Tolpan zuvor eingetreten war. Er kehrte kurz darauf mit einer kleinen Kristallkugel in seiner Hand zurück, deren Farbe sich unwillkürlich von einem dunstigen Weiß bis zu einem Blau veränderte.

Für mich sah sie unbedeutend aus, aber unvermittelt brach ein Streit aus. Laurana wollte die Kugel behalten und sie ihrem Volk, den Elfen, geben. Derek verlangte sie ebenfalls, um sie der Versammlung der Ritter zu überreichen. Sie waren sich nur darin einig, uneinig zu sein – und daß ich sie als dritte Partei aufbewahren sollte, bis wir das Lager des Eisvolkes erreichen und sie ihre Freunde wiedertreffen würden.

Mit Paladins Hilfe ließ der Tod seinen Griff nach Sturm allmählich los. Wir verbrachten die Nacht in der Bibliothek von Feal-Tas und wärmten uns an einem Feuer, das uns vor Minotauriern und Thanoi beschützen sollte. Aber wir wurden nicht angegriffen. Nachdem wir die sterblichen Reste des Drachenfürsten in den Hof gelegt hatten, störten uns seine ehemaligen Diener nicht. Womöglich waren sie geflohen. Ich konnte es ihnen nicht verdenken. Er schien kein besonders liebenswürdiger Herr gewesen zu sein.

Aber vielleicht hatten sie auch gespürt, daß in diesem Nebenraum das Gute dem Bösen in der Schlacht einen entscheidenden Schlag versetzt hatte. Während ein mutiges Elfenmädchen, ein altkluger Kender und zwei sehr unterschiedliche Ritter schliefen, diskutierten Elistan und ich darüber. Die ganze Nacht über beteten wir und besprachen alles wieder und wieder. Als die zwei Monde der Sonne am nächsten Morgen Platz machten, war ich, Raggart, Kleriker des Eisvolkes, ein lang ersehnter wahrer Kleriker von Paladin geworden.

Ich rückte von den Flammen fort. Meine Stimme war von der langen Geschichte rauh geworden. Trotz meiner Müdigkeit war ich aber nicht geneigt, die Wärme des Feuers und meine Erinnerungen zu verlassen. Ich schloß meine Augen und atmete tief.

»Hat der große Häuptling Harald sein Versprechen gehalten und Lauranas Freunde verschont?« fragte Laina, obwohl sie die Antwort aus früheren Erzählungen bereits kannte.

»Ja, das hat er, aber während wir im Schloß von Eismauer gegen Minotaurier und Thanoi kämpften, hatten andere Trupps dieser Rassen unser Dorf angegriffen, was später als die Schlacht der Eisregionen bekannt wurde. Viele aus unserem Volk wurden getötet, und auch die Ritter Aran und Brian. Mir wurde aber berichtet, sie hätten mutig gekämpft.«

»Und Laurana und Sturm und die anderen?« fragte Mendor. »Was ist aus ihnen geworden?«

Ich schlug meine Augen auf. »Die Frau, die einen Eisbären bezaubern konnte...«, sagte ich schließlich. »Ich kann nur hoffen, daß Laurana ihren Tanis wiedergefunden hat, denn sie liebte ihn, wie ich erst allmählich begriff.«

»Derek und Sturm... beide wurden von einem dunklen Geheimnis getrieben«, murmelte ich, meine Augen verengten sich. »Aber ich glaube, daß Sturm sein Geheimnis überwunden hat, während Derek seinem unterlegen ist.«

Ich rieb mein Kinn. »Ich weiß das alles nicht mit Gewißheit«, fügte ich langsamer hinzu. »Aber ich kann mir vorstellen, daß Flint ein hohes Alter erreicht hat, irgendwo im Schatten eines Baumes sitzt und glücklich murrt.«

»Und der Kender?« Ich kicherte. »Bei einem Kender kann man nur Vermutungen anstellen. Aber noch bevor unser Abenteuer im Schloß von Eismauer beendet war, deckte Tolpan bereits ein weiteres Geheimnis im Schloß auf – die Drachenlanze. Tolpan hat mir natürlich mehr erzählt, als er durfte. Aber ich muß zugeben, daß mir die Einzelheiten entfallen sind...«

Ich starrte ungerührt in die Flammen. »Elistan hat sein Leben der Arbeit für Paladin gewidmet.« Sicherer fuhr ich fort: »Falls er nicht bereits Krynn verlassen hat, um sich zu dem wahren Gott zu gesellen, wird er das wohl bald tun.«

Damit erhob ich mich, Raggart Knug, wahrer Kleriker von Paladin. Während ich die Konstellationen am Himmel suchte, dachte ich sehnsüchtig an den Tag, an dem auch ich zu Paladin gehen würde. Ich richtete meinen müden Rücken auf, verließ das Feuer und ging in meine Hütte, um zu schlafen. Morgen würde ich anfangen, einen neuen Frostsplitterer zu schmieden.

Das Vermächtnis

Margaret Weis und Tracy Hickman

Kapitel 1

Caramon stand in einem riesigen Saal aus Obsidian. Der Raum war so riesig, daß Wände und Decke sich im Schatten verloren und im Dunkeln verborgen blieben. Keine Säulen stützten ihn. Kein Licht beleuchtete ihn. Dennoch gab es Licht, obwohl man seine Quelle nicht ergründen konnte. Es war ein blasses Licht, weiß – und nicht gelb. Kalt und freudlos wie es war, schenkte es keine Wärme.

Auch wenn er niemanden im Saal sehen konnte, auch wenn er kein Geräusch wahrnahm, das die schwere Stille gestört hätte, die seit Jahrhunderten zu währen schien, wußte Caramon, daß er nicht allein war. Er konnte die Augen spüren, die ihn beobachteten, so wie sie ihn lange Zeit zuvor beobachtet hatten, und folglich stand er gleichmütig da und wartete geduldig, bis sie der Meinung waren, daß es Zeit wäre, sich zu erkennen zu geben.

Er glaubte zu wissen, was sie taten, und er lächelte, aber nur in seinem Inneren. Für jene beobachtenden Augen blieb das Gesicht des Mannes glatt und leidenschaftslos. Sie sahen in ihm keine Schwäche, keinen Kummer, kein bitteres Bedauern.

Wenn aber die Erinnerung nach ihm griff, so war ihre Hand warm und ihre Berührung sanft. Er war mit sich im Frieden. Das war so seit fünfundzwanzig Jahren.

Als hätten sie seine Gedanken gelesen – was, so vermutete Caramon, auch der Fall sein konnte –, gaben sich jene, die sich in dem riesigen Saal befanden, plötzlich zu erkennen. Es war nicht so, daß etwa das Licht heller wurde oder sich ein Nebel hob oder sich die Dunkelheit teilte, denn nichts dergleichen geschah. Caramon hatte eher den Eindruck, als wäre er selber eben erst eingetreten, obwohl er schon ungefähr eine Viertelstunde dagestanden hatte. Die zwei Gestalten in langen Roben, die vor ihm erschienen, waren ein Teil dieses Ortes, wie auch das weiße magische Licht und die uralte Stille. Er gehörte nicht dazu – er war ein Außenseiter und würde es immer bleiben.

»Ich heiße dich wieder in unserem Turm willkommen, Caramon Majere«, ertönte eine Stimme.

Caramon verbeugte sich, sagte aber nichts. Er konnte sich nicht – nicht um alles in der Welt – an den Namen des Mannes erinnern.

»Justarius«, sagte der Mann mit einem freundlichen Lächeln. »Ja. Seit unserer letzten Begegnung sind viele Jahre vergangen, und unsere letzte Begegnung fand in einer verzweifelten Stunde statt. Es ist kaum ein Wunder, daß du mich vergessen hast. Bitte, nimm Platz.« Ein schwerer, geschnitzter Eichenstuhl materialisierte sich neben Caramon. »Du hast eine lange Reise hinter dir und bist vielleicht erschöpft.«

Caramon wollte gerade erklären, daß es ihm gut ginge, eine Reise wie diese sei nichts für einen Mann, der in jüngeren Jahren fast den ganzen Kontinent Ansalon durchwandert habe. Aber beim Anblick des Stuhles mit seinen weichen, einladenden Kissen erkannte Caramon, daß die Reise wirklich lang ge-

wesen war – länger, als er in Erinnerung gehabt hatte. Sein Rükken schmerzte, seine Rüstung schien schwerer geworden zu sein, und seine Beine wollten ihn offenbar nicht mehr tragen.

Also, was erwartest du denn, fragte sich Caramon. Ich bin jetzt Besitzer eines Wirtshauses. Ich trage Verantwortung. Jemand muß das Essen abschmecken... Mit einem wehmütigen Seufzer setzte er sich, schob sich hin und her, bis er es bequem hatte. »Ich werde wohl alt«, sagte er mit einem Grinsen.

»Das werden wir alle«, antwortete Justarius mit einem Kopfnicken. »Jedenfalls die meisten von uns«, fügte er mit einem Seitenblick auf die Gestalt hinzu, die neben ihm saß. Seinem Blick folgend, sah Caramon, wie die Gestalt ihre mit Runen verzierte Kapuze zurückwarf und ein vertrautes Gesicht zum Vorschein kam – das Gesicht eines Elfen.

»Ich grüße dich, Caramon Majere.«

»Dalamar«, erwiderte Caramon mit fester Stimme und einem Kopfnicken, obwohl der Griff der Erinnerung sich beim Anblick des schwarzgekleideten Zauberers festigte. Dalamar sah genauso aus wie vor fünfundzwanzig Jahren – vielleicht weiser und gelassener. Mit neunzig Jahren war er damals gerade ein Zauberlehrling gewesen, nach den Maßstäben der Elfen nichts weiter als ein heißblütiger Jugendlicher. Für die Elfen waren fünfundzwanzig Jahre genauso belanglos wie das Verstreichen eines Tages und einer Nacht. Jetzt war Dalamar über hundert Jahre alt und wirkte mit seinem leidenschaftslosen Gesicht nicht älter als ein dreißigjähriger Mann.

»Die Zeit ist freundlich mit dir umgegangen, Caramon«, fuhr Justarius fort. »Das Wirtshaus Zur letzten Bleibe, das dir jetzt gehört, ist eines der erfolgreichsten auf ganz Krynn. Du bist ein Held – du und deine Gemahlin. Tika Majere geht es vermutlich gut, und sie ist gewiß schön wie immer, nicht wahr?«

»Schöner«, entgegnete Caramon mit rauher Stimme.

Justarius lächelte. »Du hast fünf Kinder, zwei Töchter und drei Söhne...«

Ein Stich von Angst bohrte sich durch Caramons Zufriedenheit. Nein, sagte er sich, sie haben keine Gewalt mehr über dich. Er setzte sich tiefer in seinen Stuhl, wie ein Soldat, der sich für die Schlacht eingräbt.

»Deine zwei ältesten Söhne, Tanin und Sturm, sind wirklich bekannte Krieger.« Justarius sprach mit freundlicher Stimme, als ob er mit einem Nachbarn über dem Zaun plauderte. Caramon ließ sich jedoch nicht täuschen und hielt seine Augen prüfend auf den Zauberer gerichtet. »Sie bemühen sich redlich, ihre berühmten Eltern in mutigen Taten auf dem Schlachtfeld zu übertreffen. Aber der dritte, das mittlere Kind, dessen Namen...« Justarius zögerte.

»Palin«, half Caramon nach, seine Brauen senkten sich zu einem Runzeln. Ein Seitenblick auf Dalamar zeigte ihm, daß der Dunkelelf ihn mit seinen unergründlichen Mandelaugen aufmerksam beobachtete.

»Palin, ja.« Justarius hielt inne, dann sprach er ruhig weiter: »Es scheint, als trete er in die Fußstapfen seines Onkels.«

Jetzt! Es war gesagt. Natürlich war das der Grund, warum sie ihn eingeladen hatten. Er hatte es schon lange erwartet, oder zumindest etwas Ähnliches. Verdammt sollen sie sein! Warum können sie ihn nicht in Ruhe lassen! Er wäre niemals gekommen, wenn Palin nicht so sehr darauf bestanden hätte. Schwer atmend starrte Caramon Justarius an und versuchte, im Gesicht des Mannes etwas zu lesen. Er hätte eher versuchen sollen, eines der Zauberbücher seines Sohnes zu verstehen.

Justarius, Oberhaupt der Versammlung der Zauberer, der mächtigste Zauberkundige auf Krynn. Der rotgekleidete Zauberer saß auf dem großen Steinstuhl in der Mitte des Halbkreises, der sich aus einundzwanzig Stühlen zusammensetzt. Er war ein älterer Mann. Sein graues Haar und sein durchfurchtes Gesicht waren die äußerlichen Anzeichen des Alterns, aber es waren die einzigen. Die Augen waren so scharf, der Körper wirkte so kräftig – abgesehen von dem verkrüppelten linken Bein – wie damals, fünfundzwanzig Jahre zuvor, als Caramon den Erzmagier kennengelernt hatte.

Caramons Blick glitt zu dem linken Bein des Magiers. Unter den roten Roben verborgen, war die Verletzung des Mannes nur für jene erkennbar, die ihn beim Laufen sahen.

Als sei er sich Caramons forschenden Blickes bewußt, fuhr Justarius mit einer Hand unsicher zu seinem Bein und rieb daran; dann hörte er mit einem schiefen Lächeln auf. Justarius kann wohl ein Krüppel sein, dachte Caramon fröstelnd, aber nur körperlich. Nicht geistig oder was seine Zielstrebigkeit anbelangt. Fünfundzwanzig Jahre zuvor war Justarius nur der führende Sprecher seines eigenen Ordens, der Roten Roben, gewesen, jener Zauberer, die sich sowohl vom Bösen als auch vom Guten abgewandt hatten, um ihren eigenen Weg einzuschlagen, den Weg der Neutralität. Jetzt war er das Oberhaupt der Versammlung der Zauberer und herrschte somit über alle Zauberer der Welt – über die Weißen, Roten und Schwarzen Roben. Da die Magie die mächtigste Kraft im Leben eines Zauberers darstellt, schwört er der Versammlung die Treue, gleichgültig, welche geheimen Ambitionen oder Wünsche er in seinem Herzen nährt.

Das heißt, die meisten Zauberer. Natürlich hatte es seinen Zwillingsbruder Raistlin gegeben…

Vor fünfundzwanzig Jahren.

Damals war Par-Salian von den Weißen Roben das Oberhaupt der Versammlung gewesen... Caramon spürte, daß die Hand der Erinnerung immer fester zupackte.

»Ich verstehe nicht, was mein Sohn damit zu tun hat«, sagte er mit gleichmäßiger, ruhiger Stimme. »Wenn du meine Jungen kennenlernen willst, dann geh in das Zimmer, wohin du uns bei unserer Ankunft mit Zauberkraft gebracht hast. Ich bin sicher, wenn es dir beliebt, kannst du sie jederzeit mit Magie hierher bringen. So, da wir jetzt die Höflichkeitsfloskeln abgeschlossen haben – wo ist eigentlich Par-Salian?« fragte Caramon unvermittelt, und sein Blick fuhr durch den düsteren Saal und bewegte sich ruckartig über die leeren Stühle neben Justarius.

»Er ist vor fünfundzwanzig Jahren als Oberhaupt der Versammlung zurückgetreten«, erklärte Justarius mit schwerer Stimme, »nach dem... dem Vorfall, in den du verwickelt warst.«

Caramon errötete, schwieg aber. Er glaubte, in Dalamars feingeschnittenen Gesichtszügen ein leichtes Lächeln erkennen zu können.

»Ich wurde zum Oberhaupt der Versammlung ernannt, und Dalamar wurde gewählt, um die Nachfolge von Ladonna als Oberhaupt des Ordens der Schwarzen Roben anzutreten, wegen seines gefährlichen und mutigen Einsatzes während...«

»Des Vorfalls«, knurrte Caramon. »Herzlichen Glückwunsch«, fügte er hinzu.

Dalamars Lippen kräuselten sich zu einem spöttischen Lächeln. Justarius nickte, obwohl auf der Hand lag, daß er sich in der Unterhaltung nicht von seinem vorhergehenden Thema ablenken lassen wollte.

»Ich würde mich geehrt fühlen, deine Söhne kennenzulernen«, sagte Justarius. »Insbesondere Palin. Ich habe gehört, daß der junge Mann anstrebt, eines Tages Magier zu werden.«

»Er studiert Magie, wenn du das meinst«, erwiderte Caramon mürrisch. »Ich weiß nicht, wie ernst er seine Studien betreibt oder ob er plant, sich damit seinen Lebensunterhalt zu verdienen, wie du anzudeuten scheinst. Wir haben darüber bisher nicht geredet...«

Dalamar schnaubte höhnisch und brachte Justarius dazu, seine Hand auf den schwarzgekleideten Arm des Dunkelelfen zu legen.

»Vielleicht haben wir dann mißverstanden, was wir über die Ambitionen deines Sohnes gehört haben?«

»Das habt ihr vielleicht«, gab Caramon kühl zurück. »Palin und ich stehen uns sehr nah. Ich bin sicher, daß er sich mir anvertraut hätte.«

»In dieser Zeit ist es erfrischend, einen Mann zu sehen, der ehrlich und offen über seine Liebe zu seinen Söhnen spricht, Caramon Majere«, begann Justarius mit milder Stimme.

»Pah!« unterbrach Dalamar. »Du könntest genausogut sagen, es ist erfrischend, einen Mann zu sehen, dessen Augen ausgequetscht sind!« Er riß seinen Arm aus dem Griff des alten Zauberers und zeigte auf Caramon. »Du warst jahrelang blind gegen die finsteren Ambitionen deines Bruders, bis es fast zu spät war. Jetzt wendest du dich mit blinden Augen deinem eigenen Sohn...«

»Mein Sohn ist ein guter Junge, er unterscheidet sich von Raistlin wie der silberne Mond vom schwarzen! Er hat solche Ambitionen nicht! Was weißt du denn schon von ihm, du... du Ausgestoßener?« schrie Caramon und erhob sich voller Zorn. Obwohl der starke Mann über fünfzig war, hatte er sich durch harte Arbeit und die Ausbildung seiner Söhne in den Kriegskünsten in relativ guter Verfassung gehalten. Seine Hand fuhr automatisch zu seinem Schwert. Dabei vergaß er jedoch, daß er im Turm der Erzmagier hilflos war wie ein Gossenzwerg, der einem Drachen gegenübersteht. »Und wenn wir schon über finstere Ambitionen sprechen, hast du deinem Meister gut gedient oder nicht, Dalamar? Raistlin hat dir eine Menge beigebracht. Vielleicht mehr, als wir wissen...«

»Und ich trage das Mal seiner Hand immer noch auf meinem Fleisch!« schrie Dalamar zurück und erhob sich ebenfalls. Er riß seine schwarzen Roben am Hals auf und entblößte seine Brust. Fünf Wunden, wie die Abdrücke von fünf Fingern, waren auf der sonst glatten Haut des Dunkelelfen sichtbar. Eine dünne Blutspur sickerte aus jeder Wunde und glitzerte im kalten Licht des Saales der Zauberer. »Seit fünfundzwanzig Jahren lebe ich mit dem Schmerz...«

»Und was ist mit meinem Schmerz?« fragte Caramon leise und fühlte, wie die Hand der Erinnerung ihre scharfen Nägel tiefer in seine Seele grub. »Warum habt ihr mich hierher gebracht? Um meine Wunden zu öffnen und bluten zu lassen wie deine?«

»Meine Herren, bitte«, sagte Justarius ruhig. »Dalamar, beherrsche dich. Caramon, nimm bitte wieder deinen Platz ein. Vergeßt nicht, ihr verdankt euch gegenseitig euer Leben. Das ist ein Band zwischen euch, das respektiert werden sollte.«

Die Stimme des alten Mannes übertönte die Schreie, die noch im großen Saal widerhallten. Ihre ruhige Autorität brachte Caramon zum Schweigen und beruhigte Dalamar. Der Dunkelelf schlug seine zerrissenen Roben wieder zusammen und nahm seinen Platz neben Justarius wieder ein.

Auch Caramon setzte sich, beschämt und gedemütigt. Er hatte sich geschworen, daß er das nicht geschehen lassen würde. Diese Leute hatten einfach keine Gewalt mehr über ihn und konnten ihn nicht mehr erschüttern. Und doch hatte er bereits jetzt die Beherrschung verloren. Er versuchte, einen entspannten Gesichtsausdruck anzunehmen, und lehnte sich im Stuhl zurück. Aber seine Hand klammerte sich um den Knauf seines Schwertes.

»Verzeih, Dalamar«, sagte Justarius. Seine Hand ruhte wieder auf dem Arm des Dunkelelfen. »Er sprach in Hast und im Zorn. Du hast recht, Caramon. *Dein* Sohn *ist* ein guter Mann – ich meine, wir müssen *Mann* und nicht *Junge* sagen. Immerhin ist er schon zwanzig...«

»Gerade zwanzig geworden«, murmelte Caramon, der Justarius weiterhin wachsam musterte.

Der rotgekleidete Erzmagier winkte den Einwand beiseite. »Und er ist, wie du sagst, anders als Raistlin. Wie auch nicht? Er hat immerhin seine eigene Persönlichkeit. In einer anderen Familie geboren, unter anderen, glücklicheren Umständen aufgewachsen als du und dein Zwillingsbruder. Wie uns zu Ohren gekommen ist, ist Palin gutaussehend, liebenswert, stark und gesund. Er trägt nicht die Bürde der Krankheit und der Schwäche wie Raistlin. Er hängt an seiner Familie, insbesondere an seinen zwei älteren Brüdern. Sie wiederum hängen an ihm. Stimmt das alles?«

Caramon nickte nur. Er war nicht in der Lage, mit dem Klumpen, der sich plötzlich in seiner Kehle gebildet hatte, zu sprechen.

Als er wieder aufsah, wurde Justarius' sanfter Blick auf einmal scharf und durchdringend. Er schüttelte den Kopf. »Aber in gewisser Hinsicht *bist* du blind, Caramon. Oh, nicht so, wie Dalamar gesagt hat«, fügte er schnell hinzu, als er sah, daß Caramons Gesicht bereits wieder vor Zorn rot anlief, »nicht so, wie du blind gegenüber dem Bösen in deinem Bruder warst. Es ist eine Blindheit, die alle Eltern heimsucht. Ich weiß das« – Justarius lächelte und zuckte hilflos die Achseln – »ich habe eine Tochter...«

Der Erzmagier warf einen Seitenblick auf Dalamar und stieß einen Seufzer aus. Die Lippen des gutaussehenden Elfen verzogen sich zu einem leichten Lächeln. Dalamar sagte jedoch nichts. Er saß einfach da und starrte in den Schatten.

»Ja, wir Eltern können blind sein«, murmelte Justarius. »Aber das gehört jetzt nicht zur Sache.« Der Erzmagier beugte sich nach vorne und schlug seine Hände zusammen. »Ich sehe, du wirst ungeduldig, Caramon. Wie du vermutet hast, haben wir dich aus einem bestimmten Grund eingeladen. Und es hat leider etwas mit Palin zu tun.«

Das ist es, sagte Caramon zu sich. Sein Blick wurde finster, seine schwitzenden Hände ballten und öffneten sich nervös um den Knauf seines Schwertes.

»Es ist nicht leicht auszusprechen, darum will ich es unverblümt und direkt sagen.« Justarius holte tief Luft. Sein Gesicht wurde ernst und kummervoll und von einer Spur von Angst berührt. »Wir haben Grund zu der Annahme, daß der Onkel des jungen Mannes – dein Zwillingsbruder Raistlin – *nicht* tot ist.«

Kapitel 2

»An diesem Ort packt mich das kalte Grausen!« murmelte Tanin mit einem Seitenblick auf seinen jüngsten Bruder.

Während er langsam eine Tasse mit tarbäischem Tee schlürfte, starrte Palin in die Flammen des Feuers und gab vor, Tanins Bemerkung nicht gehört zu haben, obwohl er wußte, daß sie für ihn bestimmt war.

»Oh, im Namen des Abgrundes, könntest du dich mal hinsetzen!« sagte Sturm, der seinen Bruder mit Brotkrumen bewarf. »Du bist dabei, langsam den Boden einzutreten, und nur die Götter wissen, was sich unter uns befindet.«

Tanin runzelte nur die Stirn, schüttelte den Kopf und schritt weiter im Raum auf und ab.

»Beim Barte Reorx', Bruder!« fuhr Sturm fast unverständlich fort. Sein Mund war mit Käse vollgestopft. »Man könnte meinen, wir wären in einem drakonischen Verlies und nicht in einem Raum, der einem der besten Wirtshäuser in Palanthas in nichts nachkommt! Gutes Essen, gutes Bier...« – er nahm einen kräftigen Schluck, um den Käse hinunterzuspülen –, »...und du hättest eine angenehme Gesellschaft, wenn du dich nicht wie ein Türknopf aufführen würdest!«

»Wir sind aber nun mal nicht in einem der Wirtshäuser in Palanthas«, gab Tanin sarkastisch zurück und unterbrach sein Schreiten, um ein Stück Brot aufzufangen. Er zerbröckelte es in seiner Hand und warf die Krümel auf den Boden. »Wir sind im Turm der Erzmagier in Wayreth. Wir wurden mit Magie in dieses Zimmer befördert. Die verdammte Tür ist verschlossen, und wir kommen nicht raus. Wir haben keine Ahnung, was diese Zauberer mit Vater angestellt haben, und alles, woran du denken kannst, ist Käse und Bier!«

»Das ist nicht *alles*, woran ich denke«, erwiderte Sturm ruhig und wies mit einem besorgten Blick und einem Kopfnicken auf ihren jüngeren Bruder, der immer noch ins Feuer starrte.

»Ja«, schnappte Tanin düster, der Sturms Blick gefolgt war. »An ihn denke ich auch! In erster Linei ist es *seine* Schuld, daß wir hier sind!« Schlecht gelaunt trat er gegen ein Bein des Tisches, an dem er gerade vorbeikam, und ging weiter auf und ab. Als Sturm seinen jüngeren Bruder bei den Worten des älteren

Bruders zusammenzucken sah, seufzte er und wandte sich wieder seiner Beschäftigung zu, Tanin mit Brotbröckchen zu bewerfen.

Jeder, der die zwei älteren jungen Männer beobachtete (so wie es jemand in diesem Moment auch tat), hätte sie für Zwillinge halten können, obwohl sie – in Wirklichkeit – ein Jahr auseinanderlagen. Tanin und Sturm (nach Caramons bestem Freund Tanis, dem Halb-Elfen, und dem heldenhaften Ritter von Solamnia Sturm Feuerklinge benannt) sahen sich sehr ähnlich und handelten und dachten sogar gleich. Tatsächlich gaben sie sich oft als Zwillinge aus und genossen nichts mehr, als wenn die Leute sie verwechselten.

Groß und muskulös waren sie, und beide junge Männer hatten Caramons hervorragenden Körperbau und sein freundliches, ehrliches Gesicht geerbt. Aber die leuchtendroten Locken und funkelnden grünen Augen, die bei den Frauen, denen die beiden begegneten, für soviel Verwirrung sorgten, hatten sie von ihrer Mutter, die in ihrer Jugend auch viele Herzen gebrochen hatte. Einst eine der Schönheiten von Krynn und berühmte Kriegerin, war Tika Waylan ein wenig rundlich geworden seit jener Zeit, als sie noch ihre Bratpfanne auf die Köpfe von Drakoniern geschlagen hatte. Aber die Köpfe drehten sich immer noch um, wenn Tika mit ihrer locker sitzenden, tief ausgeschnittenen weißen Bluse an den Tischen bediente, und nur wenige Männer verließen das Wirtshaus Zur letzten Bleibe, ohne zu schwören, daß Caramon wahrhaftig ein glücklicher Bursche sei.

Die grünen Augen des jungen Sturm funkelten jetzt schelmisch, als er sich mit einem Wink zu seinem jüngeren Bruder – der das aber nicht bemerkte – lautlos erhob, sich hinter den geistesabwesenden Tanin stellte und sein Schwert zog. Gerade als

Tanin sich umdrehte, schob Sturm die Schwertklinge zwischen die Beine seines Bruders und ließ ihn mit einem Aufprall zu Boden stürzen, der die Grundmauern des Turms zu erschüttern schien.

»Verdammter geistesschwacher Gossenzwerg!« brüllte Tanin, der aufs Gesicht gefallen war. Sich wieder hochrappelnd, machte er einen Satz auf seinen Bruder zu, der ihm auswich. Tanin erwischte den grinsenden Sturm am Kragen seiner Tunika und warf ihn rückwärts gegen den Tisch, daß der zu Boden krachte. Tanin sprang zu seinem Bruder, und die beiden waren bald in eine ihrer derben, possenhaften Raufereien verwickelt, mit denen sie schon viele Wirtshäuser in Ansalon in Trümmer gelegt hatten, bis plötzlich eine ruhige Stimme der verspielten Rauferei Einhalt gebot.

»Hört auf«, sagte Palin angespannt und erhob sich von seinem Stuhl am Feuer. »Hört beide auf! Erinnert euch doch, wo ihr seid!«

»Ich weiß, wo ich bin«, erwiderte Tanin eingeschnappt und starrte seinen jüngsten Bruder an.

Palin, der genauso groß war wie die anderen beiden jungen Männer, war gutgebaut. Es fehlten ihm jedoch die kräftigen Muskeln der zwei Krieger, da er sich dem Studium und nicht dem Schwertkampf widmete. Er hatte das rote Haar seiner Mutter, aber es war nicht feuerrot, sondern eher ein dunkles Kastanienrot. Er trug sein Haar lang – es fiel vom Mittelscheitel in weichen Wellen über seine Schultern. Aber es war das Gesicht des jungen Mannes – auch sein Gesicht und seine Hände –, das die Träume seiner Mutter und seines Vaters zuweilen heimsuchte. Feingeschnitten, mit durchdringenden, intelligenten Augen, die stets durch einen hindurchzusehen schienen, erinnerte Palins Gesicht an das seines Onkels, wenn es auch nicht dieselben Gesichtszüge waren, wie der unbemerkte Beobachter feststellte. Doch Palins Hände waren die von Raistlin. Sie waren schlank und zierlich, die Finger schnell und geschickt. Der junge Mann legte im Umgang mit den zerbrechlichen und empfindlichen Zauberzutaten solch eine Geschicklichkeit an den Tag, daß sein Vater häufig hin- und hergerissen war und ihn abwechselnd mit Stolz beobachtete oder vor Traurigkeit seinen Blick abwandte.

Gerade jetzt ballten sich diese Hände zu Fäusten, während Palin grimmig seine zwei älteren Brüder anfunkelte, die zwischen verschüttetem Bier, Brotkrumen, Scherben, einem halb verzehrten Käse und Trümmern des Tisches auf dem Boden lagen.

»Dann versucht wenigstens, euch mit Würde zu benehmen!« fauchte Palin.

»Ich erinnere mich, wo ich bin«, wiederholte Tanin wütend. Er erhob sich, ging hinüber, baute sich vor Palin auf und starrte ihn anschuldigend an. »Und ich erinnere mich sehr genau, wer uns hierher gebracht hat! Durch diesen verfluchten Wald zu reiten, der uns fast getötet hat...«

»Nichts im Wald von Wayreth hätte dich verletzt«, gab Palin zurück und musterte voller Abscheu das Durcheinander auf dem Boden. »Das habe ich dir bereits gesagt. Wenn du nur zugehört hättest! Dieser Wald wird von den Zauberern im Turm kontrolliert. Wir wurden hierher eingeladen. Die Bäume haben uns passieren lassen, ohne uns etwas anzutun. Die Stimmen, die nur du wispern gehört hast, waren die Ängste deines eigenen Herzens. Es ist Magie...«

»Magie! Hör mal zu, Palin«, unterbrach ihn Tanin jetzt mit einem Tonfall, den Sturm immer als die Vaterstimme seines großen Bruders bezeichnete. »Warum vergißt du diese ganze

Zauberangelegenheit nicht einfach? Du tust Vater und Mutter weh – insbesondere Vater. Du hast doch sein Gesicht gesehen, als wir zu diesem Ort geritten sind! Die Götter allein wissen, was es ihn gekostet haben muß, hierher zurückzukehren.«

Mit rotem Gesicht wandte sich Palin ab und biß sich auf die Lippe.

»Oh, laß den Kleinen in Ruhe, bitte, Tanin!« sagte Sturm, der den Schmerz im Gesicht seines jüngeren Bruders sah. Er wischte Bier von seiner Hose und versuchte beschämt, den Tisch wieder zusammenzusetzen – ein hoffnungsloses Unterfangen, da der Tisch fast nur noch aus Bruchstücken bestand.

»Du hattest einst das Zeug zu einem guten Schwertkämpfer, kleiner Bruder«, redete Tanin weiter auf Palin ein, ignorierte Sturm und legte die Hand auf die Schulter. »Komm schon, Junge. Sag denen da draußen, egal wer es ist« – Tanin winkte mit einer Hand in eine unbestimmte Richtung –, »daß du deine Meinung geändert hast. Wir können dann diesen verfluchten Ort sofort wieder verlassen und nach Hause gehen...«

»Wir haben doch keine Ahnung, warum sie uns hierher gebeten haben«, gab Palin zurück und schüttelte die Hand seines Bruders ab. »Wahrscheinlich hat es nichts mit mir zu tun! Warum auch?« fragte er bitter. »Ich bin immer noch ein Schüler, und es wird noch Jahre dauern, bis ich für die Prüfung bereit bin... dank Vater und Mutter«, murmelte er leise. Tanin hörte das nicht, dafür aber der unsichtbare Beobachter.

»Ja? Und ich bin ein Halb-Oger«, gab Tanin wütend zurück. »Sieh mich an, wenn ich mit dir rede, Palin...«

»Laß mich einfach in Ruhe!«

»Hey, ihr zwei...« Sturm wollte sich gerade als Friedensstifter einmischen, als die drei jungen Männer plötzlich bemerkten, daß sie nicht mehr alleine im Raum waren.

Alle Streitereien waren vergessen, als die Brüder unverzüglich handelten. Sturm war mit der Schnelligkeit einer Katze auf den Füßen. Mit einer Hand am Knauf seines Schwertes nahm er seinen Platz neben Tanin ein, der sich bereits beschützend vor den unbewaffneten Palin gestellt hatte. Wie alle Zauberkundigen trug der junge Mann weder Schwert noch Schild oder Rüstung. Aber seine Hand fuhr zu dem Dolch, den er versteckt unter seinen Roben trug, sein Gedächtnis bildete bereits die Worte eines der wenigen Verteidigungszauber, die er hatte lernen dürfen.

»Wer bist du?« fragte Tanin barsch und starrte den Mann an, der plötzlich mitten in dem verschlossenen Raum stand. »Wie bist du hier hereingekommen?«

»Was das Wie betrifft« – der Mann lächelte breit – »gibt es für jene, die sich mit Magie bewegen, keine Wände im Turm der Erzmagier. Was das Wer betrifft, mein Name ist Dunbar Meisterkapitän aus dem nördlichen Ergod.«

»Was willst du?« fragte Sturm ruhig.

»Wollen? Nun – mich überzeugen, ob es euch gutgeht, das ist alles«, antwortete Dunbar. »Ich bin euer Gastgeber...«

»Du? Ein Zauberkundiger?« Tanin starrte ihn an, und sogar Palin schien leicht verblüfft zu sein.

In einer Welt, in der Zauberer dafür bekannt sind, mehr Gehirn als Muskeln zu haben, war dieser Mann augenscheinlich eine Ausnahme. Er war genauso groß wie Tanin, und seine Brust war breit wie ein Faß; sogar Caramon hätte ihn darum beneidet. Muskeln traten unter der glänzenden, schwarzen Haut hervor. Seine Arme sahen aus, als ob er den robusten Sturm aufheben und wie ein Kind durch das Zimmer tragen könnte. Er trug keine Roben, sondern eine farbenfrohe, locker sitzende Hose. Der einzige Hinweis, daß er überhaupt ein Zauberer sein könnte, waren die Beutel, die an seiner Taille hingen, und eine weiße Schärpe, die sich um seinen breiten Bauch gürtete.

Dunbar lachte. Es war ein dröhnendes Lachen, das das Porzellan klirren ließ.

»Ja«, sagte er, »ich bin ein Zauberkundiger.« Dann sprach er ein paar Befehlsworte, und der zerbrochene Tisch sprang auf seine Beine und setzte sich mit unglaublicher Schnelligkeit wieder zusammen. Das Bier verschwand vom Boden, die Scherben der Bierkrüge fügten sich zusammen und schwebten hoch, bis wieder Krüge auf dem Tisch standen und mit frischem Bier schäumten. Ein Wildbraten erschien sowie ein Laib duftenden Brotes und andere Köstlichkeiten, so daß Sturm das Wasser im Mund zusammenlief und sogar Tanins Heftigkeit abkühlte, obwohl sein Argwohn immer noch nicht beschwichtigt war.

»Nehmt Platz«, sagte Dunbar, »und laßt uns essen. Macht euch keine Sorgen um euren Vater«, fügte er hinzu, als Tanin gerade den Mund aufmachen wollte. »Er ist in einer Besprechung mit den Oberhäuptern der zwei anderen Orden. Setzt euch! Setzt euch!« Er grinste, und seine weißen Zähne hoben sich von seiner schwarzen Haut ab. »Oder soll ich euch hinsetzen...?«

Bei diesen Worten ließ Tanin sein Schwert los und setzte sich auf einen Stuhl, obwohl er nichts aß, sondern lediglich Dunbar mißtrauisch beobachtete. Sturm jedoch machte sich mit gutem Appetit ans Essen. Nur Palin blieb stehen, die Hände in den Ärmeln seiner weißen Roben verborgen.

»Bitte, Palin«, sagte Dunbar sanft und sah zu dem jungen Mann hoch, »nimm Platz. Du wirst dich bald zu deinem Vater gesellen können und den Grund erfahren, warum ihr hier seid. In der Zwischenzeit bitte ich dich, Brot und Fleisch mit mir zu teilen.«

»Danke, Meister«, sagte Palin und verbeugte sich respektvoll.

»Dunbar, Dunbar...« Der Mann winkte mit einer Hand ab. »Ihr seid meine Gäste. Wir werden uns nicht mit Förmlichkeiten aufhalten.«

Palin setzte sich und begann zu essen, aber es war offensichtlich, daß er es nur aus Höflichkeit tat. Dunbar und Sturm jedoch aßen für ihn mit, und angesichts der köstlichen Düfte gab auch Tanin bald seine selbstauferlegte Rolle als Beschützer auf, als er sah, wie die beiden es sich gutgehen ließen.

»Du... du hast gesagt, die Oberhäupter der *anderen* Orden, Mei... Dunbar«, wagte Palin zu sagen. »Bist du...«

»Oberhaupt des Ordens der Weißen Roben. Ja.« Dunbar riß ein Stück Brot mit seinen starken Zähnen ab und spülte es mit einem Schluck Bier hinunter, den er in einem langen Zug trank. »Ich übernahm diesen Posten, als Par-Salian zurücktrat.«

»Oberhaupt des Ordens?« Sturm sah den großen Mann ehrfürchtig an. »Aber – was für eine Art Zauberer bist du? Was machst du?«

»Ich schätze, mehr als Fledermäusen die Flügel auszureißen«, murmelte Tanin zwischen einem Mundvoll Fleisch.

Palin wirkte schockiert und warf seinem älteren Bruder einen finsteren Blick zu. Aber Dunbar lachte nur. »Da hast du recht!« sagte er mit einem Fluch. »Ich bin ein Meereszauberer. Mein Vater war Kapitän, und sein Vater ebenfalls. Ich kann damit nichts anfangen, Schiffe zu befehligen. Meine Fähigkeiten liegen in der Magie, aber mein Herz ist beim Meer, und dorthin kehrte ich zurück. Jetzt reite ich auf den Wellen und verwende meine Kunst, um den Wind herbeizurufen oder den Sturm zu bezwingen. Ich kann den Feind in eine Flaute bringen, so daß wir ihm entrinnen können, oder ich kann Flammen auf seinem

Deck explodieren lassen, wenn wir angreifen wollen. Und, wenn es nötig ist« – Dunbar grinste – »werkel ich an der Bilge herum, oder ich drehe die Besten von ihnen um die Ankerwinde. Hält mich fit.« Er klopfte auf seine breite Brust. »Ich habe gehört, ihr zwei« – er sah Sturm und Tanin an – »seid von Kämpfen mit Minotauriern zurückgekehrt, die oben im Norden an der Küste eingefallen waren. Auch ich war dabei, diese Piraten aufzuhalten. Erzählt mir, habt ihr...«

Schon bald waren die drei tief in eine Diskussion verstrickt. Selbst Tanin erwärmte sich für das Thema und beschrieb bald lebhaft den Hinterhalt, mit dem sie die Minotaurier abgehalten hatten, die Stadt Kalaman dem Erdboden gleichzumachen. Dunbar hörte aufmerksam zu, stellte kluge Fragen, machte Bemerkungen und schien sich gut zu unterhalten.

Aber obwohl der scharfe Blick des Zauberers auf die Kriegerbrüder konzentriert war, war seine Aufmerksamkeit in Wirklichkeit auf den jüngsten gerichtet.

Als Palin sah, daß die drei ihn offenbar vergessen hatten, hörte er dankbar auf, so zu tun, als würde er essen, und ging wieder zu seinem Platz zurück, um ins Feuer zu starren. Dabei entging ihm, daß Dunbar ihn ständig beobachtete.

Das Gesicht des jungen Mannes war blaß und nachdenklich, die schlanken Hände wanden sich in seinem Schoß. Er war derart in Gedanken versunken, daß er seine Lippen bewegte, und obwohl er die Worte nicht laut aussprach, hörte eine andere Person im Raum sie trotzdem.

»Warum haben sie mich hierher gebracht? Können sie die Geheimnisse meines Herzens lesen? Werden sie es meinem Vater sagen?«

Und schließlich: »Wie kann ich ihm nur so weh tun, der doch schon soviel gelitten hat?«

Sich zunickend, als ob er die Antwort auf eine nichtgestellte Frage erhalten hätte, seufzte Dunbar und wandte jetzt seine ungeteilte Aufmerksamkeit den Kriegsabenteuern mit den Minotauriern zu.

Kapitel 3

»Ihr irrt euch«, sagte Caramon ruhig. »Mein Bruder ist tot.«

Mit hochgezogenen Augenbrauen warf Justarius Dalamar einen Blick zu. Der Dunkelelf zuckte jedoch nur mit den Achseln. Offensichtlich hatten sie mit allen Reaktionen gerechnet, aber nicht mit diesem gelassenen Widerspruch des früheren Kriegers und jetzigen Wirtshausbesitzers. Mit ernstem Gesichtsausdruck, scheinbar unsicher, was er sagen sollte, sah Justarius wieder auf Caramon.

»Du redest, als ob du Beweise hättest.«

»Die habe ich auch«, antwortete Caramon.

»Darf ich fragen, welche?« erkundigte sich Dalamar sarkastisch. »Trotz allem schloß sich damals das Portal zur Hölle – und zwar schloß es sich *mit der Hilfe deines Bruders* – und ließ ihn auf der anderen Seite gefangen zurück.« Die Stimme des Dunkelelfen senkte sich. »Ihre Dunkle Majestät wollte ihn nicht töten. Raistlin hatte ihren Eintritt in diese Welt verhindert. Ihr Zorn kannte keine Grenzen. Sie wollte sich daran ergötzen, ihn für alle Ewigkeiten zu foltern. Der *Tod* wäre Raistlins Erlösung gewesen...«

»Und das war er auch«, unterbrach Caramon sanft.

»Sentimentales Geschwätz...«, begann Dalamar ungeduldig, aber Justarius legte seine Hand wieder beschwichtigend auf den Arm des Dunkelelfen, und der schwarzgekleidete Magier versank wütend in Schweigen.

»Ich höre Gewißheit in deiner Stimme, Caramon«, sagte Justarius aufrichtig. »Du verfügst offensichtlich über Kenntnisse, die wir nicht haben. Teile sie uns mit. Ich weiß, daß es für dich schmerzvoll ist, aber wir stehen einer Entscheidung von großer Bedeutung gegenüber, und dein Wissen könnte unsere Handlungsweise beeinflussen.«

Caramon zögerte und runzelte die Stirn. »Hat es etwas mit meinem Sohn zu tun?«

»Ja«, erwiderte Justarius.

Caramons Gesicht verdunkelte sich. Sein Blick streifte sein Schwert, und seine Hand spielte geistesabwesend am Knauf. »Dann erzähle ich euch«, sagte er schließlich leise, zwar widerstrebend, aber mit fester Stimme, »was ich noch niemandem erzählt habe – meiner Frau nicht, Tanin nicht, niemandem.« Er schwieg einen weiteren Moment. Dann schluckte er, strich sich mit der Hand über die Augen und begann zu erzählen. Sein Blick war dabei auf sein Schwert gerichtet.

»Ich war wie betäubt nach... nach allem, was im Turm von Palanthas passiert war. Nachdem Raistlin... starb. Ich konnte nicht denken. Es war einfacher für mich, wie ein Schlafwandler durch den Tag zu gehen. Ich bewegte mich, ich redete, aber ich fühlte nichts. So war es erträglich.« Er zuckte die Schultern. »Es gab eine Menge zu tun, was mich beschäftigt hielt. Die Stadt lag in Trümmern. Dalamar« – er sah kurz zu dem Dunkelelfen hinüber – »war dem Tode nahe, die Verehrte Tochter Crysania schwerverletzt. Und dann war da noch Tolpan – der diese Fliegende Zitadelle gestohlen hatte.« Caramon lächelte, als er sich wieder an die Mätzchen des fröhlichen Kenders erinnerte. Aber sein Lächeln erstarb bald. Er schüttelte den Kopf und fuhr fort.

»Ich wußte, daß ich eines Tages über Raistlin nachdenken müßte. Ich mußte mir irgendwie Klarheit darüber verschaffen.« Caramon hob seinen Kopf und sah Justarius direkt an. »Ich mußte mir klar werden, wer Raistlin war und was er getan hatte. Ich mußte mich der Tatsache stellen, daß er böse gewesen war, wahrhaft böse. Daß er in seiner Machtgier die ganze Welt gefährdet hatte und daß unschuldige Leute gelitten hatten und seinetwegen gestorben waren.«

»Und deswegen wurde ihm selbstverständlich Erlösung gewährt!« höhnte Dalamar.

»Warte!« Caramon hob seine Hand. Röte stieg in sein Gesicht. »Mir ist noch etwas klargeworden. Ich habe Raistlin geliebt. Er war mein Bruder, mein Zwilling. Wir waren uns sehr nah, niemand weiß, wie nah.« Der große Mann konnte nicht weiterreden, sondern starrte auf sein Schwert und runzelte die Stirn, bis er nach einem zitternden Atemzug stolz seinen Kopf hob. »Raistlin hat auch Gutes in seinem Leben getan. Ohne ihn hätten wir niemals die Drachenarmeen besiegen können. Er kümmerte sich um jene, die... die krank waren und denen es schlecht ging... so wie ihm. Aber selbst das hätte ihn am Ende nicht retten können, das wußte ich.« Caramons Lippen preßten sich fest zusammen, während er versuchte, durch Blinzeln seine Tränen zurückzudrängen. »Als ich ihm in der Höhle begegnete, stand er kurz vor seinem Sieg, wie ihr wißt. Er mußte lediglich durch das Portal zurückgehen, die Dunkle Königin hinter sich herlocken, und dann wäre er in der Lage gewesen, sie zu besiegen und ihren Platz einzunehmen. Er hätte seinen Traum verwirklichen können, ein Gott zu werden. Aber dabei hätte er die Welt zerstört. Meine Reise in die Zukunft hatte mir das gezeigt – und ich zeigte ihm die Zukunft. Raistlin wäre ein Gott geworden – aber er hätte über eine tote Welt geherrscht.

Und damit wußte er auch, daß er nicht zurückkehren durfte. Er hatte sich selbst verdammt. Er hatte jedoch schon bevor er die Hölle betreten hatte genau gewußt, welchen Risiken er ausgesetzt war.«

»Ja«, sagte Justarius ruhig. »Und in seinem Ehrgeiz entschied er sich freiwillig, diese Risiken auf sich zu nehmen. Was versuchst du uns denn damit zu erklären?«

»Nur dies«, gab Caramon zurück. »Raistlin hat einen Fehler begangen – einen schrecklichen, tragischen Fehler. Und er tat, was von uns nur wenige können – er hatte den Mut, diesen Fehler zuzugeben und sein Möglichstes zu versuchen, ihn wieder gutzumachen, selbst wenn das bedeutete, daß er sich opfern mußte.«

»Über die Jahre hinweg bist du an Weisheit gewachsen, Caramon Majere. Was du sagst, klingt überzeugend.« Justarius musterte Caramon mit neuem Respekt, wenn auch der Erzmagier traurig den Kopf schüttelte. »Dennoch ist dies eine Streitfrage für Philosophen. Es ist kein Beweis. Verzeih mir, wenn ich dich in die Enge treibe, Caramon, aber...«

»Ich habe einen Monat bei Tanis verbracht, bevor ich nach Hause zurückkehrte«, fuhr Caramon fort, als hätte er die Unterbrechung nicht mitbekommen. »Ich war in seinem ruhigen, friedlichen Haus, wo ich über all dieses nachdenken konnte. Erst dort habe ich mich ausführlich mit der Tatsache auseinandergesetzt, daß mein Bruder – mein Gefährte von Geburt an, die Person, die ich am meisten auf dieser Welt liebte – verloren war. Soviel ich wußte, war er in entsetzlicher Qual gefangen. Ich... ich dachte mehr als einmal daran, meinen Schmerz wieder mit Zwergenschnaps zu betäuben. Aber mir war klar, daß es sich nur um eine vorübergehende Tröstung gehandelt hätte.« Caramon schloß seine Augen und erbebte.

»Eines Tages, als ich dachte, ich könnte nicht mehr weiterleben, ohne wahnsinnig zu werden, ging ich in mein Zimmer und verschloß die Tür. Ich nahm mein Schwert, sah es an und dachte daran, wie leicht es doch wäre … zu fliehen. Ich legte mich auf mein Bett mit der festen Absicht, mich umzubringen. Statt dessen fiel ich in einen tiefen Schlaf der Erschöpfung. Ich weiß nicht, wie lange ich schlief, aber als ich erwachte, war es Nacht. Alles war ruhig, Solinaris silbernes Licht leuchtete ins Fenster, und ich war mit einem unbeschreiblichen Frieden erfüllt. Ich wunderte mich, warum … und dann sah ich ihn.«

»Sah wen?« fragte Justarius und tauschte einen schnellen Blick mit Dalamar. »Raistlin?«

»Ja.«

Die Gesichter der beiden Zauberer wurden grimmig.

»Ich sah ihn«, sagte Caramon sanft, »er lag neben mir und schlief, so wie damals … als wir klein waren. Er hatte zuweilen schreckliche Träume. Er wurde dann von ihnen wach und weinte. Ich tröstete ihn … und brachte ihn zum Lachen. Dann seufzte er, legte seinen Kopf auf meinen Arm und schlief wieder ein. Und so habe ich ihn auch damals gesehen …«

»Ein Traum!« spottete Dalamar.

»Nein.« Caramon schüttelte entschieden den Kopf. »Es war zu wirklich. Ich sah sein Gesicht, so wie ich eure Gesichter sehe. Ich sah sein Gesicht, wie ich es zuletzt in der Hölle gesehen hatte. Nur waren jetzt die schrecklichen Linien des Schmerzes, die verzerrten Male der Gier und des Bösen verschwunden. Sie ließen sein Gesicht glatt zurück und … mit sich im Frieden – wie Crysania sagte. Es war das Gesicht meines Bruders, meines Zwillings … und nicht das des Fremden, der er geworden war.« Caramon wischte sich wieder über die Augen, und fuhr sich mit der Hand über den Mund. »Am nächsten Tag war ich in der

Lage, nach Hause zurückzukehren«, sagte er heiser, »weil ich wußte, daß alles in Ordnung war... Zum ersten Mal in meinem Leben habe ich an Paladin geglaubt. Ich wußte, daß er Raistlin verstanden, gnädig über ihn geurteilt und sein Opfer akzeptiert hatte.«

»Da hat er dich an einer schwachen Stelle erwischt, Justarius«, dröhnte eine Stimme aus dem Schatten. »Was sagst du denn nun zu so einem Glauben?«

Caramon drehte sich schnell um und sah, daß vier Gestalten in den Schatten des riesigen Raumes auftauchten. Drei erkannte er wieder, und selbst an diesem Ort, der für ihn überquoll von grausamen Erinnerungen, trübten sich seine Augen wieder. Doch diesmal waren es Tränen des Stolzes, als er auf seine Söhne schaute. Die zwei älteren, mit rasselnder Rüstung und klirrenden Schwertern, wirkten etwas eingeschüchtert, wie er feststellte. Nicht ungewöhnlich, dachte er bitter, in Anbetracht dessen, was sie über den Turm aus Legenden und Familiengeschichte erfahren hatten. Sie waren bezüglich der Magie mit ihm einer Meinung – sie mißfiel ihnen, und sie vertrauten ihr nicht. Die zwei standen wie immer beschützend an beiden Seiten von Caramons drittem Sohn, ihrem jüngeren Bruder.

Es war dieser jüngste Sohn, der Caramon bei ihrem Eintreten ängstlich und unruhig ansah. In seinen weißen Roben näherte sich Palin dem Oberhaupt der Versammlung mit gesenktem Kopf und auf den Boden gerichteten Augen, wie es für einen Krieger seines niedrigen Ranges angemessen war. Gerade erst zwanzig geworden, war er noch nicht einmal ein Lehrling, und er würde es wohl erst werden, wenn er mindestens fünfundzwanzig Jahre alt war. In diesem Alter können Zauberer auf Krynn entscheiden, ob sie sich der Prüfung unterziehen wollen

– dem grausamen Test über ihre Geschicklichkeit und Begabung in der Kunst, den alle absolvieren müssen, bevor sie sich fortgeschrittenes Wissen aneignen dürfen. Da Magier solch große Macht ausüben, sollen mit dieser Prüfung all jene ausgesiebt werden, die entweder ungeschickt sind oder ihre Kunst nicht ernst nehmen. Dieses Ziel wird höchst wirkungsvoll erreicht – Versagen bedeutet Tod. Es gibt keine Umkehr. Sobald ein junger Mann oder eine junge Frau gleich welcher Rasse – Elf, Mensch, Oger – sich entscheidet, den Turm der Erzmagier zu betreten, um sich der Prüfung zu unterziehen, verpflichtet er oder sie sich mit Körper und Seele der Magie.

Palin wirkte ungewöhnlich beunruhigt und ernst, so wie auf ihrer Reise zum Turm – fast, als ob er sich jetzt der Prüfung unterziehen wollte. Aber der Gedanke war lächerlich, erinnerte sich Caramon. Er ist zu jung. Zugegeben, Raistlin hatte die Prüfung in diesem Alter gemacht, aber das war nur, weil die Versammlung ihn gebraucht hatte. Raistlin war stark gewesen in seiner Magie und hatte sich in ihrer Kunst ausgezeichnet und wäre – trotzdem – bei der Prüfung beinahe gestorben. Caramon konnte immer noch seinen Zwillingsbruder in der Blutlache im Turm liegen sehen... Er ballte seine Fäuste. Nein! Palin ist intelligent, er ist geübt, aber er ist noch nicht bereit. Er ist zu jung.

»Außerdem«, murmelte Caramon ganz leise, »gib ihm noch ein paar Jahre, und vielleicht läßt er diese törichte Idee von allein fallen...«

Als wäre Palin sich des besorgten und forschenden Blickes seines Vaters bewußt, hob er leicht seinen Kopf und schenkte ihm ein beruhigendes Lächeln. Caramon lächelte zurück. Auf einmal fühlte er sich besser. Vielleicht hatte dieser unheimliche Ort seinem Sohn die Augen geöffnet.

Während die vier sich dem Halbkreis der Stühle näherten, wo Justarius und Dalamar saßen, musterte Caramon sie eingehend. Nachdem er sich überzeugt hatte, daß es seinen Jungen gut ging und sie sich verhielten, wie sie sich verhalten sollten (seine zwei ältesten neigten zuweilen dazu, ein wenig ausgelassen zu stürmisch zu sein), entspannte sich der große Mann schließlich und betrachtete die vierte Gestalt; diejenige, die zu Justarius die Bemerkung über seinen Glauben gemacht hatte.

Der Mann bot einen ungewöhnlichen Anblick. Caramon konnte sich nicht erinnern, jemals jemand so Seltsamen gesehen zu haben, und er kannte fast den ganzen Kontinent Ansalon. Er stammte aus dem nördlichen Ergod, soviel konnte Caramon aufgrund seiner schwarzen Haut sagen – dem Merkmal dieser seefahrenden Rasse. Er war auch wie ein Seemann gekleidet, wenn man von den Beuteln an seinem Gürtel und der weißen Schärpe um seine Taille absah. Seine Stimme war die Stimme einer Person, die es gewohnt war, über brechende Wellen und tosenden Wind hinweg Befehle zu brüllen. So stark war dieser Eindruck, daß Caramon sich etwas unsicher umschaute. Er wäre nicht im geringsten überrascht gewesen, wenn ein Schiff mit vollen Segeln hinter ihm aus dem Nichts aufgetaucht wäre.

»Caramon Majere, nehme ich an«, sagte der Mann und trat zu Caramon, der sich ungeschickt aus seinem Stuhl erhob. Der Fremde ergriff seine Hand mit einer Festigkeit, die den Krieger weit die Augen öffnen ließ, grinste und stellte sich vor: »Dunbar Meisterkapitän aus dem nördlichen Ergod, Oberhaupt des Ordens der Weißen Roben.«

Caramon starrte ihn an. »Ein Magier?« fragte er staunend, während er dem Seemann die Hand schüttelte.

Dunbar lachte. »Genau die gleiche Reaktion wie bei deinen

Söhnen! Ja, ich habe mir erlaubt, deine Jungen zu besuchen, anstatt meine Pflichten hier wahrzunehmen, muß ich gestehen. Feine Burschen. Soweit ich verstanden habe, waren die älteren unter den Rittern, die bei Kalaman gegen Minotaurier gekämpft haben. Wir wären uns dort beinahe begegnet. Darum war ich auch so lange fort.« Er warf Justarius einen entschuldigenden Blick zu. »Mein Schiff lag lange in Palanthas, denn ich mußte Schäden reparieren lassen, die im Kampf gegen diese Piraten entstanden waren. Ich bin ein Meereszauberer«, fügte Dunbar erklärend hinzu, als er Caramons immer noch verwirrten Blick bemerkte. »Bei den Göttern! Aber deine Jungen kommen nach dir!« Er lachte und schüttelte wieder Caramons Hand.

Caramon grinste zurück. Alles würde in Ordnung sein. Dieser Zauberer würde alles über Raistlin verstehen. Er würde seine Jungen nehmen und nach Hause gehen können.

Plötzlich nahm Caramon wahr, daß Dunbar ihn aufmerksam musterte, fast als ob er seine Gedanken lesen könnte. Das Gesicht des Zauberers wurde ernst. Mit einem leichten Kopfschütteln wandte sich Dunbar ab und ging mit schnellen, wiegenden Schritten durch den Raum, als befände er sich auf dem Deck seines Schiffes. Rechts neben Justarius nahm er seinen Platz ein.

»Nun«, knurrte Caramon und spielte am Knauf seines Schwertes. Die Miene des Zauberers hatte seine Zuversicht wieder erschüttert. Jetzt starrten ihn alle drei mit ernstem Gesichtsausdruck an. Caramons Gesicht verhärtete sich. Es spiegelte jetzt Entschlossenheit. »Ich vermute, das war es dann«, sagte er kalt. »Ihr habt gehört, was ich euch über … über Raistlin gesagt habe …«

»Ja«, unterbrach Dunbar, »wir *alle* haben es gehört, einige von uns – glaube ich – zum ersten Mal.« Der Meereszauberer sah bedeutungsvoll auf Palin, dessen Blick auf den Boden gerichtet war.

Mit einem nervösen Räuspern fuhr Caramon fort: »Ich denke, wir machen uns dann auf den Weg.«

Die Zauberer tauschten Blicke aus. Justarius wirkte nervös, Dalamar streng, Dunbar traurig. Aber keiner von ihnen sagte ein Wort. Caramon verbeugte sich, wandte sich zum Aufbruch um und winkte seinen Söhnen zu, als Dalamar sich mit einer ärgerlichen Geste erhob.

»Du darfst nicht gehen, Caramon«, sagte der Dunkelelf. »Es gibt immer noch viel zu besprechen.«

»Dann sag, was du zu sagen hast!« gab Caramon wütend zurück. Er drehte sich wieder zu den Zauberern um.

»Ich werde es sagen, da diese beiden...«, er warf seinen Zaubererkollegen einen vernichtenden Blick zu – »zu zimperlich sind, solch einen hingebungsvollen Glauben herauszufordern, wie du ihn verkündet hast. Vielleicht haben sie die große Gefahr vergessen, der wir vor fünfundzwanzig Jahren gegenüberstanden. Ich nicht.« Seine Hand strich über seine zerrissenen Roben. »Niemals werde ich sie vergessen. Meine Ängste können sich nicht wegen einer ›Vision‹ auflösen, auch wenn sie noch so rührend ist.« Seine Lippen kräuselten sich verächtlich. »Setz dich, Caramon. Setz dich und höre die Wahrheit, die diese beiden sich nicht auszusprechen trauen.«

»Ich fürchte mich nicht, es zu sagen, Dalamar«, widersprach Justarius in verweisendem Ton. »Ich habe aber über die Geschichte nachgedacht, die Caramon erzählt hat, und ihre Bedeutung für die Angelegenheit...«

Der Dunkelelf schnaubte verächtlich, aber auf einen durchdringenden Blick von Justarius setzte er sich wieder. Seine schwarzen Roben zog er enger um sich. Caramon jedoch blieb stehen. Sein finsterer Blick wanderte von einem Zauberer zum anderen. Hinter sich hörte er das Geklimper von Rüstung, als seine älteren Jungen sich nervös bewegten. An diesem Ort fühlen sie sich genauso unbehaglich wie ich, dachte er. Am liebsten hätte er sich auf dem Absatz umgedreht und wäre hinausgegangen, um nie wieder zu dem Turm zurückzukehren, in dem ihm soviel Schmerz und Herzzerbrechen widerfahren war.

Bei den Göttern, er würde es tun! Sollten sie doch versuchen, ihn aufzuhalten! Caramon packte den Knauf seines Schwertes und trat einen Schritt zurück. Er sah auf seine Söhne. Die zwei älteren machten sich fertig zum Aufbruch. Nur Palin blieb ruhig stehen, mit einem ernsten, nachdenklichen Ausdruck auf seinem Gesicht, den Caramon nicht durchschauen konnte. Es erinnerte ihn jedoch an jemanden. Caramon konnte fast Raistlins wispernde Stimme hören: *»Geh ruhig, wenn du möchtest, mein teurer Bruder. Verlauf dich ruhig im magischen Wald von Wayreth, was dir sicherlich ohne mich passieren wird. Ich werde bleiben…«*

Nein. Von seinem Sohn wollte er diese Worte nicht hören. Sein Gesicht lief rot an, und sein Herz krampfte sich schmerzhaft zusammen, als er schwerfällig wieder seinen Platz einnahm. »Sag, was du zu sagen hast«, wiederholte er.

»Vor fast dreißig Jahren kam Raistlin Majere hierher, um sich der Prüfung zu unterziehen«, begann Justarius. »Während der Prüfung wandte sich…«

»Das wissen wir«, knurrte Caramon.

»Einige von uns«, erwiderte Justarius. »Einige von uns nicht.« Sein Blick glitt zu Palin. »Oder zumindest kennen sie nicht die ganze Geschichte. Die Prüfung war schwer für Raistlin – sie ist für uns alle schwer, nicht wahr?«

Dalamar sprach nicht, aber sein blasses Gesicht wurde eine

Spur blasser, und seine Mandelaugen bewölkten sich. Alle Spuren von Fröhlichkeit waren aus Dunbars Gesicht gewichen. Sein Blick suchte Palin, und er schüttelte fast unmerklich den Kopf.

»Ja«, fuhr Justarius fort. »Die Prüfung ist schwer. Aber sie ist nicht unmöglich. Par-Salian und die Oberhäupter der Orden hätten Raistlin nicht die Erlaubnis erteilt – so jung wie er war –, wenn sie nicht überzeugt gewesen wären, daß er es wahrscheinlich schaffen würde. Und das war bei ihm ja auch der Fall! Ja, Caramon! Es besteht für mich kein Zweifel und auch nicht für jene, die an jenem Tage anwesend waren und es miterlebt hatten. Dein Zwillingsbruder hatte die Kraft und die Geschicklichkeit, es ganz alleine zu schaffen. Aber er entschied sich für den einfachen Weg, den sicheren Weg – er nahm die Hilfe eines bösen Zauberers an, des größten unseres Ordens, der je gelebt hat – Fistandantilus.«

»Fistandantilus«, wiederholte Justarius und ließ seine Augen auf Palin gerichtet. »Seine Magie war entstellt, er starb im Schädeldachgebirge. Aber seine Magie war so groß, selbst den Tod zu besiegen. Sein Geist überlebte auf einer anderen Ebene und wartete darauf, einen Körper zu finden, den er bewohnen könnte. Und er fand diesen Körper. Er fand Raistlin.«

Caramon saß schweigend da. Seine Augen fixierten Justarius, sein Gesicht war rot, seine Kiefermuskeln waren angespannt. Plötzlich spürte er eine Hand auf seiner Schulter. Es war Palin, der sich hinter ihn gestellt hatte. Palin beugte sich zu ihm vor und flüsterte: »Wir können gehen, Vater. Es tut mir leid. Es war falsch von mir, dich zu überreden herzukommen. Wir brauchen nicht weiter zuzuhören...«

Justarius seufzte. »Doch, junger Magier, du mußt leider zuhören. Du mußt die Wahrheit erfahren!«

Palin zuckte zusammen und errötete, als er seine eigenen Worte hörte. Caramon griff hoch und nahm die Hand seines Sohnes, um ihn zu beruhigen. »Wir kennen die Wahrheit«, knurrte er. »Dieser böse Zauberer hat die Seele meines Bruders genommen! Und ihr Magier habt es zugelassen!«

»Nein, Caramon!« Justarius' Faust ballte sich. »Es war Raistlins eigene Entscheidung, und er fällte sie freiwillig, sich vom Licht abzuwenden und den Weg der Dunkelheit einzuschlagen. Fistandantilus verlieh ihm die Kraft, die Prüfung zu bestehen, und als Gegenleistung *gab* Raistlin Fistandantilus einen Teil seiner Lebenskraft und half somit dem Geist der Leiche, zu überleben. *Das* hat seinen Körper zerstört – und nicht die Prüfung. Raistlin sagte es selber, Caramon! ›Das ist das Opfer, das ich für meine Magie gebracht habe!‹ Wie oft hast du ihn diese Worte sagen hören!«

»Genug!« Mit drohendem Blick erhob sich Caramon. »Es war Par-Salians Schuld. Egal, wieviel Unheil mein Zwillingsbruder danach gebracht hat, ihr Magier habt ihm den Pfad erst gezeigt, den er schließlich einschlug.« Caramon gab seinen Söhnen ein Zeichen, drehte sich auf dem Absatz um und entfernte sich mit schnellen Schritten. Er steuerte auf das zu, wovon er hoffte (an diesem seltsamen Ort), daß es sich um den Ausgang handeln würde.

»Nein!« Justarius erhob sich unsicher auf seine Füße. Er war unfähig, sein ganzes Gewicht auf sein verkrüppeltes linkes Bein zu legen. Aber seine Stimme war kraftvoll, als sie durch den Saal donnerte. »Hör zu und verstehe, Caramon Majere! Du mußt, oder du wirst es bitter bereuen!«

Caramon hielt inne. Langsam drehte er sich um, aber nur halb. »Soll das eine Drohung sein?« fragte er und funkelte Justarius über seine Schulter an.

»Keine Drohung, zumindest nicht von uns«, sagte Justarius. »Denk doch mal nach, Caramon! Siehst du denn nicht die Gefahr? Es ist einmal geschehen, es kann wieder geschehen!«

»Ich verstehe dich nicht«, sagte Caramon dickköpfig. Seine Hand blieb auf dem Schwert, während er über Justarius' Worte nachdachte.

Wie eine Schlange, die sich zum tödlichen Biß aufrollt, beugte sich Dalamar in seinem Stuhl nach vorne. »Doch, das tust du!« Seine Stimme klang sanft und tödlich. »Du verstehst. Frage uns nicht nach Einzelheiten, denn die kennen wir nicht. Aber wisse dies – anhand gewisser Zeichen, die wir gesehen haben, und gewisser Kontakte, die wir zu anderen Reichen hergestellt haben, müssen wir annehmen, daß Raistlin lebt – so wie Fistandantilus damals. Er sucht einen Weg zurück in diese Welt. Er braucht einen Körper, in den er sich einnisten kann. Und du, sein geliebter Zwillingsbruder, hast ihn freundlicherweise mit einem versorgt – jung, stark und in der Magie bereits geübt.«

Dalamars Worte gruben sich in Caramons Fleisch wie giftige Fänge. »Mit deinem Sohn...«

Kapitel 4

Justarius ließ sich vorsichtig wieder auf seinen großen steinernen Stuhl sinken. Er glättete die Falten seiner roten Roben mit Händen, die für sein Alter jung aussahen, und sprach zu Caramon, obwohl seine Augen auf den weißgewandeten jungen Mann gerichtet waren, der an der Seite seines Vaters stand. »Du siehst also, Caramon Majere, daß wir es unmöglich zulassen können, daß dein Sohn – Raistlins Neffe – seine Magiestudien weiterbetreibt und die Prüfung macht, ohne daß wir vorher sicherstellen können, daß sein Onkel den jungen Mann nicht benutzt, um sich Eintritt zurück in die Welt zu verschaffen.«

»Insbesondere«, fügte Dunbar ernst hinzu, »da die Bindung des jungen Mannes an einen bestimmten Orden noch nicht feststeht.«

»Wie meinst du das?« Caramon runzelte die Stirn. »Die Prüfung machen? Er ist von der Prüfung weit entfernt. Und was seine Loyalität anbelangt, so hat er sich entschieden, die Weißen Roben zu tragen...«

»Du und Mutter, ihr beide habt entschieden, daß ich die Weißen Roben trage«, unterbrach ihn Palin mit ruhiger Stimme. Seine Augen wichen denen seines Vaters jetzt aus. Als er auf verletztes Schweigen stieß, machte Palin eine ärgerliche Geste. »Oh, jetzt komm, Vater. Du weißt genausogut wie ich, daß du unter anderen Umständen nicht einmal in Erwägung gezogen hättest, mich Magie studieren zu lassen. Darum habe ich dich auch nicht gefragt!«

»Aber der junge Mann muß die Loyalität erkennen, die in seinem Herzen ist. Nur dann kann er die wahre Kraft seiner Magie anwenden. Und er muß dies während der Prüfung tun«, erklärte Dunbar sanft.

»Prüfung! Immer dieses Gerede von der Prüfung! Ich sage euch, es ist noch nicht einmal klar, ob er überhaupt dieses verdammte Zeug machen will! Und wenn ich dazu etwas zu sagen habe...« Caramon brach abrupt ab, sein Blick streifte das Gesicht seines Sohnes. Palin starrte auf den Steinboden, seine Wangen waren gerötet und seine Lippen eng zusammengepreßt.

»Schon gut«, murmelte Caramon und holte tief Luft. Hinter

sich konnte er seine anderen beiden Söhne hören, die nervös mit den Füßen scharrten, das Rasseln von Tanins Schwert und Sturms leises Husten. Er war sich auch bewußt, daß die Zauberer ihn beobachteten; er war sich besonders des zynischen Lächelns von Dalamar bewußt. Wenn er nur allein sein könnte mit Palin! Caramon seufzte. Über diese Angelegenheit hätten sie schon früher sprechen sollen, dachte er. Aber er hatte immer die Hoffnung gehabt...

Er wandte den Zauberern seinen Rücken zu und sah seinen jüngsten Sohn an. »Welche... welche andere Loyalität würdest du dir denn aussuchen, Palin?« fragte er; nachträglich wollte er sein Verhalten wiedergutmachen. »Du bist ein guter Mensch, Sohn! Es macht dir Freude, anderen zu helfen, ihnen zu dienen! Die Weiße Robe schien offensichtlich...«

»Ich weiß nicht einmal, ob es mir Freude macht, anderen zu dienen«, schrie Palin ungeduldig; er verlor langsam die Beherrschung. »Du hast mich in diese Rolle gedrängt, und sieh, wohin es mich gebracht hat! Du redest dir ein, daß ich nicht so stark oder geübt in der Magie bin, wie mein Onkel es in meinem Alter war. Das liegt nur daran, weil er sein Leben dem Studium widmen konnte! Er ließ keine Störung oder Beeinträchtigung zu. Mir scheint, daß man die Magie an die erste Stelle setzen muß, die Welt an die zweite...«

Caramon schloß die Augen vor Schmerz, als er die Worte seines Sohnes hörte; aber eine andere Stimme sprach sie jetzt – eine sanfte, wispernde Stimme, eine gebrochene Stimme – *Man muß die Magie an die erste Stelle setzen, die Welt an die zweite. Alles andere führt lediglich dazu, daß man sich und sein Potential einschränkt...*

Er spürte, daß eine Hand ihn am Arm ergriff. »Vater, es tut mir leid«, sagte Palin leise. »Ich wollte mit dir darüber längst sprechen, aber ich wußte, wie sehr es dich schmerzen würde. Und dann ist noch Mutter da.« Der junge Mann seufzte. »Du kennst ja Mutter...«

»Ja«, sagte Caramon mit erstickter Stimme und nahm seinen Sohn in seine kräftigen Arme. »Ich kenne deine Mutter.« Er versuchte zu lächeln. »Sie hätte wahrscheinlich etwas nach dir geworfen – das hat sie mal mit mir gemacht, soweit ich mich erinnere, fast alle Teile meiner Rüstung. Aber ihre Maßnahmen sind schrecklich, besonders wenn sie jemanden liebt...«

Caramon konnte nicht gehen, sondern hielt seinen Sohn weiter fest. Über seine Schulter sah er zu den Zauberern und fragte barsch: »Ist das notwendig, gerade jetzt? Laßt uns nach Hause gehen und darüber reden. Warum können wir nicht warten...«

»Weil diese Nacht eine besondere Nacht ist«, antwortete Justarius. »Der silberne, der schwarze und der rote Mond sind heute zur gleichen Zeit am Himmel. Die Kraft der Magie ist in dieser Nacht stärker, als es seit einem Jahrhundert der Fall war. Falls Raistlin die Fähigkeit hat, die Magie aufzurufen und der Hölle zu entrinnen – wird es in einer Nacht wie dieser geschehen.«

Caramon neigte seinen Kopf, und seine Hand strich über das kastanienrote Haar seines Sohnes. Sein Arm lag um Palins Schulter, als er sich mit finsterem Gesicht den Zauberern zuwandte.

»Na schön«, sagte er mit rauher Stimme, »was erwartet ihr von uns?«

»Ihr werdet mit mir zum Turm von Palanthas zurückkehren«, antwortete Dalamar. »Dort werden wir versuchen, das Portal zu betreten...«

»Der Turm? Bitte laß uns mit dir bis zum Eichenwald von Shoikan reiten«, bat Tanin.

»Ja!« ergänzte Sturm eifrig. »Du wirst uns brauchen, das weißt du genau. Die Straße nach Palanthas ist zwar offen, die Ritter kümmern sich darum, aber wir haben von Porthios Berichte über Drakonierbanden erhalten, die im Hinterhalt liegen...«

»Ich muß euch leider enttäuschen, Krieger«, unterbrach Dalamar sie mit einem leichten Lächeln auf den Lippen, »aber wir werden nicht die Straßen nach Palanthas benutzen. Herkömmliche Straßen, meine ich«, fügte er hinzu.

Beide jungen Männer schauten verwirrt drein. Tanin, der den Dunkelelf wachsam beobachtete, runzelte die Stirn, als würde er einen Trick befürchten.

Palin berührte Tanin am Arm. »Er meint magische Straßen, mein Bruder. Bevor du mit Sturm den Haupteingang erreichst, werden Vater und ich bereits in Dalamars Arbeitszimmer im Turm der Erzmagier in Palanthas stehen – in dem Turm, den mein Onkel als seinen beansprucht hatte«, fügte er leise hinzu. Palin hatte nicht gewollt, daß jemand seine letzten Worte hörte, aber als er sich umschaute, fing er Dalamars intensiven, wissenden Blick auf.

»Ja, dort werden wir sein«, brummte Caramon, und sein Gesicht verdüsterte sich bei dem Gedanken. »Und ihr beide werdet euch auf den Heimweg machen«, sagte er mit strengem Blick zu seinen älteren Söhnen. »Ihr müßt Mutter sagen...«

»Ich würde lieber Ogern gegenübertreten«, sagte Tanin düster.

»Das kann ich verstehen«, sagte Caramon mit einem Grinsen, das in ein Seufzen überging. Er bückte sich plötzlich, um sich zu versichern, ob sein Gepäck fest gegurtet war, und hielt sein Gesicht dabei sorgfältig im Schatten. »Vergewissert euch einfach vorher, daß sie nicht in der Reichweite von Porzellan steht«, riet er und versuchte sorgfältig, seine Stimme leicht zu halten.

»Sie kennt mich. Sie hat dies erwartet. Ich glaube sogar, sie wußte es schon, als wir aufgebrochen sind«, sagte Palin, der sich an die zärtliche Umarmung und das fröhliche Lächeln seiner Mutter erinnerte, die in der Tür des Gasthauses gestanden und ihnen mit einem Tuch nachgewinkt hatte. Während sie aus der Stadt ritten, hatte Palin einen Blick zurück geworfen. Seine Mutter hatte mit diesem Tuch ihr Gesicht bedeckt, und ihre Freundin Dezra hatte tröstend die Arme um sie gelegt.

»Außerdem«, sagte Caramon, der aufstand und seine zwei älteren Söhne anfunkelte, in strengem Tonfall, »habt ihr beide Porthios versprochen, nach Qualinesti zu gehen und den Elfen zu helfen, mit diesen drakonischen Stoßtrupps fertigzuwerden. Ihr wißt, wie Porthios ist. Er hat zehn Jahre gebraucht, um überhaupt mit uns zu reden. Jetzt zeigt er Zeichen der Freundlichkeit. Ich will nicht, daß meine Söhne ihr Wort brechen, insbesondere nicht bei diesem halsstarrigen Elfen. Es war nicht bös gemeint«, fügte er mit Blick auf Dalamar hinzu.

»Schon gut«, erwiderte der Dunkelelf. »Ich kenne Porthios. Und jetzt...«

»Wir sind bereit«, erklärte Palin und wandte sich an Dalamar. »Ich habe natürlich von diesem Zauber gelesen, den du werfen wirst, aber ich war noch nie dabei, wenn er geworfen wird. Welche Zutaten benutzt du? Und betonst du die erste Silbe des ersten Wortes oder die zweite? Mein Meister sagt...«

Dalamar hüstelte. »Du gibst unsere Geheimnisse preis, junger Magier«, sagte er mit weicher Stimme. »Komm, stell mir deine Fragen unter vier Augen.« Er legte seine zierliche Hand auf Palins Arm und führte den jungen Mann von seinem Vater und seinen Brüdern fort.

»Geheimnisse?« fragte Palin verwirrt. »Wie meinst du das? Es spielt keine Rolle, ob sie es hören…«

»Das war nur ein Vorwand«, unterbrach ihn Dalamar kühl. Er stellte sich vor den jungen Mann und sah Palin aufmerksam mit dunklen und ernsten Augen an. »Palin, mach das nicht. Kehre mit deinem Vater und deinen Brüdern nach Hause zurück.«

»Wie meinst du das?« fragte Palin und starrte Dalamar verwundert an. »Das kann ich nicht. Du hast doch Justarius gehört. Sie werden mich nicht zu meiner Prüfung oder überhaupt studieren lassen, bevor wir nicht mit Sicherheit wissen, ob Raistlin…«

»Unterzieh dich nicht dieser Prüfung«, unterbrach ihn Dalamar schnell. »Gib deine Studien auf. Geh nach Hause. Sei mit dem zufrieden, was du bist.«

»Nein!« erwiderte Palin wütend. »Für wen hältst du mich? Glaubst du, es macht mich glücklich, auf Jahrmärkten aufzutreten, Hasen aus Hüten und goldene Münzen aus den Ohren fetter Männer herauszuziehen? Ich will mehr als das!«

»Der Preis für solch einen Ehrgeiz ist hoch, wie dein Onkel festgestellt hat.«

»Genauso wie der Lohn!« gab Palin zurück. »Ich habe diese Entscheidung getroffen…«

»Junger Magier«, Dalamar beugte sich näher zu dem jungen Mann und legte seine kalte Hand auf Palins Arm. Seine Stimme sank zu einem Flüstern, so leise, daß Palin sich nicht sicher war, ob er die Worte in seinem Ohr oder in seinem Bewußtsein hörte, »was glaubst du wohl, warum sie dich schicken – was ist der wahre Grund?« Sein Blick flog hinüber zu Justarius und Dunbar, die weiter entfernt standen und sich berieten. »Um irgendwie das Portal zu betreten und deinen Onkel zu finden –

oder was von ihm übriggeblieben ist? Nein« – Dalamar schüttelte den Kopf – »das ist unmöglich. Der Raum ist verschlossen. Einer der Wächter hält ständig Wache und hat die Anweisungen, niemanden hineinzulassen und jeden bei dem Versuch zu töten. *Sie* wissen das, genauso wie *sie* wissen, daß Raistlin lebt! Sie schicken dich zu dem Turm – *seinem* Turm – aus einem anderen Grund. Kennst du die alte Legende von der jungen Ziege, die benutzt wird, um einen Drachen einzufangen?«

Palin starrte Dalamar ungläubig an; aus seinem Gesicht wich plötzlich jede Farbe.

»Ich sehe, du verstehst mich«, sagte Dalamar kühl und steckte seine Hände in die Ärmel seiner schwarzen Roben. »Der Jäger bindet die junge Ziege vor der Höhle des Drachen fest. Während der Drache die Ziege verschlingt, schleichen sich die Jäger mit ihren Netzen und Speeren an ihn heran. Sie fangen den Drachen. Nur ist es unglücklicherweise ein bißchen zu spät für die Ziege... Bestehst du immer noch darauf, zu gehen?«

Palin hatte plötzlich eine Vision von seinem Onkel, so wie er von ihm in den Legenden gehört hatte – wie er dem bösen Fistandantilus ins Auge sah, die Berührung des Blutsteins auf seiner Brust fühlte, als jener danach trachtete, seine Seele herauszuziehen und sein Leben auszusaugen. Der junge Mann erschauerte, und sein Körper war in eiskalten Schweiß gebadet. »Ich bin stark«, sagte er mit brüchiger Stimme. »Ich kann kämpfen, so wie *er* kämpfte...«

»Ihn bekämpfen? Den größten Zauberer, der je gelebt hat? Den Erzmagier, der die Königin der Finsternis herausgefordert und beinahe gewonnen hat?« Dalamar lachte freudlos. »Pah! Du bist verdammt, junger Mann. Du wirst nicht einmal ein Gebet zu Ende bringen. Und du weißt, wozu ich gezwungen bin, falls Raistlin erfolgreich ist!« Dalamars Kopf kam so dicht an

Palin heran, daß der junge Mann seinen Atem an seiner Wange spürte. »Ich muß ihn vernichten – und ich *werde* ihn vernichten. Es kümmert mich nicht, wessen Körper er bewohnt. Darum haben sie dich mir überlassen. *Sie* haben nicht den Schneid dazu.«

Entsetzt trat Palin einen Schritt von dem Dunkelelfen zurück. Dann fing er sich wieder und stand reglos da.

»Ich... verstehe«, sagte er, seine Stimme wurde beim Sprechen fester. »Das habe ich dir bereits gesagt. Außerdem glaube ich nicht, daß mein Onkel mir etwas antun würde... nicht das, was du geschildert hast.«

»Nicht?« Dalamar wirkte belustigt. Seine Hand fuhr an seine Brust. »Möchtest du sehen, wozu dein Onkel fähig ist?«

»Nein!« Palin wandte seine Augen ab. Dann errötete er und fügte matt hinzu: »Ich weiß davon. Ich habe die Geschichte gehört. Du hast ihn verraten...«

»Und das war meine Bestrafung.« Der Dunkelelf zuckte die Schultern. »Na schön. Wenn du entschlossen bist...«

»Das bin ich.«

»...schlage ich vor, du verabschiedest dich jetzt von deinen Brüdern... ein endgültiger Abschied, wenn du verstehst, was ich meine. Denn ich halte es für unwahrscheinlich, daß du sie in dieser Welt jemals wiedersehen wirst.«

Der Dunkelelf blieb völlig sachlich. In seinen Augen lag kein Mitleid und kein Bedauern. Palins Hände zuckten, und seine Nägel gruben sich in sein Fleisch, aber es gelang ihm, entschlossen zu nicken.

»Paß auf, was du sagst.« Dalamar warf einen bedeutungsvollen Blick auf Caramon, der gerade zu Justarius hinüberging. »Deine Brüder dürfen keinen Verdacht schöpfen. Auch bei *ihm* darfst du keinen Argwohn erregen. Wenn er es wüßte, würde er dich am Gehen hindern. Warte!« – Dalamar bekam den jungen Mann zu fassen – »Reiß dich zusammen!«

Palin schluckte. Er versuchte seine Kehle zu befeuchten, die ausgetrocknet war und schmerzte, kniff in seine Wangen, um etwas Farbe zu bekommen, und wischte sich mit dem Ärmel seiner Robe den Schweiß von der Stirn. Dann biß er sich auf die Lippen, damit sie nicht mehr zitterten, wandte sich von Dalamar ab und ging zu seinen Brüdern.

Seine weißen Roben raschelten um seine Knöchel, als er auf sie zuging. »Nun, Brüder«, begann er und zwang sich zu einem Lächeln, als seine Brüder sich zu ihm umdrehten. »Ich habe immer auf der Veranda des Wirtshauses gestanden und euch zum Abschied zugewinkt, wenn ihr euch auf den Weg in den Kampf machtet. Sieht so aus, als wäre ich jetzt mal an der Reihe.«

Palin sah, daß Tanin und Sturm schnelle und beunruhigte Blicke tauschten, und er schluckte. Die drei standen sich sehr nah, sie kannten sich in- und auswendig. Wie kann ich sie täuschen, dachte er bitter. Auch in ihren Gesichtern sah er, daß es ihm nicht gelungen war.

»Meine Brüder«, sagte Palin leise, ergriff ihre Hände und zog sie näher zu sich. »Sagt nichts«, flüsterte er. »Laßt mich einfach gehen! Vater würde es nicht verstehen. Es ist sowieso schon hart genug für ihn.«

»Ich bin mir nicht sicher, ob *ich* es verstehe«, begann Tanin beißend.

»Oh, halt den Mund!« brummte Sturm. »Wir verstehen also nicht. Spielt das eine Rolle? Hat unser kleiner Bruder geplärrt, als du zu deiner ersten Schlacht aufgebrochen bist?« Er legte seine breiten Arme um Palin und drückte ihn eng an sich. »Auf Wiedersehen, Kleiner«, sagte er. »Paß auf dich auf und... und... bleib nicht... lange weg...« Mit einem Kopfschütteln drehte sich Sturm um und eilte fort. Dabei wischte er sich über die Augen und murmelte etwas wie: »Diese verdammten Zauberzutaten bringen mich zum Niesen!«

Aber Tanin, der Älteste, blieb neben seinem Bruder stehen und musterte ihn streng. Palin sah flehend zu ihm auf, aber Tanins Gesicht wurde noch grimmiger. »Nein, kleiner Bruder«, sagte er. »Du wirst mir jetzt zuhören.«

Dalamar, der die beiden scharf beobachtete, sah, wie der junge Krieger seine Hand auf Palins Schulter legte. Er konnte sich denken, was gesagt wurde. Der Dunkelelf sah, wie Palin zurückwich und stur seinen Kopf schüttelte. Die Gesichtszüge des jungen Mannes verhärteten sich zu einer leidenschaftslosen Maske, die Dalamar nur zu gut kannte. Die Hand des Zauberers fuhr zu den Wunden an seiner Brust. Wie sehr der junge Mann Raistlin in diesem Moment ähnelte! Gleich, dennoch verschieden, wie Caramon sagte. Verschieden wie der weiße und der schwarze Mond... Die Gedanken des Dunkelelfen wurden unterbrochen, denn er bemerkte, daß Caramon die Unterhaltung zwischen seinen Söhnen verfolgt hatte und jetzt Anstalten machte, sich zu ihnen zu gesellen. Schnell mischte sich Dalamar ein. Er ging auf Caramon zu und legte seine schlanke Hand auf den Arm des großen Mannes.

»Du hast deinen Kindern nicht die Wahrheit über ihren Onkel erzählt«, sagte Dalamar, als Caramon ihn anfunkelte.

»Doch«, gab Caramon zurück, und sein Gesicht lief rot an, »jedenfalls soviel, wie ich dachte, daß sie wissen sollten. Ich habe versucht, ihnen beide Seiten von ihm aufzuzeigen...«

»Du hast ihnen keinen guten Dienst erwiesen, besonders einem nicht«, entgegnete Dalamar kühl, mit einem Blick auf Palin.

»Was hätte ich denn tun sollen?« fragte Caramon wütend. »Als die Legendenbildung um ihn begann – daß er sich für die Welt geopfert und sich in die Hölle gewagt hätte, um Lady Crysania aus den Fängen der Dunklen Königin zu befreien – was hätte ich sagen können? Ich habe ihnen gesagt, was sich zugetragen hat, ich habe ihnen die wahre Geschichte erzählt. Ich habe ihnen gesagt, daß er Crysania angelogen hat. Daß er sie verführt, zwar nicht körperlich, sondern geistig, und in die Hölle gelockt hat. Und ich sagte ihnen, daß er sie am Ende, als sie ihm nicht mehr von Nutzen war, alleine zum Sterben zurückgelassen hat. *Ich* habe es ihnen gesagt. Mein Freund Tanis hat es ihnen auch gesagt. Aber sie glauben, was sie glauben wollen... Das tun wir vermutlich alle«, fügte Caramon mit einem anklagenden Blick auf Dalamar hinzu. »Mir fällt allerdings auf, daß ihr Magier nichts unternehmt, um diesen Geschichten zu widersprechen!«

»Sie sind für uns von Vorteil«, erwiderte Dalamar und zuckte mit den schlanken Schultern. »Wegen der Legenden um Raistlin und sein ›Opfer‹ wird die Magie nicht länger gefürchtet. Wir Zauberer werden nicht länger verunglimpft. Unsere Schulen blühen, unsere Dienste werden verlangt. Ja, die Stadt Kalaman hat uns sogar aufgefordert, dort einen neuen Turm der Erzmagier zu errichten.« Der Dunkelelf lächelte bitter. »Ironisch, nicht wahr?«

»Was?«

»Durch sein Versagen war dein Bruder erfolgreich bei dem, was er eigentlich wollte«, erklärte Dalamar, und sein Lächeln verzerrte sich. »Auf eine Weise *ist* er ein Gott geworden...«

»Palin, ich bestehe darauf, zu erfahren, was hier los ist.« Tanin legte seine Hand auf Palins Schulter.

»Du hast es doch gehört, Tanin«, wich Palin aus und nickte zu Dalamar hinüber, der mit seinem Vater sprach. »Wir reisen zu dem Turm der Erzmagier in Palanthas, wo das Portal steht, und... und werfen einen Blick hinein... Das ist alles.«

»Und ich bin ein Gossenzwerg!« knurrte Tanin.

»Manchmal denke ich das wirklich«, fauchte Palin, der die Geduld verlor und den Arm seines Bruders von seinem Arm fegte.

Tanins Gesicht verdunkelte sich zu einem stumpfen Rot. Anders als der sehr umgängliche Sturm hatte Tanin nicht nur die Locken seiner Mutter geerbt, sondern auch ihr Temperament. Er nahm auch seine Rolle als ältester Bruder ernst. Für Palin manchmal zu ernst. Aber er tut das nur, weil er mich liebt, erinnerte sich der junge Mann.

Er holte tief Luft, seufzte und klopfte seinem Bruder auf die Schulter. »Tanin, hör zur Abwechslung mir mal zu. Sturm hat recht. Ich habe nicht ›geplärrt‹, als du in deine erste Schlacht gezogen bist. Zumindest nicht, solange du mich sehen konntest. Aber ich habe jede Nacht geweint, alleine, in der Dunkelheit. Mir ist völlig bewußt, daß es jedesmal, wenn du aufbrichst, das letzte Mal sein kann, daß wir uns sehen. Wie oft warst du schon verwundet? Beim letzten Kampf hat der Pfeil von diesem Minotaurus dein Herz nur zwei Fingerbreit verfehlt.«

Tanin starrte mit düsterem Gesicht auf den Boden. »Das ist etwas anderes«, murmelte er.

»Wie Großvater Tolpan sagen würde: ›Ein Huhn, dessen Kopf umgedreht wurde, unterscheidet sich von einem Huhn, dessen Kopf abgeschnitten wurde‹, aber spielt es für das Huhn eine Rolle?« Palin lächelte.

Tanin schluckte seine Tränen hinunter und zuckte mit den Schultern. Mühsam versuchte er zu grinsen. »Du hast wohl recht.« Er legte seine Hände auf Palins Schultern und sah aufmerksam in dessen blasses Gesicht. »Komm nach Hause, Kleiner! Gib das auf!« flüsterte er heftig. »Es lohnt sich nicht! Wenn dir etwas zustößt, denk doch mal, wie weh es Mutter tun würde... und Vater...«

»Ich weiß«, sagte Palin, und seine Augen füllten sich mit Tränen. Trotz all seiner Bemühungen, sie zurückzuhalten. »Ich habe daran gedacht! Ich muß das tun, Tanin. Versuch es zu verstehen. Sag Mutter, daß ich... ich sie sehr liebe. Und die kleinen Mädchen. Sag ihnen, ich... ich bringe ihnen ein Geschenk mit, so wie ihr beide, du und Sturm, es immer macht...«

»Was denn? Eine tote Echse?« knurrte Tanin. »Irgendeinen verschimmelten Flügel einer Fledermaus?«

Palin fuhr sich mit der Hand über die Augen und lächelte. »Ja, sag ihnen das. Geh jetzt lieber. Vater beobachtet uns.«

»Paß auf dich auf, kleiner Bruder. Und auf ihn.« Tanin sah zu seinem Vater hinüber. »Das wird ganz schön hart für ihn.«

»Ich weiß.« Palin seufzte. »Glaub es mir, ich weiß es.«

Tanin zögerte. Palin sah in den Augen seines Bruders eine weitere Predigt auf sich zukommen, einen weiteren Versuch, ihm abzuraten.

»Bitte, Tanin«, sagte er leise. »Nichts mehr.«

Schnell blinzelnd und seine Nase reibend, nickte Tanin. Er gab seinem kleinen Bruder einen Klaps auf die Wange und zerzauste sein kastanienrotes Haar; dann ging er durch den düsteren Raum und stellte sich am Eingang zu Sturm.

Palin sah ihm nach, als er sich entfernte, dann wandte er sich um und ging in die entgegengesetzte Richtung, um sich von den zwei Zauberern zu verabschieden.

»Dalamar hat also mit dir gesprochen«, sagte Justarius, als der junge Mann vor ihn trat.

»Ja«, erwiderte Palin grimmig. »*Er* hat mir die Wahrheit gesagt.«

»Hat er das?« fragte Dunbar plötzlich. »Vergiß nicht, junger Magier: Dalamar trägt die Schwarzen Roben. Er ist ehrgeizig. Was immer er tut, geschieht bei ihm aus der Überzeugung, daß es sich letztendlich als Vorteil erweisen wird.«

»Könnt ihr beide abstreiten, was er mir gesagt hat? Daß ihr mich als Köder benutzt, um dem Geist meines Onkels eine Falle zu stellen, falls er noch lebt?«

Justarius warf Dunbar einen Blick zu, und der schüttelte den Kopf.

»Manchmal mußt du hier nach der Wahrheit suchen, Palin«, antwortete Dunbar und berührte mit einer Hand Palins Brust, »in deinem Herzen.«

Seine Lippen kräuselten sich zwar vor Hohn, aber Palin wußte, welchen Respekt er diesen hochstehenden Zauberern erweisen mußte. Folglich verbeugte er sich einfach. »Dalamar und mein Vater warten auf mich. Ich sage euch beiden Lebewohl. Wenn die Götter es wollen, werde ich in einem Jahr oder in zweien wegen meiner Prüfung zurückkommen, und ich hoffe, die Ehre zu haben, euch beide wiederzusehen.«

Justarius entging nicht der Sarkasmus und der bittere, wütende Ausdruck im Gesicht des jungen Mannes. Es ließ ihn an einen anderen bitteren, wütenden jungen Mann denken, der vor über dreißig Jahren in diesen Turm gekommen war...

»Möge Gilean bei dir sein, Palin«, sagte der Erzmagier leise und faltete seine Hände in den Ärmeln seiner Roben.

»Möge Paladin, der Gott, nach dem du benannt bist, dich leiten, Palin«, sagte Dunbar. »Und erwäge dies«, fügte er hinzu, und ein Lächeln erschien auf seinem schwarzen Gesicht, »falls du den Meereszauberer nicht mehr wiedersehen solltest: Du solltest lernen, daß du dir am besten selbst dienst, indem du der Welt dienst.«

Palin gab keine Antwort. Er verbeugte sich wieder, wandte sich um und verließ die beiden. Der Raum schien dunkler zu werden, als er ihn durchquerte. Er hätte auch allein sein können, denn einen Moment lang konnte er niemanden sehen, nicht seine Brüder, nicht Dalamar und nicht seinen Vater… Aber während die Dunkelheit sich vertiefte, leuchteten seine weißen Roben um so heller, wie der erste Stern am Nachthimmel.

Palin wurde kurz von Furcht gepackt. Hatten sie ihn alle verlassen? War er allein in dieser unermeßlichen Finsternis? Auf einmal sah er in seiner Nähe Metall aufblitzen – die Rüstung seines Vaters, und er atmete erleichtert auf. Er beschleunigte seinen Schritt, und als er sich neben seinen Vater stellte, schien der Raum wieder heller zu werden. Er konnte den Dunkelelfen sehen, der neben Caramon stand; lediglich dessen blasses Gesicht war im Schatten seiner schwarzen Gewänder sichtbar. Palin konnte seine Brüder sehen und konnte sehen, wie sie ihre Hände zum Abschied hoben. Palin wollte auch die Hand heben, aber Dalamar begann zu singen, und eine dunkle Wolke schien sich über Palins strahlendweiße Roben und über Caramons Rüstung zu legen. Die Dunkelheit wurde dichter und wirbelte um sie, bis sie so tief war, daß es ein schwaches Loch zu sein schien, das in den Schatten des Raumes geschnitten war. Dann war nichts mehr. Das kalte, unheimliche Licht strahlte wieder im Turm und füllte die Lücke auf.

Dalamar, Palin und Caramon waren verschwunden.

Die zwei Brüder schulterten ihr Gepäck und begannen ihre lange, seltsame Reise zurück durch den magischen Wald von

Wayreth. Die Gedanken, wie sie diese Nachricht ihrer rothaarigen, hitzigen und liebenden Mutter beibringen sollten, hingen wie schwere Zwergenrüstungen an ihren Herzen.

Zurück blieben Justarius und Dunbar, die neben den großen Steinstühlen standen und alles im düsteren Schweigen beobachtet hatten. Dann waren auch sie auf ein Wort der Magie verschwunden, und der Turm der Erzmagier in Wayreth wurde seinen Schatten überlassen. Nur Erinnerungen wanderten durch die Hallen.

Kapitel 5

»›Er kam mitten in einer stillen, schwarzen Nacht‹«, sagte Dalamar leise. »›Der einzige Mond am Himmel war derjenige, den nur seine Augen sehen konnten.‹« Der Dunkelelf sah Palin aus den Tiefen der schwarzen Kapuze an, die seinen Kopf bedeckte. »So lautet die Legende über die Rückkehr deines Onkels in den Turm.«

Palin sagte nichts – die Worte waren in seinem Herz. Sie waren im geheimen da, seitdem er alt genug zum Träumen war. Ehrfürchtig sah er hoch zu den riesigen Toren, die den Eingang verriegelten, und versuchte sich seinen Onkel vorzustellen, der dort stand, wo er nun stand, und den Befehl gab, daß sich die Tore öffneten. Und als sie es taten… Palins Blick wanderte weiter zu dem dunklen Turm.

Es war hellichter Tag in Palanthas. Sie waren morgens vom Turm der Erzmagier in Wayreth aufgebrochen, der Hunderte von Meilen südlich lag. Und es war immer noch Morgen. Ihre magische Reise hatte nicht länger als einen Atemzug gedauert.

Die Sonne hatte ihren Zenit erreicht und schien direkt über dem Turm. Zwei der blutroten Minaretts auf dem Turm hielten die goldene Kugel zwischen sich wie blutbefleckte Finger, die gierig nach einer Münze grapschen. Und die Sonne hätte auch nicht viel mehr als eine Münze sein können, trotz der Wärme, die sie verbreitete, denn kein Sonnenlicht erwärmte je diesen Ort des Bösen. Das riesige Gebäude aus schwarzem Stein – mit magischen Sprüchen aus den Knochen der Welt gerissen – stand im Schatten des verzauberten Eichenwalds von Shoikan, eines Hains von massiven Eichen, die den Turm wirkungsvoller bewachten, als wenn anstelle eines Baumes hundert bewaffnete Ritter dort gestanden wären. So mächtig war seine fürchterliche Verzauberung, daß niemand sich ihm überhaupt nähern konnte. Soweit man nicht mit einem schwarzen Zauber beschützt war, konnte niemand eintreten und lebendig wieder herauskommen.

Palin wandte seinen Kopf um und sah aus den Falten seiner weißen Kapuze auf die hohen Bäume des Eichenwaldes. Sie standen bewegungslos da, obwohl er den Wind vom Meer spürte, der über sein Gesicht wehte. Es hieß, daß selbst bei den schrecklichen Wirbelstürmen, die während der Umwälzung gewütet hatten, nicht ein Blatt im Eichenwald von Shoikan losgerissen worden war, obwohl kein anderer Baum in der Stadt stehenblieb. Eine eisige Dunkelheit floß zwischen den Stämmen der Bäume hindurch, schlängelnde Ranken eisigen Nebels griffen um sich und glitten über den gepflasterten Hof vor den Toren. Sie wanden sich um die Knöchel jener, die dort standen.

Vor Kälte und einer Angst erschauernd, die er nicht beherrschen konnte, einer Angst, die von den Bäumen hervorgerufen wurde, betrachtete Palin seinen Vater mit neuem Respekt. Von der Liebe zu seinem Zwillingsbruder getrieben, hatte Caramon gewagt, den Eichenwald von Shoikan zu betreten, und für diese Liebe beinahe mit seinem Leben bezahlt.

Er wird jetzt wieder daran denken, dachte Palin, denn das Gesicht seines Vaters war blaß und bitter. Schweißperlen standen auf seiner Stirn. »Laßt uns von hier verschwinden«, sagte Caramon barsch. Seine Augen vermieden sorgfältig jeden Blick auf die verfluchten Bäume. »Laßt uns hineingehen, oder…«

»Na schön«, erwiderte Dalamar. Obwohl sein Gesicht wieder im Schatten seiner Kapuze verborgen war, hatte Palin den Eindruck, daß der Dunkelelf lächelte. »Wenn allerdings auch keine Eile besteht. Wir müssen bis zum Einbruch der Nacht warten, wenn der silberne Mond Solinari, geliebt von Paladin, der schwarze Mond Nuitari, bevorzugt von der Dunklen Königin, und Lunitari, der rote Mond von Gilean, zusammen am Himmel erscheinen. Raistlin wird seine Kraft aus dem schwarzen Mond beziehen. Andere – die dessen bedürfen – werden sich an Solinari wenden – wenn sie sich für ihn entschieden haben…« Er sah Palin beim Sprechen nicht an, aber der junge Mann spürte, daß er errötete.

»Wie meinst du das – seine Kraft aus ihm beziehen?« fragte Caramon wütend und packte Dalamar. »Palin ist kein Magier; noch nicht. Du hast gesagt, du würdest dich um alles kümmern…«

»Ich weiß genau, was ich gesagt habe«, unterbrach ihn Dalamar. Er riß sich aus Caramons Griff mit einer Leichtigkeit frei, die für den schlanken Elfen erstaunlich war. »Und ich werde mich um das kümmern… was getan werden muß. Aber in dieser Nacht können sich seltsame und unerwartete Dinge ereignen. Es ist gut, vorbereitet zu sein.« Dalamar musterte Caramon kühl. »Und misch dich diesmal nicht wieder ein, sonst wirst du es bereuen. Komm, Palin. Du wirst meine Hilfe benötigen, um durch diese Tore zu gehen.« Dalamar hielt ihm seine Hand entgegen.

Als Palin seinem Vater einen Blick zuwarf, sah er, daß dessen Augen wie gebannt auf ihn gerichtet waren. »Geh nicht hinein«, flehte sein gequälter Blick. »Wenn du gehst, werde ich dich verlieren...«

Palin senkte verwirrt den Blick und tat so, als hätte er die Botschaft nicht gelesen, die genauso klar und deutlich war wie die ersten Worte, die sein Vater ihn gelehrt hatte. Dann wandte sich Palin um und legte seine Hand zögernd auf den Arm des Dunkelelfen. Die schwarzen Roben fühlten sich weich und samten an. Er konnte die harten Muskeln und die feine Knochenstruktur des Elfen spüren. Sein Arm fühlte sich zwar zerbrechlich, aber dennoch stark und zuverlässig und unterstützend an.

Eine unsichtbare Hand öffnete die Tore, die vor langer Zeit aus geriffeltem Silber und Gold gefertigt, jetzt aber schwarz und verzerrt waren, bewacht von Schattenwesen. Dalamar zog Palin mit sich und trat ein.

Ein stechender Schmerz durchdrang den jungen Mann. Palin griff sich ans Herz und krümmte sich vor Schmerzen; er schrie auf.

Dalamar hielt Caramon mit einem Blick auf. »Du kannst ihm nicht helfen«, erklärte der Dunkelelf. »So bestraft die Dunkle Königin jene, die ihr nicht treu sind und doch ihren heiligen Boden betreten. Halt dich an mir fest, Palin. Halt dich gut fest und geh weiter. Wenn wir einmal drinnen sind, wird es nachlassen.«

Palin biß seine Zähne zusammen und tat, wie ihm gesagt wurde; er bewegte sich weiter mit zögernden Schritten; beide Hände lagen auf Dalamars Arm.

Es war gut, daß der Dunkelelf ihn führte, denn wäre er allein gewesen, wäre Palin vor diesem finsteren Ort geflohen. Durch den Schleier der Schmerzen hörte er leise Stimmen wispern: »Warum eintreten? Nur der Tod erwartet dich! Bist du so begierig, sein grinsendes Gesicht zu erblicken? Kehr um, du Narr! Kehr um! Es lohnt sich nicht...« Palin stöhnte. Wie konnte er nur so blind sein? Dalamar hatte recht gehabt... der Preis für diesen Ehrgeiz war zu hoch...

»Mut, Palin...« Dalamars Stimme mischte sich in die wispernden Worte.

Der Turm zerquetschte ihn fast. Das Gewicht seiner schwarzen, magischen Kraft drückte das Leben aus seinem Körper. Dennoch ging Palin weiter, obwohl er durch den blutroten Film, der seine Augen vernebelte, kaum die Steine unter seinen Füßen sehen konnte. Hatte *er* das auch so empfunden, als *er* hier beim ersten Mal durchging, fragte sich Palin schmerzerfüllt. Aber nein, natürlich nicht. Raistlin hatte damals die Schwarzen Roben getragen. *Er* hatte den Höhepunkt seiner Macht erreicht – Herr über Vergangenheit und Gegenwart. *Für ihn hatten sich die Tore geöffnet... Alle dunklen und schattigen Dinge hatten sich huldigend verbeugt.* So erzählte es die Legende...

Für ihn hatten sich die Tore geöffnet...

Mit einem Schluchzen brach Palin auf der Schwelle des Turms zusammen.

»Fühlst du dich jetzt besser?« fragte Dalamar, als sich Palin benommen von dem Sofa erhob, auf dem er lag. »Hier, trink einen Schluck Wein. Es ist Elfenwein. Ein guter Jahrgang. Ich habe ihn auf meine Art aus Silvanesti herbeordert; natürlich wissen die Silvanesti-Elfen nichts davon. Es ist der erste Wein, der nach der Zerstörung des Landes hergestellt wurde. Er hat einen dunklen, leicht bitteren Geschmack – wie Tränen. Einige der Elfen, so wurde mir berichtet, können ihn nicht trinken, ohne weinen zu müssen.« Dalamar goß ein Glas voll und hielt Palin die tiefrote Flüssigkeit hin. »Selbst wenn ich ihn trinke, überkommt mich ein Gefühl der Traurigkeit.«

»Heimweh«, schlug Caramon vor; aber er schüttelte den Kopf, als Dalamar ihm ein Glas anbot. Palin erkannte an der Stimme seines Vaters, daß er bestürzt und unglücklich war und sich um seinen Sohn ängstigte. Trotzdem saß er gleichmütig auf seinem Stuhl und versuchte, unbesorgt zu wirken. Palin warf ihm einen dankbaren Blick zu, während er den Wein trank; er spürte, wie dessen Wärme die seltsame Eiseskälte verbannte.

Merkwürdig genug, auf einmal ließ der Wein ihn an sein Zuhause denken. »Heimweh«, hatte Caramon gesagt. Palin hatte erwartet, daß Dalamar über diese Bemerkung spotten würde. Dunkelelfen sind immerhin »vom Licht Verstoßene« aus der Elfengesellschaft, verbannt aus der uralten Heimat. Dalamars Vergehen hatte darin bestanden, die Schwarzen Roben anzunehmen und Macht in der schwarzen Magie zu erstreben. An Händen und Füßen gefesselt, die Augen verbunden, war er in einem Karren zu den Grenzen seiner Heimat gebracht und dort abgesetzt worden; niemals wieder würde er dort Einlaß erhalten. Für einen Elfen, der Hunderte von Jahren alt werden kann und eng mit seinen geliebten Wäldern und Gärten verbunden ist, ist die Verbannung aus seiner uralten Heimat schlimmer als der Tod.

Dalamar wirkte jedoch bei allem so kühl und unberührt, daß Palin überrascht war, plötzlich einen Blick voll Sehnsucht und Kummer über das Gesicht des Elfen huschen zu sehen. Er war jedoch so schnell wieder verschwunden wie eine kleine Welle im ruhigen Gewässer, aber trotzdem hatte er es gesehen. Etwas von der Scheu und dem Respekt gegenüber dem Dunkelelfen wich von ihm. Es gab also Dinge, die auch diesem nahegingen.

Während er an dem Wein nippte und dessen leichte Bitterkeit schmeckte, wanderten Palins Gedanken zu *seinem* Zuhause, dem herrlichen Haus, das sein Vater mit seinen eigenen Händen erbaut hatte, dem Wirtshaus, dem ganzen Stolz und der ganzen Freude seiner Eltern. Er dachte an die Stadt Solace, die zwischen den Blättern der riesigen Vallenholzbäume lag, eine Stadt, die er nur verlassen hatte, um eine Schule zu besuchen, so wie es Pflicht für alle jungen, ehrgeizigen Zauberkundigen war. Er dachte an seine Mutter, an die zwei kleinen Schwestern, diese Quälgeister – die seine Beutel stahlen und versuchten, unter seine Roben zu spähen, die seine Zauberbücher versteckten... Wie würde das sein – sie niemals wiederzusehen?

...sie niemals wiederzusehen...

Palins Hand begann zu zittern. Vorsichtig stellte er das zerbrechliche Glas auf dem Tisch neben seinen Stuhl ab, da er fürchtete, er könnte es fallenlassen oder den Wein verschütten. Er sah sich hastig um, ob sein Vater oder Dalamar es bemerkt hätten. Beiden war es jedoch entgangen, da sie sich leise an jenem Fenster unterhielten, von dem man die Stadt Palanthas überblicken konnte.

»Seither warst du also niemals wieder im Laboratorium?« fragte Caramon mit leiser Stimme.

Dalamar schüttelte den Kopf. Er hatte die Kapuze seiner Roben zurückgeschoben, und sein langes, seidiges Haar fiel über seine Schultern. »In jener Woche, als du aufgebrochen bist, bin ich noch einmal dagewesen«, erwiderte er, »um sicherzustellen, daß alles in Ordnung war. Und dann habe ich es verschlossen.«

»Es ist dort also alles ruhig«, murmelte Caramon. Palin sah, daß sich der scharfe Blick seines Vaters auf den Dunkelelfen richtete, der mit kaltem und ausdruckslosem Gesicht aus dem Fenster starrte. »Es muß Gegenstände enthalten, die einem Zauberer enorme Macht verleihen, vermute ich. Was gibt es dort alles?«

Palin hielt fast seinen Atem an; er erhob sich von seinem Stuhl und schlich lautlos über den wunderschönen, kostbaren Teppich, um die Antwort des Dunkelelfen hören zu können.

»Die Zauberbücher von Fistandantilus, Raistlins eigene Bücher, seine Anmerkungen über Kräuterkunde und natürlich der Stab des Magus...«

»*Sein* Stab?« fragte Palin abrupt.

Beide Männer drehten sich zu dem jungen Mann um; Caramons Gesicht war ernst, Dalamar wirkte leicht belustigt.

»Du hast mir doch immer erzählt, der Stab meines Onkels wäre verlorengegangen«, sagte Palin anklagend zu seinem Vater.

»Und das stimmt auch, junger Magier«, antwortete Dalamar. »Durch den Zauber, den ich über das Zimmer gelegt habe, können sich nicht einmal die Ratten nähern. Niemand darf eintreten, ohne die Todesstrafe zu erleiden. Wenn der berühmte Stab des Magus sich am Grunde des Blutmeeres befände, könnte er der Welt nicht wirkungsvoller verloren sein, als er es jetzt ist.«

»In diesem Laboratorium ist noch etwas«, sagte Caramon langsam in plötzlicher Erkenntnis. »Das Portal zur Hölle. Wenn wir nicht in das Laboratorium können, wie sollen wir dann in das Portal schauen, oder was für einen Blödsinn erwartet ihr Zauberer von mir, daß ich euch beweise, daß mein Zwillingsbruder tot ist?«

Dalamar schwieg und drehte nachdenklich am dünnen Stiel des Weinglases; sein Blick war geistesabwesend. Caramon beobachtete ihn eine Weile und lief vor Zorn rot an. »Das war eine List! Du hast es niemals so gemeint, keiner von euch! Was bedeutet das, daß ihr uns hierher gebracht habt? Was wollt ihr von mir?«

»Von dir nichts, Caramon«, antwortete Dalamar kühl.

Caramon schreckte zurück. »Nein!« schrie er mit erstickter Stimme. »Nicht mein Sohn! Verdammt seid ihr, Zauberer! Das werde ich nicht zulassen!« Er trat einen Schritt vor, packte Dalamar... und keuchte vor Schmerz auf. Caramon riß seine Hand zurück, spannte sie an und rieb sich den Arm, der sich anfühlte, als wäre er vom Blitz getroffen.

»Vater, bitte! Misch dich nicht ein!« bat Palin und stellte sich an seines Vaters Seite. Der junge Mann funkelte Dalamar wütend an. »Dazu bestand kein Grund!«

»Ich habe ihn gewarnt«, entgegnete Dalamar mit einem Achselzucken. »Verstehst du, Caramon, mein Freund, wir können die Tür nicht von außen öffnen.« Der Blick des Dunkelelfen glitt zu Palin. »Aber hier ist jemand, für den sich die Tür von *innen* öffnen kann!«

Kapitel 6

Für mich werden sich die Tore öffnen...

Palin flüsterte diese Worte vor sich hin, während er die dunklen, gewundenen Stufen hochstieg. Die Nacht hatte sich über Palanthas gesenkt und die Stadt in Dunkelheit getaucht. Sie hatte die ewige Dunkelheit, die über dem Turm der Erzmagier hing, noch vertieft. Solinari, der silberne Mond, geliebt von Paladin, glänzte am Himmel, aber seine weißen Strahlen konnten den Turm nicht erreichen. Im Turm starrten die Wartenden auf einen anderen Mond, einen schwarzen Mond, einen Mond, den nur ihre Augen erkennen konnten.

Die Steinstufen waren pechschwarz. Obwohl Caramon eine Fackel hielt, wurde ihre schwache, schwankende Flamme von der Dunkelheit verschluckt. Während er seinen Weg die Stufen hoch ertastete, stolperte Palin mehr als einmal. Jedesmal pochte sein Herz schmerzhaft, und er drückte sich eng an die eiskalte Wand und schloß die Augen. Der Kern des Turmes war ein hohler Schacht. Die Stufen schlängelten sich an der Wand wie eine schwindelerregende Spirale hoch und ragten aus dem Gemäuer wie die Knochen eines toten Tieres.

»Du bist in Sicherheit, junger Magier«, sagte Dalamar und legte seine Hand auf Palins Arm. »Diese Stufen wurden geschaffen, um unwillkommene Eindringlinge zu entmutigen. Die Magie beschützt uns. Sieh nicht nach unten. Dann wird es dir leichter fallen.«

»Warum müssen wir denn laufen?« fragte Palin und hielt an, um Atem zu schöpfen. Seine Beine schmerzten, und seine Lungen brannten. Er konnte sich gut vorstellen, wie es seinem Vater gehen mußte. Selbst der Dunkelelf schien um Atem verlegen zu sein, obwohl Dalamars Gesicht kalt und leidenschaftslos wie immer blieb. »Hätten wir nicht die Magie in Anspruch nehmen können?«

»Ich will meine Energien nicht verschwenden«, erwiderte Dalamar. »Nicht in der Nacht aller Nächte.«

Als Palin sah, wie die Mandelaugen ihn kühl musterten, sagte er nichts mehr, sondern stieg weiter die Stufen hoch und hielt seine Augen streng nach vorne gerichtet.

»Da ist unser Ziel.« Dalamar zeigte nach oben. Palin sah von den Stufen hoch auf eine kleine Tür.

Für mich werden sich die Tore öffnen...

Raistlins Worte. Palins Furcht begann nachzulassen. Aufregung strömte durch seinen Körper. Er beschleunigte seinen Schritt. Hinter sich hörte er Dalamars leichten und den schweren Gang seines Vaters. Er konnte auch Caramons mühevolles Atmen hören und spürte einen Hauch von Reue.

»Möchtest du dich ausruhen, Vater?« fragte er und hielt an.

»Nein«, knurrte Caramon. »Laß uns diese dumme Angelegenheit endlich hinter uns bringen. Dann können wir nach Hause gehen.«

Seine Stimme klang schroff, aber Palin hörte trotzdem einen seltsamen Ton heraus, einen Ton, den er bei seinem Vater nie zuvor gehört hatte. Als Palin sich langsam der Tür zuwandte, wußte er, was es war – Angst. Sein Vater hatte Angst. Palin erlebte ein geheimes Vergnügen – ein Gefühl, das auch sein Onkel gekannt haben mußte. Sein Vater, Held der Lanze, der stärkste Mann, den er kannte, der – selbst jetzt noch – den muskulösen Tanin auf den Boden zwingen und den geübten Schwertkämpfer Sturm entwaffnen konnte, sein Vater fürchtete sich, fürchtete sich vor der Magie.

Er hat Angst, erkannte Palin, und ich nicht! Er schloß seine Augen und lehnte sich gegen die eiskalte Mauer des Turms, und zum ersten Mal in seinem Leben gab er sich der Magie hin. Er spürte, wie sie sein Blut zum Glühen brachte, wie sie seine Haut liebkoste. Sein Körper erbebte vor der Ekstase der Magie, und als er seine Augen aufschlug, sah er, daß sich sein Hochgefühl in den glitzernden Augen des Dunkelelfen widerspiegelte.

»Jetzt schmeckst du die Macht!« flüsterte Dalamar. »Geh weiter, Palin, geh weiter!«

Während er in sich hinein lächelte und sich in die Wärme seiner Euphorie hüllte, stieg Palin schnell die Stufen hoch. Alle Angst war vergessen. Für ihn würde sich die Türe öffnen. Er hegte keinen Zweifel. Er machte sich keine Gedanken, warum oder durch wessen Hand. Es spielte keine Rolle. Und schließlich würde er das uralte Laboratorium betreten können, in dem ein Teil der großartigsten Magie auf Krynn vollbracht worden war. Er würde die Zauberbücher des legendären Fistandantilus sehen, die Zauberbücher seines Onkels. Er würde das großartige und schreckliche Portal sehen, das von dieser Welt in die Hölle führt. Und er würde den berühmten Stab des Magus sehen...

Palin träumte seit langem von dem Stab seines Onkels. Von allen geheimnisvollen Schätzen Raistlins erregte er Palins Neugier am meisten. Vielleicht weil er ihn schon so häufig auf Gemälden dargestellt gesehen hatte oder weil er in Legenden und Liedern immer im Mittelpunkt stand. Palin besaß sogar ein Bild von Raistlin in seinen schwarzen Roben, den Stab des Magus in seiner Hand, wie er gegen die Königin der Finsternis kämpfte. Wenn mein Onkel noch leben würde und mich unterwiesen hätte, hätte er mir den Stab vielleicht geschenkt, wenn ich mich als würdig erwiesen hätte, dachte Palin jedes Mal sehnsüchtig, wenn er dieses Bild mit dem Holzstab betrachtete, gekrönt von einer goldenen Drachenklaue, die eine glänzende, facettierte Kristallkugel hielt.

Nun werde ich ihn sehen, vielleicht werde ich ihn sogar in meiner Hand halten! Palin erschauerte bei diesem Gedanken vor prickelnder Vorfreude. Und was werde ich wohl sonst noch in dem Laboratorium finden, fragte er sich. Was werden wir sehen, wenn wir in das Portal schauen?

»Alles wird so sein, wie mein Vater gesagt hat«, flüsterte Palin und verspürte dabei kurz einen stechenden Schmerz.

»Raistlin hat seinen Frieden gefunden. Es muß einfach so sein! Vater wäre verletzt, schrecklich verletzt, wenn es anders wäre...«

Wenn Palins Herz andere Worte flüsterte, so ignorierte der junge Mann sie jetzt. Sein Onkel war tot. Sein Vater hatte das gesagt. Etwas anderes war nicht möglich, etwas anderes durfte nicht gewünscht werden...

»Halt an!« zischte Dalamar, und seine Hand schloß sich um Palins Arm.

Erschrocken blieb Palin stehen. Er war so vertieft in seinen Gedanken gewesen, daß er fast vergessen hatte, wo er war. Jetzt sah er, daß sie einen großen Treppenabsatz direkt unterhalb der Tür zum Laboratorium erreicht hatten. Als er auf die kleine Treppe sah, die zu ihr hinaufführte, hielt Palin den Atem an. Zwei kalte, weiße Augen starrten sie aus der Dunkelheit an – Augen ohne einen Körper, soweit die Dunkelheit selbst nicht ihr Fleisch, ihr Blut und ihre Knochen war. Palin wich einen Schritt zurück und stolperte in Dalamar.

»Ruhig Blut, junger Magier«, befahl der Dunkelelf, der Palin stützte. »Das ist der Wächter.«

Hinter ihnen schwankte das Fackellicht. »Ich erinnere mich an sie«, sagte Caramon heiser. »Sie können dich mit einer einzigen Berührung töten!«

»Lebewesen«, ertönte die hohle Stimme des Geistes. »Ich rieche euer warmes Blut. Ich höre das Schlagen eurer Herzen. Kommt ruhig näher. Ihr habt meinen Hunger geweckt!«

Dalamar schob Palin zur Seite und stellte sich vor ihn. Die weißen Augen glitzerten einen Moment, dann senkten sie sich huldigend.

»Meister des Turms. Ich habe deine Anwesenheit nicht gespürt. Es ist schon lange her, daß du diesen Ort besucht hast.«

»Deine Wache ist ungestört geblieben?« fragte Dalamar. »Niemand hat versucht einzutreten?«

»Siehst du Knochen auf dem Boden? Das würdest du sicherlich, wenn jemand gewagt hätte, deinen Befehl zu mißachten.«

»Hervorragend«, erwiderte Dalamar. »Jetzt gebe ich dir einen neuen Befehl. Gib mir den Schlüssel für die Tür. Dann trittst du beiseite und läßt uns eintreten.«

Die weißen Augen flackerten auf; ein blasses, gieriges Licht ging von ihnen aus.

»Das darf ich nicht, Meister des Turms.«

»Warum nicht?« fragte Dalamar kühl. Seine Hände falteten sich in den Ärmeln seiner schwarzen Roben; beim Sprechen warf er Caramon einen Blick zu.

»Dein Befehl, Meister, lautete: ›Nimm diesen Schlüssel und bewahre ihn für alle Ewigkeiten auf. Gib ihn niemandem‹, waren deine Worte, ›nicht einmal mir. Und von diesem Moment an ist dein Platz hier, um diese Tür zu bewachen. Niemand darf eintreten. Laß den Tod für denjenigen schnell erfolgen, der es versucht.‹ Das waren deine Worte, Meister, und – wie du siehst – gehorche ich.«

Dalamar nickte. »Wirklich?« murmelte er und tat einen Schritt nach vorn. Palin hielt den Atem an. Die weißen Augen leuchteten noch heller auf. »Was wirst du tun, wenn ich heraufkomme?«

»Deine Magie ist mächtig, Meister«, antwortete der Geist, seine körperlosen Augen schwebten auf Dalamar zu, »aber sie hat keinen Einfluß auf mich. Es gab nur einen, der *diese* Macht hatte…«

»Ja«, unterbrach Dalamar verärgert. Er zögerte, sein Fuß war auf der ersten Stufe.

»Komm nicht näher, Meister«, warnten die Augen, obwohl

Palin sehen konnte, wie sie voll leidenschaftlichem Verlangen strahlten. Unvermittelt hatte er Visionen von kalten Lippen, die zuckendes Fleisch berühren und das Leben aussaugen. Mit einem Schauer sackte er gegen die Mauer. Das warme Gefühl war verschwunden und wich der Eiseskälte dieser entsetzlichen Kreatur, der Eiseskälte des Todes und der Enttäuschung. Er fühlte jetzt nichts mehr in sich, nur noch Leere und Kälte. Vielleicht sollte ich aufgeben, das ist es nicht wert! Palin ließ seinen Kopf sinken. Doch plötzlich spürte er die Hand seines Vaters auf seiner Schulter, und die Stimme seines Vaters hallte in seinen Gedanken wider.

»Komm, Palin«, sagte Caramon erschöpft. »Das hier ist alles umsonst. Laß uns nach Hause gehen...«

»Warte!« Der Blick der körperlosen Augen bewegte sich von dem Dunkelelfen zu den zwei Gestalten, die hinter ihm gebeugt dastanden. »Wer sind diese? Einen erkenne ich wieder...«

»Ja«, antwortete Caramon leise, »du hast mich zuvor gesehen...«

»*Sein* Bruder«, murmelte der Geist. »Aber wer ist der andere? Der junge. Ihn kenne ich *nicht*...«

»Komm schon, Palin«, sagte Caramon mürrisch und warf den Augen einen ängstlichen Blick zu. »Wir haben eine lange Reise vor uns...«

Caramons Arm legte sich um Palins Schulter. Der junge Mann spürte das sanfte Drängen seines Vaters und versuchte, sich zusammen mit ihm abzuwenden. Aber sein Blick blieb auf den Geist fixiert, der ihn seltsam anstarrte.

»Warte!« befahl der Geist wieder, und seine hohle Stimme tönte durch die Dunkelheit. Selbst das Gewisper verstummte bei diesem Befehl. »Palin?« murmelte er leise, als frage er sich... oder einen anderen...

Offenbar war eine Entscheidung getroffen worden, denn die Stimme klang jetzt entschlossen. »Palin. Tritt nach vorn.«

»Nein!« Caramon ergriff seinen Sohn.

»Laß ihn gehen!« herrschte Dalamar ihn an und sah sich mit einem zornigen Blick um. »Ich habe dir gesagt, daß so etwas passieren kann! Das ist unsere Gelegenheit.« Er musterte Caramon kühl. »Oder hast du Angst vor dem, was du vorfinden könntest?«

»Ich habe keine Angst!« gab Caramon mit erstickter Stimme zurück. »Raistlin ist tot! Ich habe gesehen, daß er seinen Frieden gefunden hat! Ich traue euch Magiern nicht! Ihr wollt mir nur meinen Sohn wegnehmen!«

Palin spürte den Körper seines Vaters zittern, und er konnte die Qual in dessen Augen sehen. Mitgefühl regte sich in dem jungen Mann. Er sehnte sich kurz danach, in den starken, beschützenden Armen seines Vaters Sicherheit zu finden. Aber dieses Gefühl wurde von einem heißen Zorn weggebrannt, der tief aus seinem Inneren hochtrieb, ein Zorn, den die Magie in ihm entfacht hatte.

»Hast du Tanin ein Schwert gegeben und ihn dann aufgefordert, es durchzubrechen?« herrschte Palin ihn an und riß sich aus dem Griff seines Vaters. »Hast du Sturm ein Schild gegeben und ihm gesagt, er solle sich dahinter verbergen? Oh, ich weiß!« fauchte Palin, als er sah, wie Caramon errötete und etwas erwidern wollte. »*Das* ist etwas ganz anderes. *Das* ist etwas, was *du* verstehst. Du hast mich nie verstanden, nicht wahr, Vater? Wie viele Jahre hat es gedauert, bis ich dich überreden konnte, mich zur Schule gehen zu lassen, um bei dem Meister zu lernen, der auch meinen Onkel gelehrt hatte? Als du endlich nachgegeben hast, war ich der älteste Schüler, der dort angefangen hat! Jahrelang lag ich hinter den anderen zurück und mußte hart arbeiten, um alles aufzuholen. Und die ganze Zeit lang konnte ich spüren, wie ihr beide, du und Mutter, mich ängstlich beobachtet habt. Ich konnte euch nachts sprechen hören, daß ich aus dieser ›Grille‹ herauswachsen könnte. *Grille!*« Palins Stimme klang gequält. »Kannst du das nicht verstehen? Die Magie ist mein *Leben*! Meine *Liebe*!«

»Nein, Palin, sag so etwas nie wieder!« schrie Caramon mit gebrochener Stimme.

»Warum nicht? Weil ich mich wie mein Onkel anhöre? Auch ihn hast du nie verstanden! Du hast gar nicht vor, mich die Prüfung machen zu lassen, oder, Vater?«

Caramon stand reglos da. Er weigerte sich zu antworten, sondern starrte lediglich grimmig in die Dunkelheit.

»Nein«, sagte Palin leise. »Das hattest du nie vor. Du würdest alles unternehmen, was in deiner Macht steht, um mich aufzuhalten. Vielleicht ist sogar dies ein Versuch!« Der junge Mann wandte sich mit argwöhnischem Blick an Dalamar. »Vielleicht ist das hier ein abscheuliches Manöver, das du mit deinem Freunde ausgekocht hast, um mich damit zu füttern, damit ich es aufgebe! Dann hättet ihr alle eine perfekte Erklärung! Jedenfalls, das wird nicht funktionieren.« Palins kalter Blick fuhr von Dalamar zu seinem Vater. »Ich hoffe, ihr erstickt daran!«

Palin ging an dem Dunkelelfen vorbei und stellte seinen Fuß auf die erste Stufe, seine Augen hielt er auf den Geist gerichtet.

»Komm, Palin.« Eine blasse Hand erschien aus dem Nichts und winkte ihm zu. »Komm näher.«

»*Nein!*« schrie Caramon voller Zorn und sprang nach vorn.

»Ich werde es tun, Vater!« Palin machte einen weiteren Schritt.

Caramon sprang nach vorn, um seinen Sohn noch zu erreichen. Da ertönte ein Wort der Magie, und der große Mann stand wie angefroren auf dem Steinboden. »Du darfst dich nicht einmischen«, sagte Dalamar streng.

Palin schaute zurück und sah seinen Vater – Tränen flossen über sein Gesicht –, und er rang immer noch in ohnmächtiger Wut, um sich von dem Zauber zu befreien, der ihn band. Einen Moment lang ahnte Palin nichts Gutes. Sein Vater liebte ihn... Nein. Palin zog die Lippen entschlossen zusammen. Um so mehr Grund, mich zu lassen. Ich werde ihm beweisen, daß ich genauso stark bin wie Tanin und Sturm. Ich werde ihm zeigen, daß ich kein Kind mehr bin, das seines Schutzes bedarf.

Palin bemerkte, daß Dalamar ihm auf den Stufen folgte. Aber dann blieb der Dunkelelf plötzlich stehen, als ein zweites körperloses Augenpaar sich plötzlich aus der Finsternis materialisierte.

»Was soll das?« fragte Dalamar wütend. »Wagst du etwa, mich aufzuhalten – mich, den Meister des Turms?«

»Es gibt nur einen wahren Meister des Turms«, erwiderte der Wächter sanft. »Ihn, der vor langer Zeit zu uns kam. Für ihn haben sich die Tore geöffnet.«

Während der Wächter sprach, hielt er Palin seine Hand entgegen. Ein silberner Schlüssel lag in der Skeletthand.

»Palin!« schrie Dalamar. Angst und Zorn spannten seine Stimme an. »Tritt nicht allein ein! Du weißt nichts von der Kunst! Du hast die Prüfung noch nicht abgelegt! Du kannst ihn nicht bekämpfen! Du wirst uns alle vernichten!«

»Palin!« flehte Caramon gequält. »Palin, komm nach Hause! Kannst du es nicht verstehen? Ich liebe dich so sehr, mein Sohn! Ich darf dich nicht verlieren – nicht so, wie ich ihn verloren habe...«

Die Stimmen dröhnten in seinen Ohren, aber Palin hörte sie nicht. Er hörte eine andere Stimme, eine sanfte, gebrochene

Stimme, die in seinem Herzen flüsterte: »Komm zu mir, Palin! Ich brauche dich! Ich brauche deine Hilfe...«

Ein prickelndes Gefühl raste durch sein Blut. Palin nahm den silbernen Schlüssel, und mit einer Hand, die vor Angst und Aufregung zitterte, gelang es ihm schließlich, ihn in das verzierte, silberne Türschloß zu schieben.

Er hörte ein scharfes Aufklicken. Palin legte seine Fingerspitzen auf den Rand der Tür und schob sie sanft an.

Für ihn öffnete sie sich.

Kapitel 7

Palin betrat langsam, frohlockend das dunkle Laboratorium. Sein Körper zitterte vor Aufregung. Er schaute zurück, um zu sehen, ob Dalamar hinter ihm war (um sich ein wenig am Anblick des abgewiesenen Elfen zu weiden, wenn die Wahrheit gesagt werden soll), als die Tür zuschlug. Es gab ein Klicken und ein Knacken. Plötzliche Furcht ergriff Palin, allein in der Dunkelheit gefangen zu sein. Hektisch griff er nach dem silbernen Türgriff, und seine Finger versuchten verzweifelt, den Schlüssel in das Loch zu schieben – einen Schlüssel, der auf einmal in seiner Hand verschwand.

»Palin!« Auf der anderen Seite der Tür hörte er den hektischen Schrei seines Vaters, aber der klang gedämpft und weit entfernt. Vor der Tür vernahm er Geräusche wie von einer Rauferei, dann gemurmelte Worte eines Gesangs und dann einen Aufschlag, als ob etwas Schweres gegen die Tür geprallt wäre.

Die dicke Eichentür bebte und Licht flackerte unter ihr hervor.

»Dalamar hat einen Zauber geworfen«, sagte sich Palin und trat zurück. Der Aufschlag rührte wahrscheinlich von der breiten Schulter seines Vaters her. Dann passierte nichts mehr. Palin bemerkte, daß irgendwo hinter ihm ein schwaches Licht im Laboratorium glühte. Seine Angst verschwand. Achselzuckend wandte sich der junge Mann um. Sie waren offensichtlich nicht in der Lage, die Tür zu öffnen. Irgendwie wußte er das, und er lächelte. Zum ersten Mal in seinem Leben tat er etwas Eigenständiges; kein Vater, kein Bruder, kein Meister war in der Nähe, um zu »helfen«. Der Gedanke war erfrischend. Vor Freude seufzte Palin auf, entspannte sich und schaute sich um. Ein erregendes Gefühl von Freude strömte durch seinen Körper.

Er hatte nur zweimal Beschreibungen von diesem Raum gehört – einmal von Caramon und einmal von Tanis, dem Halb-Elfen. Caramon hatte von sich aus niemals erzählt, was an jenem Tag in diesem Laboratorium passiert war, an jenem Tag, an dem sein Zwillingsbruder gestorben war. Nur nach vielem Bitten und Flehen hatte Caramon Palin die Geschichte überhaupt erzählt – und dann nur mit kurzen, zögernden Worten. Caramons bester Freund, Tanis, war ausführlicher gewesen, obwohl auch er über einige Episoden in dieser bittersüßen Geschichte über Ehrgeiz, Liebe und Selbstaufopferung nicht sprechen konnte. Ihre Beschreibungen waren jedoch treffend gewesen. Das Laboratorium sah genauso aus, wie Palin es sich in seinen Träumen vorgestellt hatte.

Palin hielt vor Ehrfurcht und Scheu den Atem an, als er langsam weiterging und jede Einzelheit aufnahm.

Nichts und niemand hatte den großen Raum in diesen fünfundzwanzig Jahren gestört. Wie Dalamar vorausgesehen hatte, hatte kein Lebewesen gewagt, einzutreten. Grauer Staub lag dick auf dem Boden, aber keine Maus war über seine Oberfläche gelaufen, die so glatt und spurenlos war wie neugefallener Schnee. Der Staub rieselte von den Fensterleisten, wo keine Spinne ihr Netz wob und keine Fledermaus voller Zorn über diese Störung mit ihren ledernen Flügeln schlug.

Die Größe des Raumes war schwer zu bestimmen. Zuerst hatte Palin gedacht, er wäre klein, denn er lag ganz oben im Turm. Aber je länger er blieb, um so größer schien der Raum zu werden.

»Oder bin ich es, der kleiner wird?« wisperte Palin. »Ich bin nicht einmal ein Magier. Ich gehöre nicht hierher«, sagte sein Verstand. Aber sein Herz antwortete: »Du hast niemals wirklich woanders hingehört...«

Die Luft war schwer von dem Geruch von Schimmel und Staub. Dennoch hing noch ein anderer schwacher, würziger Geruch in der Luft, der dem jungen Mann vertraut war. Das Licht spiegelte sich in Reihen von Gefäßen wider, die mit getrocknetem Laub, Rosenblättern und anderen Kräutern und Gewürzen gefüllt waren und eine ganze Wand säumten. Zauberzutaten. Aber noch ein anderer Geruch war da; und der war nicht so angenehm – der Geruch von Zerfall und Tod. Die Skelette von seltsamen, unbekannten Kreaturen lagen zusammengekrümmt auf dem Boden mehrerer großer Gefäße auf dem riesigen Steintisch. Als er sich an die Gerüchte über die Experimente seines Onkels, Leben zu erschaffen, erinnerte, wandte Palin schnell seinen Blick ab.

Er untersuchte den Steintisch mit seinen Runen und seiner polierten Oberfläche. War er wirklich vom Boden des Meeres heraufgezogen worden, wie es in der Legende hieß, fragte sich Palin, während seine Finger zärtlich über die glatte Oberfläche fuhren und eine spinnenartige Spur auf dem Tisch hinterließen.

Seine Hand berührte den hohen Stuhl hinter dem Tisch. Der junge Mann konnte sich seinen Onkel vorstellen, wie er dort gesessen, gearbeitet, gelesen hatte...

Palins Blick wanderte zu den Reihen von Zauberbüchern, die ein Regal nach dem anderen an einer ganzen Wand des Zimmers füllten. Sein Herz schlug schneller, als er sich ihnen näherte, denn er erkannte sie aus der Beschreibung seines Vaters wieder. Diejenigen mit den nachtblauen Ledereinbänden und silbernen Runen waren die Bücher des großen Erzmagiers Fistandantilus. Ein wispernder Schauer entströmte ihnen. Palin erschauerte und hielt an, ängstlich, noch näher zu gehen, obwohl seine Hände zuckten, um sie zu berühren.

Doch er wagte es nicht. Nur Magier vom höchsten Rang konnten diese Bücher überhaupt öffnen, und noch weniger konnten die Zaubersprüche lesen, die in ihnen verzeichnet waren. Falls er es versuchte, würde der Einband seine Haut verbrennen, so wie die Worte seinen Geist verbrennen und ihn schließlich in den Wahnsinn treiben würden. Vor bitterem Bedauern seufzend, wandte Palin seinen Blick einer anderen Reihe mit Zauberbüchern zu. Diese waren schwarz mit silbernen Runen – die Bücher seines Onkels.

Er fragte sich, was passieren würde, wenn er diese zu lesen versuchte, und er wollte sie gerade näher untersuchen, als ihm zum ersten Mal die Quelle des Lichtes, das das Laboratorium erhellte, auffiel.

»Sein Stab!« flüsterte er.

Er war in einer Ecke gegen eine Wand gelehnt. Der Stab des Magus. Sein magischer Kristall brannte mit einem kalten, blassen Licht. Wie das Licht von Solinari, dachte Palin. Tränen des Verlangens füllten seine Augen und liefen unbeachtet über seine Wangen. Er blinzelte sie zurück, damit er sehen konnte, und ging auf den Stab zu; er wagte kaum zu atmen, aus Angst, daß das Licht erlöschen könnte.

Der Stab, den der Zauberer Par-Salian Raistlin gegeben hatte, nachdem dieser erfolgreich seine Prüfung abgeschlossen hatte, verfügte über unsägliche magische Kraft. Auf ein einziges befehlendes Wort konnte er Licht werfen, wie Palin sich erinnerte. Gemäß der Legende konnte keine Hand, außer der seines Onkels, den Stab berühren, sonst würde das Licht ausgehen.

»Aber mein Vater hielt ihn auch«, sagte Palin leise. »Er gebrauchte ihn – mit der Hilfe meines sterbenden Onkels –, um das Portal zu schließen und die Dunkle Königin daran zu hindern, die Welt zu betreten. Dann ging das Licht aus und nichts, so sagten alle, konnte es wieder zum Glühen bringen.«

Aber der Stab glühte jetzt...

Palins Kehle schmerzte, und sein Herz klopfte so stark, daß er kaum atmen konnte, als er eine zitternde Hand zu dem Stab ausstreckte. Wenn das Licht erlosch, würde er allein zurückbleiben, gefangen in dieser erdrückenden Dunkelheit.

Seine Fingerspitzen fuhren über das Holz.

Das Licht leuchtete hell.

Palins kalte Finger schlossen sich um den Stab und hielten ihn fest. Der Kristall brannte nur noch heller und warf sein reines Licht über ihn; seine weißen Roben leuchteten wie geschmolzenes Silber. Palin hob den Stab und betrachtete ihn hingerissen und sah, während er ihn in seiner Hand drehte, daß sein Lichtstrahl sich auf eine entfernte Ecke im Laboratorium konzentrierte – eine Ecke, die vorher in tiefste Dunkelheit getaucht war.

Als der junge Mann darauf zuging, sah er, daß das Licht auf einen schweren, purpurroten Samtvorhang schien, der von der

Decke hing. Die Tränen gefroren auf Palins Gesicht, und ein Schauer jagte durch seinen Körper. Er brauchte nicht an der goldenen Seidenkordel zu ziehen, er brauchte diesen Vorhang nicht zur Seite zu schieben, um zu wissen, was dahinter lag.

Das Portal.

Vor langer Zeit war es von Zauberern geschaffen worden, die gierig nach Wissen waren. Andere Portale hatten zu ihrem Untergang geführt – in das Reich der Götter. Da ihnen die schrecklichen Konsequenzen für den Unvorsichtigen klar waren, hatten sich die Weisen aller drei Orden der Zauberer zusammengetan und die Portale nach bestem Vermögen geschlossen; sie hatten entschieden, daß nur ein mächtiger Erzmagier der Schwarzen Roben und ein heiliger Kleriker von Paladin gemeinsam das Portal öffnen können sollten. In ihrer Weisheit waren sie überzeugt gewesen, daß diese unwahrscheinliche Verbindung niemals zustande kommen würde. Aber sie hatten die Liebe nicht berücksichtigt.

Denn Raistlin war in der Lage gewesen, Crysania, die Verehrte Tochter Paladins, zu überreden, mit ihm das Portal zu öffnen. So konnte er eintreten und die Königin der Finsternis herausfordern. Die Folgen dieses Ehrgeizes wären in der menschlichen Welt verheerend gewesen – sie hätten die Zerstörung der Welt mit sich gebracht. Caramon, sein Zwillingsbruder, der davon wußte, hatte es riskiert, die Hölle zu betreten und Raistlin aufzuhalten. Es war ihm gelungen, aber nur dadurch, daß sein Zwillingsbruder ihm geholfen hatte. Als er seinen tragischen Fehler erkannte, hatte sich Raistlin für die Welt geopfert – gemäß der Legende. Er hatte das Portal geschlossen und die Königin am Eintritt in die Welt gehindert. Aber zu einem fürchterlichen Preis: Er selbst war auf der anderen Seite dieser entsetzlichen Tür gefangen zurückgeblieben.

Palin näherte sich dem Vorhang. Gegen seinen Willen fühlte er sich zu ihm hingezogen. Oder war es sein Wille? War es Angst, die seine Schritte zögern und seinen Körper zittern ließ – oder Aufregung?

Und dann hörte er wieder diese wispernde Stimme: »Palin... hilf...«

Sie kam hinter dem Vorhang hervor!

Palin schloß seine Augen und stützte sich matt auf den Stab. Nein! Das konnte nicht sein! Sein Vater war sich so sicher gewesen...

Durch seine geschlossenen Augenlider sah der junge Mann, daß ein anderes Licht zu glühen anfing, ein Licht direkt vor ihm. Ängstlich schlug er die Augen auf. Das Licht strahlte von allen Seiten des Vorhangs auf. Ein vielfarbenes Licht, das hervorquoll und einen furchteinflößenden Regenbogen bildete.

»Palin... hilf mir...«

Palins Hand schloß sich aus eigenem Entschluß um die goldene Kordel. Es war ihm nicht bewußt, daß er seine Finger bewegte, dennoch fand er sie an der Kordel wieder. Zögernd sah er auf den Stab in seiner Hand, dann schaute er zurück zur Eingangstür des Laboratoriums. Das Aufschlagen hatte aufgehört, und es blitzten auch keine Lichter mehr auf. Vielleicht hatten Dalamar und sein Vater aufgegeben. Oder vielleicht hatten die Wächter sie angegriffen...

Palin erschauerte. Er sollte besser zurückgehen! Er sollte dies hier aufgeben! Es war zu gefährlich! Er war nicht einmal ein Magier! Aber als diese Gedanken ihm in den Sinn kamen, begann das Licht des Kristalls am Stab zu schwanken – zumindest schien es so.

Nein, dachte er entschlossen. Ich muß weitermachen. Ich muß die Wahrheit erfahren!

Er packte die Kordel mit einer schweißnassen Hand und zog hart an ihr. Er hielt den Atem an, während er beobachtete, wie sich der Vorhang langsam hob und sich nach oben in schimmernde Falten legte.

Das Licht wurde immer heller, als der Vorhang nach oben gezogen wurde, und machte ihn schwindelig. Mit einer Hand schirmte er seine Augen ab und starrte ehrfürchtig auf den herrlichen und doch angsteinflößenden Anblick. Das Portal sah aus wie eine schwarze Leere, umgeben von fünf metallenen Drachenköpfen. Geschnitzt mit Hilfe von Magie und in Anlehnung an Takisis, Königin der Finsternis, waren ihre Mäuler in einem stummen Schrei des Triumphes geöffnet. Jeder Kopf glühte grün, blau, rot, weiß und schwarz.

Das Licht blendete und schmerzte Palin. Er blinzelte und rieb sich über die brennenden Augen. Die Köpfe der Drachen leuchteten nur noch heller, und jetzt begann jeder zu singen.

Der erste: *Aus der Dunkelheit zur Dunkelheit, meine Stimme hallt in der Leere wider.*

Der zweite: *Von dieser Welt zur nächsten, meine Stimme schreit vor Leben.*

Der dritte: *Aus der Dunkelheit zur Dunkelheit, rufe ich. Unter meinen Füßen ist alles fest.*

Der vierte: *Zeit, die fließt, halte ein in deinem Verlauf.*

Der fünfte: *Weil durch Bestimmung selbst die Götter niedergeschlagen sind, weine du mit mir.*

Ein Zauberspruch, erkannte Palin. Vor seinen Augen verschwamm alles; Tränen liefen über seine Wangen, als er versuchte, durch das blendende Licht in das Portal zu sehen. Die vielfarbenen Lichter begannen wild zu wirbeln und drehten sich außerhalb der riesigen, klaffenden, verzerrenden Leere.

Palin, dem schwindelig wurde, klammerte sich an den Stab

und hielt seinen Blick auf die Leere im Portal gerichtet. Die Dunkelheit bewegte sich! Sie begann zu wirbeln, kreiste um ein Auge einer tieferen Dunkelheit in ihrem Zentrum, wie ein Mahlstrom ohne Substanz und Form. Wirbelte... und wirbelte... und wirbelte... Sie sog die Luft aus dem Laboratorium in sich hinein, sog den Staub und das Licht des Stabes...

»Nein!« schrie Palin, dem mit Entsetzen bewußt wurde, daß sie auch ihn in sich hineinsog! Verzweifelt kämpfte er dagegen an, aber die Kraft war unwiderstehlich. Hilflos wie ein Baby, das seine eigene Geburt aufhalten will, wurde Palin in das blendende Licht hineingezogen, in die sich drehende Dunkelheit. Die Köpfe der Drachen kreischten einen Lobgesang auf ihre Dunkle Königin. Ihr Gewicht drückte auf Palins Körper, dann rissen ihre Krallen ihn Glied für Glied entzwei. Feuer schlug über ihn und verbrannte sein Fleisch bis auf die Knochen. Wasser wirbelte über ihn, so daß er ertrank. Er schrie, ohne einen Laut von sich zu geben, und doch hörte er seine eigene Stimme. Er lag im Sterben, und er war dankbar, endlich zu sterben, damit der Schmerz aufhörte.

Sein Herz barst.

Kapitel 8

Alles hörte auf. Das Licht, der Schmerz...

Alles war still.

Palin öffnete seine Augen. Er lag mit dem Gesicht auf dem Boden, den Stab des Magus hielt er in seiner Hand. Als er seine Augen aufschlug, sah er das Licht des Stabes silbern glänzen. Es war ein kaltes, reines Licht. Er spürte keinen Schmerz, und sein

Atem ging entspannt und normal. Sein Herz schlug regelmäßig, und sein Körper war ganz und gar unversehrt. Aber er lag nicht auf dem Boden des Laboratoriums. Er lag im Sand! So schien es jedenfalls. Als er sich umschaute und sich langsam aufrichtete, sah er, daß er sich in einem seltsamen Land befand – flach wie eine Wüste war es, ohne besondere Merkmale. Es herrschte völlige Leere, Ödnis. Die Landschaft erstreckte sich endlos, soweit das Auge reichte. Verwirrt sah er sich um. Er war niemals hier gewesen, und dennoch kam ihm alles vertraut vor. Der Boden war von merkwürdiger Farbe – ein helles Rosa. Der Himmel hatte die gleiche Farbe. Die Stimme seines Vaters kam zu ihm: *Als ob es Sonnenuntergang wäre oder in der Ferne ein Feuer brennen würde…*

Palin schloß seine Augen, um die entsetzliche Erkenntnis auszulöschen, als die Angst über ihn wie eine erstickende Welle brandete, und ihn seines Atems und sogar der Kraft zu stehen beraubte.

»Die Hölle«, murmelte er, und seine zitternde Hand klammerte sich hilfesuchend um den Stab.

»Palin…« Die Stimme erstarb in einem erstickten Schrei.

Palin schlug die Augen auf. Er war erschreckt, seinen Namen zu hören, und beunruhigt über die Verzweiflung in der Stimme.

Er drehte sich um, taumelte in den Sand und schaute in die Richtung, aus der dieser schreckliche Schrei gekommen war. Vor ihm, wo nur Sekunden zuvor nichts gewesen war, erhob sich eine Steinmauer. Zwei untote Gestalten bewegten sich auf die Mauer zu und zogen etwas hinter sich her. Das »Etwas« war menschlich, wie Palin erkennen konnte, ein lebender Mensch! Er sträubte sich im Griff seiner Ergreifer, als ob er zu entkommen versuchte, aber Widerstand war zwecklos gegen jene, deren Stärke aus dem Jenseits rührte.

Als die drei der Mauer ganz nahe gekommen waren, die offensichtlich ihr Ziel war, zeigte einer darauf und lachte, und der Mensch hörte einen Moment lang mit seinem Ringen auf. Er hob seinen Kopf und sah Palin direkt an.

Goldene Haut, Pupillen in der Form von Stundengläsern...

»Onkel?« fragte Palin leise und wollte einen Schritt nach vorn machen.

Aber die Gestalt schüttelte den Kopf und machte eine fast unmerkliche Bewegung mit der schlanken Hand, als wollte sie ausdrücken: »Jetzt nicht!«

Palin begriff plötzlich, daß er im offenen Gelände stand, allein in der Hölle. Lediglich den Stab des Magus trug er zu seinem Schutz – einen magischen Stab, von dessen Magie er überhaupt keine Ahnung hatte. Die Untoten, mit ihrem zappelnden Gefangenen beschäftigt, hatten ihn noch nicht bemerkt, aber das war nur eine Frage der Zeit. Verängstigt und enttäuscht sah sich Palin verzweifelt nach einem Versteck um. Zu seiner Verwunderung tauchte aus dem Nichts ein dicker Busch auf, als hätte er ihn herbeigerufen.

Ohne einen Gedanken zu verlieren, warum oder wie der auf einmal erschienen war, duckte sich der junge Mann schnell hinter den Strauch und bedeckte den Kristall des Stabes mit einer Hand, um sein Leuchten zu verbergen. Dann lugte er vorsichtig auf das rosafarbene, brennende Land.

Die Untoten hatten ihr Opfer zu der Mauer gezerrt, die sich mitten im Sand erhob. Handfesseln erschienen auf einen Befehl hin an der Mauer. Nachdem sie ihren Gefangenen mit ihrer unglaublichen Kraft in die Luft gehoben hatten, fesselten die Untoten Raistlin an die Mauer. Dann verbeugten sie sich mit einer spöttischen Gebärde und ließen ihn an der Mauer zurück. Seine schwarzen Roben bewegten sich in der heißen Brise.

Palin erhob sich und wollte wieder ein paar Schritte nach vorne machen, als ein schwarzer Schatten in sein Blickfeld fiel, der ihn mehr blendete als das hellste Licht und seinen Geist und seine Seele und seinen Körper derart mit Entsetzen und Angst erfüllte, daß er sich nicht bewegen konnte. Obwohl die Dunkelheit dicht und allumfassend war, sah Palin Dinge in ihr – er sah eine Frau, schöner und begehrenswerter als jede Frau, die er in seinem Leben bisher gesehen hatte. Er sah sie zu seinem Onkel gehen, er sah, wie sich die gefesselten Hände seines Onkels ballten. All dies sah er, und dennoch umgab ihn eine Dunkelheit, als befände er sich auf dem Grund des tiefsten Ozeans. Dann verstand Palin. Die Dunkelheit war in seinem Bewußtsein, denn er sah auf Takisis – die Königin der Finsternis.

Während Palin sie beobachtete, wie festgenagelt von Ehrfurcht und Entsetzen und Verehrung, während er dastand und spürte, daß er sich ihr am liebsten auf Knien zu Füßen geworfen hätte, veränderte die Frau ihre Gestalt. Aus der Dunkelheit und aus dem Sand des brennenden Landes, erhob sich ein Drache. Er war von gewaltiger Größe, seine Flügelspannen legten das Land in Schatten, und seine fünf Köpfe schlängelten und drehten sich auf fünf Hälsen, seine fünf Mäuler öffneten sich in ohrenbetäubendem Kreischen der Belustigung und des grausamen Entzückens.

Palin sah, daß Raistlin unwillkürlich seinen Kopf abwandte und seine goldenen Augen schloß, als könnte er den Anblick dieser Kreatur nicht ertragen, die ihn lüstern angrinste. Und dennoch kämpfte der Erzmagier weiter und versuchte, sich aus den Fesseln zu befreien, seine Arme und Handgelenke waren von seinen heftigen Versuchen zerschunden und blutig.

Langsam und grazil hob der Drache eine Klaue. Mit einem schnellen Streich riß er Raistlins Gewänder auf. Und mit bei-

nahe der gleichen Bewegung schlitzte er den Körper des Erzmagiers auf.

Palin keuchte und schloß seine Augen, um diesen entsetzlichen Augenblick auszulöschen. Aber es war zu spät. Er hatte es gesehen, und er würde es von nun an immer wieder in seinen Träumen sehen, so wie er immer wieder den gequälten Schrei seines Onkels hören würde. Palin wurde schwindelig, und seine Knie gaben nach. Er sank auf den Boden, umklammerte seinen Bauch und erbrach sich.

Durch einen Schleier von Übelkeit und Entsetzen nahm Palin die Königin der Finsternis wahr und wußte, daß auch sie ihn plötzlich wahrnahm! Er konnte spüren, wie sie ihn suchte, wie sie lauschte, schnüffelte... Er dachte nicht daran, sich zu verstecken. Er konnte nirgendwohin gehen, wo sie ihn nicht finden würde. Er konnte nicht kämpfen, ja, ihr nicht einmal ins Gesicht sehen. Er hatte nicht die Kraft. Er konnte sich lediglich im Sand krümmen, vor Angst zittern und auf das Ende warten.

Nichts geschah. Der Schatten hob sich. Palins Angst ließ nach.

»Palin... hilf...« Die Stimme, gebrochen vor Schmerzen, flüsterte wieder im Bewußtsein des jungen Mannes. Aber er hörte etwas, was noch schrecklicher war – das Geräusch einer tröpfelnden Nässe, fließendes Blut.

»Nein!« Der junge Mann stöhnte, schüttelte den Kopf und bohrte ihn in den Sand, als ob er sich selbst eingraben wollte. Dann kam ein weiterer gurgelnder Schrei, und Palin erbrach sich wieder und schluchzte vor Entsetzen und Mitleid und Ekel vor seiner Schwäche. »Was kann ich tun? Ich bin ein Nichts. Ich habe nicht die Kraft, dir zu helfen!« murmelte er, und seine Hand klammerte sich wieder um den Stab. Ihn hielt er dicht bei sich und wiegte sich hin und her, unfähig, seine Augen zu öffnen, unfähig, zu sehen...

»Palin.« Die Stimme rang nach Luft, und jedes Wort verursachte offensichtlich Schmerz. »Du mußt... stark sein. Um deiner selbst willen... und... um meinetwillen.«

Palin konnte nicht sprechen. Seine Kehle war rauh und schmerzte, der bittere Geschmack von Galle in seinem Mund ließ ihn wieder würgen.

Stark sein. Um seinetwillen...

Langsam zog sich Palin mit dem Stab hoch. Dann sammelte er seinen Mut. Er spürte, wie sich das Holz in seiner Hand kühl und beruhigend anfühlte und öffnete die Augen.

Raistlin hing schlaff an seinen Handgelenken an der Mauer. Seine schwarzen Roben waren zerrissen, das lange, weiße Haar fiel über sein Gesicht, weil sein Kopf nach vorne gesunken war. Palin versuchte, seine Augen auf das Gesicht seines Onkels zu richten, aber er konnte es nicht. Unwillkürlich glitt sein Blick auf den blutigen, zerfetzten Körper. Von der Brust bis zur Leiste war Raistlins Fleisch von scharfen Krallen zerrissen. Das tröpfelnde Geräusch war sein Blut, das tröpfchenweise in ein riesiges Steinbecken zu seinen Füßen fiel.

Dem jungen Mann wurde wieder übel, aber in seinem Magen war nichts mehr, was er hätte erbrechen können. Palin biß seine Zähne zusammen und zwang sich, durch den Sand zur Mauer zu gehen. Der Stab half ihm bei seinen zögernden Schritten. Aber als Palin das grausige Becken erreichte, trugen seine schwachen Beine ihn nicht mehr. Vor Angst, er könnte bei diesem entsetzlichen Anblick ohnmächtig werden, sank er auf die Knie und senkte seinen Kopf.

Aber die Stimme kam wieder. »Sieh mich an... Du... kennst mich... Palin?«

Der junge Mann hob widerstrebend seinen Kopf. Goldene Augen starrten ihn an; ihre Stundenglaspupillen waren vor Qual weit aufgerissen. Blutbefleckte Lippen teilten sich zum Sprechen, aber es kamen keine Worte heraus. Ein Schauer erschütterte den zerbrechlichen Körper.

»Ich kenne dich... Onkel...« Palin krümmte sich und begann zu schluchzen, während in seinem Inneren die Worte tobten: »Vater hat gelogen! Er hat mich angelogen! Er hat mich angelogen!«

»Palin, sei stark!« wisperte Raistlin. »Du... kannst mich befreien. Aber du mußt... schnell sein...«

Stark... ich muß stark sein...

»Ja.« Palin schluckte seine Tränen hinunter. Er wischte über sein Gesicht und stellte sich unsicher auf die Füße. Sein Blick war auf die Augen seines Onkels gerichtet. »Es... es tut mir leid. Was soll ich machen?«

»Nimm... den Stab. Berühr die Fesseln um... meine Handgelenke... Beeil dich! Die... Königin...«

»Wo... wo ist die Dunkle Königin?« stammelte Palin. Er ging vorsichtig an dem Blutbecken vorbei, stellte sich vor seinen Onkel und berührte mit dem glühenden Kristall des Stabes die erste Fessel, mit der Raistlin an der Mauer festgehalten wurde.

Erschöpft, dem Tode nahe, konnte sein Onkel nicht mehr sprechen, aber seine Worte erreichten Palins Bewußtsein. »Dein Kommen zwang sie zum Gehen. Sie war nicht darauf vorbereitet, einer Weißen Robe wie dir gegenüberzutreten. Aber das wird nicht lange anhalten. Sie wird zurückkehren. Wir beide... müssen verschwunden sein...«

Palin berührte die andere Fessel und Raistlin sackte nach unten. Von seinen Ketten befreit fiel sein Körper in die Arme des jungen Mannes. Dessen Entsetzen verlor sich in Mitleid, als Palin seinen Onkel festhielt und behutsam den zerrissenen, blutenden Körper auf den Boden legte.

»Aber wie kannst du von hier verschwinden?« murmelte Palin. »Du liegst... im Sterben.«

»Ja«, antwortete Raistlin stumm, und seine dünnen Lippen teilten sich zu einem grimmigen Lächeln. »In einigen Momenten werde ich sterben, so wie ich schon unzählige Male gestorben bin. Wenn die Nacht einbricht, werde ich zu neuem Leben erwachen und auf die Morgendämmerung warten, bis die Königin kommt und mein Fleisch zerreißt und aufs neue meinem Leben auf qualvolle Weise ein Ende bereitet.«

»Was kann ich tun?« schrie Palin. »Wie kann ich dir helfen?«

»Du hilfst mir bereits«, antwortete Raistlin laut, und seine Stimme wurde kräftiger. Seine Hand bewegte sich schwach. »Sieh...«

Widerstrebend sah Palin hinunter auf die schreckliche Wunde seines Onkels. Sie schloß sich! Das Fleisch heilte sich selbst! Der junge Mann starrte verblüfft darauf. Wenn er ein hochstehender Kleriker von Paladin gewesen wäre, hätte er kein größeres Wunder vollbringen können. »Was geschieht da? Wie...«, fragte er verständnislos.

»Deine Güte, deine Liebe«, wisperte Raistlin. »So hätte mein Bruder mich retten können, wenn er den Mut besessen hätte, die Hölle zu betreten.« Seine Lippen kräuselten sich vor Bitterkeit. »Hilf mir beim Aufstehen.«

Palin schluckte, schwieg aber, als er dem Erzmagier auf die Füße half. Was konnte er sagen? Schamgefühl erfüllte seine Seele, Schamgefühl für seinen Vater. Nun, er würde es wiedergutmachen.

»Reiche mir deinen Arm, Neffe. Ich kann laufen. Komm, wir müssen das Portal erreichen, bevor die Königin zurückkehrt.«

»Bist du dir sicher, daß du das schaffst?« Palin legte seinen Arm um Raistlin. Er spürte die seltsame, unnatürliche Hitze, die von ihm ausstrahlte und seinen eigenen eiskalten Körper wärmte.

»Ich muß. Mir bleibt nichts anderes übrig.« Während er sich auf Palin stützte, raffte der Erzmagier seine zerrissenen schwarzen Roben zusammen. Die zwei gingen so schnell wie möglich durch den Sand, der sich bewegte, hinüber zum Portal, das inmitten dieser rotgefärbten Landschaft stand.

Aber sie waren noch nicht weit gegangen, als Raistlin anhielt. Sein zerbrechlicher Körper wurde von einem Hustenanfall gepeinigt, so daß er nach Luft keuchte.

Palin stand an seiner Seite, hielt ihn und sah seinen Onkel besorgt an. »Hier«, bot er ihm an. »Nimm deinen Stab. Er wird dir helfen...«

Raistlins Stundenglasaugen wanderten zu dem Stab in der Hand des jungen Mannes. Mit seiner schlanken, goldenen Hand strich er liebevoll über das glatte Holz. Dann sah er Palin an, lächelte und schüttelte den Kopf.

»Nein, Neffe«, sagte er mit seiner sanften, gebrochenen Stimme. »Dieser Stab gehört dir, ein Geschenk von deinem Onkel. Er hätte dir sowieso eines Tages gehört«, fügte er hinzu und sprach fast zu sich. »Ich hätte dich persönlich ausgebildet, hätte dich zum Turm begleitet, um dich bei der Prüfung zu beobachten. Ich wäre so stolz... so stolz auf dich gewesen...« Er zuckte die Achseln, und sein Blick heftete sich auf Palin. »Was sage ich da? Ich *bin* stolz auf dich, mein Neffe. So jung – und dann dies zu tun, die Hölle zu betreten...«

Wie zur Mahnung, wo und in welcher Gefahr sie sich befanden, fiel ein Schatten über sie, wie von schwarzen Flügeln, die am Himmel schweben.

Palin sah ängstlich hoch. Dann irrte sein Blick zu dem Portal, das weiter entfernt zu sein schien als in seiner Erinnerung. »Wir können ihr nicht entrinnen!« keuchte er.

»Warte!« Raistlin hielt inne, um zu atmen. Die Farbe kehrte in sein Gesicht zurück. »Wir brauchen uns nicht zu beeilen. Schau das Portal an, Palin. Konzentrier dich darauf. Stell dir vor, daß es direkt vor dir steht.«

»Ich verstehe nicht...« Palin sah Raistlin verwirrt an.

»Konzentrier dich!« knurrte der Erzmagier.

Der Schatten wurde zunehmend dunkler. Palin sah auf das Portal und versuchte das zu tun, was ihm gesagt wurde, aber er sah nur das Gesicht seines Vaters und den Drachen, der das Fleisch seines Onkels zerriß... Der Schatten wurde immer dunkler, dunkler als die Nacht, dunkel wie seine Angst.

»Hab keine Angst.« Die Stimme seines Onkels erreichte ihn durch die Dunkelheit. »Konzentrier dich!«

Seine Ausbildung in der Magie, die Disziplin erfordert hatte, kam Palin zu Hilfe. Es gehörte dazu, sich im Notfall auf einen Zauberspruch zu konzentrieren. Er schloß seine Augen, und dabei schloß der junge Mann alles aus – seine Angst, sein Entsetzen, seinen Kummer – und stellte sich das Portal vor, wie es direkt neben ihm stand.

»Hervorragend, junger Magier«, ertönte Raistlins sanfte Stimme.

Palin blinzelte erstaunt. Das Portal stand genau da, wo er es sich vorgestellt hatte, nur einen Schritt oder zwei entfernt.

»Zögere nicht«, wies Raistlin ihn an, als lese er die Gedanken des jungen Mannes. »Der Weg zurück ist nicht schwer, nicht so wie das Eintreten. Geh voran. Ich kann alleine stehen. Ich werde dir folgen...«

Palin trat hinein, fühlte einen leichten Schwindel und eine

momentane Blindheit, aber es ging schnell vorüber. Er schaute sich um und atmete vor Erleichterung und Dankbarkeit tief auf. Er stand wieder im Laboratorium. Das Portal war hinter ihm, obwohl er keine klare Erinnerung hatte, wie er durchgekommen war; und neben dem Portal sah er seinen Onkel. Aber Raistlin sah ihn nicht an. Seine Augen waren auf das Portal gerichtet, und ein seltsames Lächeln umspielte seine dünnen Lippen.

»Du hast recht! Wir müssen es schließen!« sagte Palin plötzlich. Er glaubte zu wissen, was sein Onkel dachte. »Die Königin wird in die Welt zurückkommen...«

Mit erhobenem Stab trat der junge Mann nach vorn. Eine schlanke, goldene Hand schloß sich um seinen Arm. Der Griff schmerzte, und die Berührung verbrannte ihn fast. Er hielt den Atem an und bis sich vor Schmerz auf die Lippe. Verwirrt sah er zu seinem Onkel auf.

»Alles zu seiner Zeit, mein teurer Neffe«, wisperte Raistlin. »Alles zu seiner Zeit...«

Kapitel 9

Raistlin zog den jungen Mann näher zu sich. Er lächelte leicht, als Palin zusammenzuckte, und bemerkte den Schmerz in den grünen Augen. Immer noch hielt Raistlin ihn fest und musterte ihn eingehend. Er studierte seine Gesichtszüge und drang in die Tiefen seiner Seele ein.

»Du hast viel von mir, junger Magier«, sagte Raistlin und langte hoch, um eine Haarlocke wegzustreichen, die in Palins blasses Gesicht gefallen war. »Mehr von mir als von deinem Vater. Und deswegen liebt er dich am meisten, nicht wahr? Oh, er ist stolz auf deine Brüder.« Raistlin zuckte die Achseln, als der junge Mann widersprechen wollte. »Aber er liebt dich sehr zärtlich, beschützt...«

Palin wurde rot und riß sich aus Raistlins Griff los. Aber der Erzmagier hielt ihn fest – mit seinen Augen, nicht mit seinen Händen.

»Er erstickt dich mit seiner Liebe!« zischte Raistlin. »Erstickt dich so, wie er es mit mir getan hat! Er wird dich daran hindern, die Prüfung zu machen. Das weißt du doch, oder nicht?«

»Er... er versteht es nicht«, stammelte Palin. »Er versucht nur, das Beste zu tun...«

»Lüg mich nicht an, Palin«, unterbrach ihn Raistlin sanft und legte seine schlanken Finger auf die Lippen des jungen Mannes. »Lüg dich nicht selbst an. Sprich die Wahrheit aus, die in deiner Seele ist. Ich sehe sie in dir so deutlich! Den Haß, die Eifersucht! Nutze sie, Palin! Nutze sie, um dich zu stärken – so wie ich es getan habe!«

Die goldene Hand fuhr über Palins Gesicht – das feste, starke Kinn, den angespannten Kiefer, die glatten, hohen Wangenknochen. Palin zitterte unter der Berührung, aber noch mehr unter dem Blick der brennenden Stundenglasaugen. »Du hättest *mein* Sohn sein sollen! Mein Sohn!« murmelte Raistlin. »Ich hätte dich zur Macht erzogen! Welche Wunder hätte ich dir zeigen können, Palin. Auf den Flügeln der Magie hätten wir die Welt durchquert – hätten den Siegern bei den Kämpfen über die Nachfolge bei den Minotauriern zugejubelt, wären mit den Meereselfen schwimmen gegangen, hätten gegen Riesen gekämpft und der Geburt eines goldenen Drachen zugesehen... All dies hätte dir gehören können, wenn du mein Sohn *gewesen* wärst, Palin, wenn sie nur...«

Ein Hustenanfall unterbrach den Erzmagier. Mit einem Keuchen taumelte Raistlin zurück und hielt seine Brust umklammert. Palin nahm seinen Onkel in seine starken Arme und führte ihn zu einem verstaubten, gepolsterten Stuhl neben dem Portal. Unter dem Staub konnte er dunkle Stellen auf dem Stoff erkennen – als wäre er vor langer, langer Zeit mit Blut befleckt gewesen. In seiner Sorge um seinen Onkel dachte Palin nicht darüber nach. Raistlin sank in den Stuhl, würgte und hustete in ein weiches, weißes Tuch, das Palin aus seinen Roben gezogen und ihm gereicht hatte. Dann lehnte der junge Mann vorsichtig den Stab gegen die Wand und kniete sich neben seinen Onkel.

»Kann ich etwas für dich tun? Kann ich dir etwas besorgen? Diese Kräutermischung, die du immer getrunken hast.« Sein Blick wanderte zu den Gefäßen auf dem Regal mit den Kräutern. »Wenn du mir sagst, wie…«

Raistlin schüttelte den Kopf. »Bald…«, flüsterte er, als der Anfall nachließ. »Bald, Palin.« Er lächelte erschöpft und legte seine Hand auf den Kopf des jungen Mannes. »Bald. Ich werde dich das lehren… und noch viel mehr! Wie sie dein Talent verschwendet haben! Was haben sie dir gesagt, junger Magier? Warum haben sie dich hierhin geschickt?«

Palin senkte seinen Kopf. Die Berührung dieser schlanken Finger erregte ihn. Dennoch zuckte er zusammen und wand sich unter der glühenden Liebkosung. »Ich bin gekommen… Sie haben gesagt… du würdest versuchen… zu nehmen…« Er schluckte; er war unfähig weiterzusprechen.

»Ah ja. Natürlich. So etwas können auch nur diese Idioten denken. Ich würde deinen Körper nehmen, so wie Fistandantilus versucht hat, meinen zu nehmen. Welche Narren! Als ob ich der Welt diesen jungen Geist, diese Kraft vorenthalten will. Wir beide… Jetzt wird es uns beide geben. Ich mache dich zu meinem Lehrling, Palin.« Die brennenden Finger streichelten das kastanienbraune Haar.

Palin hob seinen Kopf. »Aber«, sagte er erstaunt, »ich bin von niedrigem Rang. Ich habe die Prüfung noch nicht...«

»Das wirst du schon, junger Magier«, murmelte Raistlin; Erschöpfung wurde in seinem Gesicht sichtbar. »Das wirst du schon. Und mit meiner Hilfe wirst du sie mühelos bestehen. So wie ich mit Hilfe eines anderen... Psst. Sprich nicht weiter. Ich muß mich ausruhen.« Zitternd zog Raistlin seine zerrissenen Roben um seinen zerbrechlichen Körper. »Bring mir Wein und neue Kleider, sonst erfriere ich. Ich habe vergessen, wie feucht es hier ist.« Raistlin lehnte seinen Kopf gegen die Kissen und schloß die Augen; sein Atem rasselte in seinen Lungen.

Palin erhob sich langsam und warf einen nervösen Blick hinter sich.

Die fünf Köpfe des Drachen am Portal glühten noch, aber ihre Farben verblaßten und leuchteten jetzt schwächer. Ihre Mäuler waren geöffnet, aber kein Laut entkam ihnen. Es schien Palin jedoch, als warteten sie, als warteten sie auf ihren Augenblick. Zehn Augen beobachteten ihn und glitzerten in einem geheimen, unergründlichen Wissen. Er sah in das Portal. Die rotgetönte Landschaft erstreckte sich bis weit in die Ferne. Weit weg, kaum erkennbar, konnte er die Mauer und das Becken mit dem Blut sehen. Und darüber den schwarzen Schatten eines Flügels...

»Onkel«, sagte Palin, »das Portal. Sollten wir nicht...«

»Palin«, unterbrach Raistlin sanft. »Ich habe dir einen Befehl gegeben. Du wirst lernen, meinen Befehlen zu gehorchen, Lehrling. Tu, was ich dir gesagt habe.«

Während Palin das Portal beobachtete, wurde der Schatten immer dunkler. Wie eine Wolke die Sonne bedeckte, warfen die Flügel eine eisige Kälte über seine Seele. Er setzte wieder zum Sprechen an, aber in diesem Moment sah er zu Raistlin hinüber.

Die Augen seines Onkels schienen geschlossen zu sein, aber Palin erhaschte einen goldenen Schlitz, der unter den Lidern funkelte, wie die Augen einer Schlange. Der junge Mann biß sich auf die Unterlippe und wandte sich schnell um. Er nahm den Stab und mit seinem Licht suchte er im Laboratorium nach allem, was sein Onkel verlangt hatte.

Wieder in weiche, schwarze Samtroben gekleidet, stand Raistlin vor dem Portal und nippte an einem Glas Elfenwein, den Palin in einer Karaffe in einer entfernten Ecke des Laboratoriums entdeckt hatte. Der Schatten über dem Land war nun so dunkel geworden, daß es aussah, als wäre in der Hölle die Nacht angebrochen. Aber keine Sterne funkelten und keine Monde beleuchteten die entsetzliche Schwärze. Die Mauer war das einzig Sichtbare, und sie glühte in ihrem eigenen fürchterlichen Licht. Raistlin starrte darauf, und sein Gesicht war grimmig, seine Augen waren schmerzgeqält.

»So erinnert sie mich daran, was geschehen wird, wenn sie mich bekommt, Palin«, sagte er leise. »Aber nein. Ich gehe nicht zurück.« Der Erzmagier schaute sich um und sah auf den jungen Mann. Raistlins Augen glitzerten aus den Tiefen seiner schwarzen Kapuze. »Ich hatte fünfundzwanzig Jahre Zeit, um über meine Fehler nachzudenken. Fünfundzwanzig Jahre der unerträglichen Qual, der endlosen Folter... Meine einzige Freude, das einzige, was mir Kraft verliehen hat, um jeden Morgen die Folter zu durchstehen, war der Schatten von dir, den ich in meinen Gedanken sah. Ja, Palin.« Lächelnd zog Raistlin den jungen Mann an sich. »Ich habe dich in all diesen Jahren beobachtet. Ich habe für dich getan, was ich tun konnte. In dir steckt eine Stärke – eine innere Stärke – die von mir kommt! Ein brennender Wunsch, eine Liebe zur Magie! Ich wußte, eines Tages würdest du mich suchen, um zu lernen, wie sie zu gebrauchen ist. Ich wußte aber auch, *sie* würden versuchen, dich aufzuhalten. Aber sie konnten es nicht. Alles, was sie taten, um dich vom Kommen abzuhalten, hat dich nur näher zu mir gebracht. Einmal hier, würdest du meine Stimme hören, das wußte ich. Du würdest mich befreien. Und so schmiedete ich Pläne...«

»Ich bin geehrt, daß du so ein Interesse an mir hast«, begann Palin. Seine Stimme erstarb, und er räusperte sich nervös. »Aber du mußt die Wahrheit erfahren. Ich... ich habe dich nicht gesucht... um Macht zu gewinnen. Ich habe deine Stimme gehört, die um Hilfe flehte, und ich... ich kam, weil...«

»Du bist aus Mitgefühl gekommen«, beendete Raistlin mit einem verzerrten Lächeln den Satz. »In dir steckt noch viel von deinem Vater. Das ist eine Schwäche, die überwunden werden kann. Wie ich dir schon sagte, Palin. Sprich die Wahrheit aus – zu dir. Was hast du gefühlt, als du diesen Ort betreten hast? Was hast du gefühlt, als du zum ersten Mal den Stab berührt hast?«

Palin versuchte, dem Blick seines Onkels zu entrinnen. Trotz der eisigen Kälte im Laboratorium schwitzte er unter seinen Roben. Raistlin hielt ihn jedoch in seinem Bann und zwang den jungen Mann, in seine goldenen, glitzernden Augen zu sehen.

Und dort sah er eine Reflektion seiner selbst... Hatte er die Wahrheit gesagt? Palin starrte auf das Bild in den Augen des Erzmagiers. Er sah einen jungen Mann, gekleidet in Roben, deren Farbe nicht festgelegt war, jetzt weiß, dann rot, dann dunkel werdend...

Der Arm, den Raistlin hielt, zuckte krampfhaft unter dem Griff des Erzmagiers.

Er kann meine Angst spüren, erkannte Palin und versuchte, das Zittern zu beherrschen, das seinen Körper erschütterte.

Ist es Angst, fragten die goldenen Augen. Ist es Angst? Oder ein Hochgefühl?

Palin sah, daß der Stab, den er in seiner Hand hielt, sich auch in diesen Augen widerspiegelte. Er stand im Schein seines hellen Lichtes. Je länger er den Stab hielt, um so stärker konnte er die Magie in ihm spüren – und in sich. Die goldenen Augen bewegten sich leicht, und Palin folgte ihnen. Er sah die schwarzgebundenen Zauberbücher auf dem Regal. Er spürte wieder das prickelnde Gefühl, das er beim Eintreten in das Laboratorium erlebt hatte, und er leckte an seinen trockenen, gesprungenen Lippen wie ein Mann, der lange Zeit in einer endlosen Wüste gewandert ist und schließlich kühles Wasser gefunden hat, um seinen brennenden Durst zu löschen. Als er auf Raistlin zurücksah, sah er sich wie in einem Spiegel vor dem Erzmagier in schwarzen Roben stehen.

»Was... was sind deine Pläne?« fragte Palin heiser.

»Ganz einfach. Wie ich sagte, hatte ich viele Jahre Zeit, um über meinen Fehler nachzudenken. Mein Ehrgeiz war zu groß. Ich wollte ein Gott werden – etwas, wofür Sterbliche nicht geschaffen sind – daran werde ich jeden Morgen schmerzhaft erinnert, wenn die Krallen der Dunklen Königin mein Fleisch aufreißen.«

Palin sah, wie sich die dünnen Lippen einen Moment kräuselten und die goldenen Augen glitzerten. Die schlanke Hand ballte sich vor Zorn und Erinnerung an die Qualen, und sein Griff festigte sich schmerzhaft um den Arm des jungen Mannes. »Ich habe meine Lektion gelernt«, sagte Raistlin bitter und holte keuchend und bebend Atem. »Ich habe meinen Ehrgeiz zurechtgestutzt. Ich strebe nicht mehr danach, ein Gott zu werden. Ich bin mit der Welt zufrieden.« Mit einem spöttischen Lächeln tätschelte er Palins Hand. »Wir werden mit der Welt zufrieden sein, sollte ich lieber sagen.«

»Ich...« Die Worte blieben in Palins Kehle stecken. Er war vor Verwirrung und Angst und einer plötzlichen starken Aufregung benommen. Als er jedoch zum Portal zurückschaute, spürte er den Schatten, der auf seinem Herzen lag. »Aber die Königin? Sollten wir es nicht schließen?«

Raistlin schüttelte den Kopf. »Nein, Lehrling.«

»Nein?« Palin sah ihn beunruhigt an.

»Nein. Das wird mein Geschenk für sie sein, um meine Treue zu beweisen – Einlaß in die Welt. Und die Welt wird ihr Geschenk für mich sein. Hier wird sie herrschen und ich... ich werde dienen.« Raistlin sprach die Worte hart aus. Seine Lippen teilten sich zu einem verkniffenen, freudlosen Grinsen. Als Palin die Wucht von Haß und Zorn in dem zerbrechlichen Körper spürte, erschauerte er.

Raistlin warf ihm einen Blick zu. »Zimperlich, Neffe?« Er grinste höhnisch und ließ Palins Arm los. »Die Zimperlichen erlangen nicht die Macht...«

»Du hast mir gesagt, ich soll die Wahrheit aussprechen«, sagte Palin, und schreckte vor Raistlin zurück. Er war erleichtert, daß die brennende Berührung nicht mehr da war, dennoch sehnte er sich – irgendwie – danach, sie wieder zu spüren. »Und das werde ich. Ich habe Angst! Um uns beide! Ich weiß, daß ich schwach bin...« Er senkte seinen Kopf.

»Nein, Neffe«, erwiderte Raistlin sanft. »Nicht schwach. Nur jung. Und du wirst immer Angst haben. Ich werde dich lehren, deine Angst zu beherrschen und ihre Stärke zu nutzen. Daß sie dir dient, und nicht umgekehrt.«

Als Palin aufblickte, sah er Sanftheit im Gesicht des Erzmagiers, eine Sanftheit, die nur wenige in der Welt je gesehen hatten. Das Bild des jungen Mannes in den schwarzen Roben verblaßte in den glitzernden, goldenen Augen und wurde durch Sehnsucht verdrängt, einem Bedürfnis nach Liebe. Jetzt war es Palin, der Raistlins Hand ergriff. »Schließ das Portal, Onkel!« flehte der junge Mann. »Komm nach Hause, und lebe mit uns! Das Zimmer, das mein Vater für dich gebaut hat, ist immer noch da, im Wirtshaus. Meine Mutter hat dein Schild mit dem Zeichen des Zauberers aufbewahrt! Es ist in einer Truhe aus Rosenholz versteckt, aber ich habe es gesehen. Ich habe es in der Hand gehalten und davon so oft geträumt! Komm nach Hause! Lehre mich, was du weißt! Ich würde dich ehren, dich schätzen! Wir könnten reisen, wie du gesagt hast. Zeige mir die Wunder, die deine Augen gesehen haben...«

»Nach Hause.« Das Wort verweilte auf Raistlins Lippen, als ob er es kosten würde. »Nach Hause. Wie oft habe ich davon geträumt...« Seine goldenen Augen glitten zurück zu der Mauer, die in ihrem abscheulichen Licht glänzte. »Besonders bei Anbruch der Dämmerung...«

Doch dann warf Raistlin Palin einen Blick aus den Schatten seiner Kapuze zu und lächelte. »Ja, Neffe«, sagte er sanft. »Ich glaube, ich gehe mit dir nach Hause. Ich brauche Zeit, um auszuruhen und meine Kräfte wiederzuerlangen, um mich von diesen... alten Träumen zu befreien.« Palin sah, wie sich Raistlins Augen in der Erinnerung an die Schmerzen verdüsterten.

Hustend machte Raistlin dem jungen Mann ein Zeichen, er solle ihm helfen. Sorgfältig lehnte Palin den Stab an die Wand und half Raistlin auf den Stuhl. Nachdem der erschöpft zurückgesunken war, gab er dem jungen Mann ein Zeichen, ihm ein weiteres Glas Wein einzuschenken. Der Erzmagier lehnte seinen Kopf erschöpft in die Kissen. »Ich brauche Zeit...«, fuhr er fort und befeuchtete seine Lippen mit dem Wein. »Zeit, um dich auszubilden, Lehrling. Zeit, um dich auszubilden... und um deine Brüder auszubilden.«

»Meine Brüder?« wiederholte Palin erstaunt.

»Nun, ja, junger Magier.« Belustigung färbte Raistlins Stimme, während er den jungen Mann betrachtete, der neben seinem Stuhl stand. »Ich brauche Generäle für meine Legionen. Deine Brüder werden ideal...«

»Legionen!« schrie Palin »Nein, das habe ich nicht gemeint: Du mußt nach Hause kommen, um mit uns in Frieden zu leben. Du hast es verdient! Du hast dich für die Welt geopfert...«

»Ich?« unterbrach ihn Raistlin. »Ich habe mich für die Welt geopfert?« Der Erzmagier begann zu lachen – ein fürchterliches, angsteinflößendes Lachen, das die Schatten im Laboratorium wie entrückte Dämonen tanzen ließ. »So wird über mich geredet?« Raistlin lachte solange, bis er würgte. Ein Hustenanfall packte ihn, der schlimmer war als alle anderen.

Palin sah hilflos zu, wie sich sein Onkel vor Schmerzen krümmte. Der junge Mann konnte immer noch dieses höhnische Lachen in seinen Ohren dröhnen hören. Als der Anfall verebbte und er wieder atmen konnte, hob Raistlin seinen Kopf, und mit einer schwachen Handbewegung deutete er an, daß Palin näher kommen sollte.

Palin sah Blut auf dem Tuch in der Hand seines Onkels, und Blut befleckte auch Raistlins aschgraue Lippen. Ekel und Entsetzen kamen über den jungen Mann, aber trotzdem näherte er sich, gezwungen von einer entsetzlichen Faszination, um sich neben seinen Onkel zu knien.

»Wisse dies, Palin!« wisperte Raistlin mit großer Anstrengung, seine Worte waren kaum hörbar. »Ich habe... *mich* für... *mich*... geopfert!« Er sank in seinen Stuhl zurück und japste nach Luft. Als er sich wieder bewegen konnte, ergriff er mit einer zitternden, blutbefleckten Hand Palins weiße Roben. »Ich habe gesehen... was aus mir... werden würde... wenn ich erfolgreich gewesen wäre... *Nichts!* Das... war... alles... Auf diese Weise« – seine Hand zeigte schwach auf die Mauer und das greuliche Becken darunter, seine Augen glänzten fiebrig – »gab es... immer noch... eine Chance... für mich... zurückzukehren...«

»Nein!« schrie Palin und versuchte sich aus Raistlins Griff zu lösen. »Ich glaube dir nicht!«

»Warum nicht?« Raistlin hielt den jungen Mann fest. Seine Stimme wurde kräftiger. »Du hast es ihnen selbst gesagt. Erinnerst du dich nicht, Palin? ›Man muß die Magie an die erste Stelle setzen und die Welt an die zweite...‹ Das hast du ihnen im Turm gesagt. Die Welt interessiert dich genausowenig wie mich! Nichts spielt eine Rolle – deine Brüder, dein Vater! Die Magie! Die Macht! Das ist alles, was für uns beide zählt!«

»Ich weiß nicht!« schrie Palin gebrochen, und seine Hände klammerten sich an Raistlins. »Ich kann nicht denken! Laß mich gehen! Laß mich gehen...« Seine Hände fielen kraftlos von Raistlins Handgelenken, und sein Kopf sank in seine Hände. Tränen füllten seine Augen.

»Armer Kleiner«, sagte Raistlin sanft. Er legte seine Hand auf Palins Kopf, zog ihn sanft in seinen Schoß und streichelte tröstend das kastanienbraune Haar.

Ein schmerzerfülltes Schluchzen schüttelte Palins Körper. Er fühlte sich beraubt und allein. Lügen, alles Lügen! Alle hatten ihn angelogen – sein Vater, die Magier, die Welt! Was spielte es auch für eine Rolle? Die Magie! Das war alles, was er hatte. Sein Onkel hatte recht. Die brennende Berührung seiner schlanken Finger; der weiche schwarze Samt unter seiner tränennassen

Wange, der Geruch von Rosenblättern und Gewürzen. Das würde sein Leben sein... Das und diese bittere Leere. Eine Leere, die die ganze Welt nicht füllen konnte.

»Weine ruhig, Palin«, sagte Raistlin sanft. »Weine, so wie ich einst geweint habe, vor langer, langer Zeit. Dann wirst du erkennen, wie ich damals, daß es nichts bringt. Niemand hört dich, wenn du allein in der Nacht schluchzt.«

Palin hob plötzlich sein tränenverschmiertes Gesicht und starrte in Raistlins Augen.

»Endlich verstehst du.« Raistlin lächelte. »Mach dich bereit, junger Magier. Es ist Zeit für uns zu gehen, bevor die Dunkle Königin kommt. Es gibt viel zu tun...«

Palin musterte Raistlin ruhig, obwohl sein Körper immer noch von seinem Schluchzen zitterte und er seinen Onkel nur durch einen Tränenschleier erkennen konnte. »Ja«, sagte er. »Endlich verstehe ich. Zu spät, wie es scheint. Aber ich verstehe. Und du irrst dich, Onkel«, murmelte er gebrochen. »Jemand *hat* dich in der Nacht weinen gehört. Mein Vater.«

Palin erhob sich und fuhr sich mit einer Hand über die Augen. Er hielt seinen Blick standhaft auf seinen Onkel gerichtet. »Ich werde jetzt das Portal schließen.«

»Sei kein Narr!« sagte Raistlin mit einem höhnischen Grinsen. »Das werde ich nicht zulassen! Das weißt du doch!«

»Ich weiß«, sagte Palin und holte zitternd Atem. »Du wirst mich aufhalten...«

»Ich werde dich töten!«

»Du wirst... mich töten...«, fuhr Palin leicht stammelnd fort. Er drehte sich um, und seine Hand streckte sich nach dem Stab des Magus aus, der neben Raistlins Stuhl am Schreibtisch lehnte. Das Licht des Kristalls leuchtete weiß und kalt, als sich seine Hand um den Stab schloß.

»Was für eine Verschwendung!« zischte Raistlin und wand sich aus dem Stuhl. »Warum in dieser sinnlosen Geste sterben? Denn es wird sinnlos sein, das versichere ich dir, mein teurer Neffe. Ich werde ausführen, was ich lange geplant habe. Die Welt wird mir gehören! Du wirst tot sein – und wer wird das erfahren oder sich darum kümmern?«

»Du«, gab Palin leise zurück.

Palin drehte seinem Onkel den Rücken zu und ging mit festen, entschlossenen Schritten zum Portal. Der Schatten war tiefer und dunkler geworden, und die Mauer in der Hölle hob sich auf entsetzliche Weise von ihr ab. Palin konnte das Böse jetzt spüren. Er spürte, wie es durch das Portal sickerte wie Wasser, das in ein Schiffswrack fließt. Er dachte an die Dunkle Königin, die am Ende in der Lage wäre, die Welt zu betreten. Wieder würden die Flammen des Krieges über das Land fegen, gerade wenn die Kräfte des Guten sich erheben würden, um sie aufzuhalten. Er sah seinen Vater und seine Mutter durch die Hand seines Onkels sterben, er sah seine Brüder, wie sie den Zaubern seines Onkels zum Opfer fielen. Er sah sie in Drachenschuppenrüstungen auf bösen Drachen in die Schlacht reiten und Truppen von entsetzlichen Wesen anführen, die in der Dunkelheit ausgebrütet worden waren.

Nein! Mit Hilfe der Götter würde er dies aufhalten, wenn es in seiner Macht stand. Aber als Palin den Stab hob, erkannte er hilflos, daß er nicht die leiseste Ahnung hatte, wie er das Portal schließen sollte. Er konnte die Macht des Stabes spüren, aber sie nicht beherrschen. Raistlin hatte recht – es war eine törichte, sinnlose Geste.

Hinter sich hörte Palin seinen Onkel lachen. Dieses Mal war es kein höhnisches Lachen, sondern es klang belustigt, fast zornig.

»Das ist sinnlos, Palin! Hör auf! Zwing mich nicht dazu!«

Palin holte einen tiefen Atemzug und versuchte, seine Energie und seine Gedanken auf den Stab zu konzentrieren. »Schließ das Portal!« wisperte er und zwang sich, an nichts anderes zu denken, obgleich sein Körper vor Angst zitterte. Es war nicht die Angst vor dem Sterben, das konnte er mit gelassenem Stolz von sich sagen. Er liebte das Leben, er hatte es niemals so sehr wie jetzt geliebt, das wurde ihm klar. Aber er konnte es ohne Bedauern verlassen, auch wenn ihn der Gedanke an die Trauer, die sein Tod bei jenen verursachen würde, die ihn liebten, mit Kummer erfüllte. Seine Mutter und sein Vater würden jedoch wissen, was er getan hatte. Sie würden es verstehen. Egal, was sein Onkel sagte.

Und sie werden gegen Raistlin kämpfen, das wußte Palin. Sie werden gegen dich und deine Dunkle Königin kämpfen, so wie sie zuvor gegen das Böse gekämpft hatten. *Du wirst nicht gewinnen.*

Palin umklammerte den Stab. Seine Hand schwitzte, und sein Körper zitterte. Er hatte keine Angst vor dem Sterben. Er hatte Angst vor... vor dem Schmerz.

Würde es... sehr... weh tun... zu sterben?

Wütend schüttelte er seinen Kopf, verfluchte sich selbst als Feigling und starrte angestrengt auf das Portal. Er mußte sich konzentrieren! Er mußte diese Gedanken ausschließen. Die Angst mußte ihm dienen! Und nicht über ihn herrschen. Es bestand immerhin eine Chance, daß er das Portal schließen konnte, bevor sein Onkel... bevor...

»Paladin, hilf mir«, sagte Palin, und sein Blick heftete sich auf das silberne Licht, das an der Spitze des Stabes beständig brannte. Es verbreitete eine unerschütterliche Helligkeit in der tiefen Dunkelheit.

»Palin!« schrie Raistlin besorgt. »Ich warne dich...«

Blitze zischten aus Raistlins Fingerspitzen. Aber Palin hielt seine Augen auf den Stab gerichtet. Dessen Licht wurde heller und strahlte in einem Glanz, dessen Schönheit und Reinheit Palins letzte Ängste linderte.

»Paladin«, murmelte er.

Der Name des Gottes löschte gnädig den Klang des magischen Gesangs aus, den Palin hinter sich hörte.

Der Schmerz war kurz, plötzlich... und schnell vorbei.

Kapitel 10

Raistlin stand allein im Laboratorium und stützte sich auf den Stab des Magus. Das Licht des Stabes war erloschen. Der Erzmagier stand in einer Dunkelheit, die so dicht war wie der Staub, der ungestört auf dem Steinboden, auf den Zauberbüchern, auf dem Stuhl, auf dem zugezogenen, schweren, purpurnen Samtvorhang lag.

Fast so tief wie die Dunkelheit war auch die Stille an diesem Ort.

Raistlin hielt den Atem an. Er lauschte in die Stille. Kein Geräusch eines Lebewesens störte sie – weder Maus noch Fledermaus oder Spinne –, denn kein Lebewesen wagte sich, das Laboratorium zu betreten, das von jenen bewacht wurde, deren Wache bis zum Ende der Welt und darüber hinaus anhalten würde. Raistlin dachte fast, daß er nur noch ein Geräusch vernehmen könnte – das Geräusch des rieselnden Staubes, das Geräusch der Zeit, die verstrich...

Erschöpft seufzte der Erzmagier und hob seinen Kopf. Er sah

in die Dunkelheit und brach das jahrzehntelange Schweigen. »Ich habe getan, was ihr von mir wolltet«, schrie er. »Seid ihr nun zufrieden?«

Es kam keine Antwort; nur der Staub rieselte sanft und trieb in die ewige Nacht.

»Nein«, murmelte Raistlin. »Du kannst mich nicht hören. Und das ist genausogut. Wenig hast du gedacht, Dalamar, als du die Illusion von mir für diesen Zweck heraufbeschworen hast. Du *mich* heraufbeschworen! O nein, Lehrling« – Raistlin lächelte bitter – »brüste dich nicht selbst. Du bist gut, aber nicht so gut. Es war nicht deine Magie, die mich aus meinem Schlaf geweckt hat. Nein, es war etwas anderes...« Er hielt inne und versuchte sich zu erinnern. »Was habe ich dem jungen Mann erzählt? ›Ein Schatten in meinen Gedanken?‹ Ja, das war es.

Ah, Dalamar, du hattest Glück.« Der Erzmagier schüttelte seinen Kopf. Für einen kurzen Moment wurde die Dunkelheit durchbrochen von einem wilden Aufglitzern der goldenen Augen, die von einer inneren Flamme leuchteten. »Wenn er gewesen wäre, was ich war, dann hättest du dich in einer traurigen Lage wiedergefunden, Dunkelelf. Durch ihn hätte ich zurückkehren können. Doch selbst wenn mich sein Mitgefühl und seine Liebe von der Dunkelheit befreiten, in die ich mich selbst geworfen hatte, so bindet sie mich immer noch.«

Das Licht der goldenen Augen verblaßte, und die Dunkelheit kehrte zurück.

Raistlin seufzte. »Aber das ist alles in Ordnung«, wisperte er und stützte den Kopf auf den Stab. »Ich bin müde, so furchtbar müde. Ich will in meinen Schlaf zurückkehren.« Der Erzmagier ging über den Steinboden, wobei seine schwarzen Roben an seinen Knöcheln raschelten und seine leichten, unhörbaren Schritte keinerlei Spur im dicken Staub hinterließen. Vor dem

Samtvorhang blieb er stehen. Er legte seine Hand auf den Stoff, hielt inne und schaute sich im Laboratorium um, das er nur aus seinen Erinnerungen heraus sehen konnte.

»Ich will nur, daß ihr wißt«, schrie Raistlin, »daß ich das nicht für euch getan habe, Magier. Ich habe es nicht für die Versammlung getan. Ich habe es nicht für meinen Bruder getan! Ich hatte mehr als eine Schuld zu meinen Lebzeiten zu bezahlen. Jetzt bin ich derer entbunden. Ich kann in Ruhe schlafen.«

In der Dunkelheit konnte Raistlin den Stab nicht sehen, auf den er sich stützte, aber dazu bestand keine Notwendigkeit. Er kannte jede Kurve des Holzes, jede kleine Unvollkommenheit in der Maserung. Zärtlich strich er über ihn. Seine schmalen Finger berührten die goldene Drachenklaue und fuhren über jede Facette des kalten, dunklen Kristalls, die sie umklammert hielt. Raistlins Augen starrten in die Dunkelheit und starrten in die Zukunft, die er nur im Licht des schwarzen Mondes sehen konnte.

»Er wird großartig in der Kunst sein«, sagte er mit ruhigem Stolz. »Der größte, der je gelebt hat. Er wird Ehre und Ruhm in unsere Zunft bringen. Wegen ihm wird die Magie in der Welt leben und gedeihen.« Der Erzmagier senkte seine Stimme. »Alles Glück und alle Freude, die ich in meinem Leben erfahren habe, Palin, kamen von der Magie.«

»Für die Magie gebe ich dir...«

Raistlin hielt den Stab noch einen Moment länger und drückte das glatte Holz an seine Wange. Dann schickte er ihn mit einem Befehlswort fort. Er verschwand. Er wurde verschluckt von der endlosen Nacht. Raistlins Kopf senkte sich vor Erschöpfung, und er legte seine Hand auf den Samtvorhang und verschwand. Er wurde eins mit der Dunkelheit und mit der Stille und dem Staub.

Kapitel 11

Palin erlangte langsam das Bewußtsein wieder. Sein erster Gedanke war Entsetzen. Der brennende Schock, der seinen Körper verbrannt und zerstört hatte, hatte ihn nicht getötet! Ein weiterer würde folgen. Raistlin würde ihn nicht leben lassen. Stöhnend kauerte sich Palin auf den kalten Steinboden und wartete ängstlich darauf, den magischen Gesang und das Zischen der Funken aus diesen dünnen Fingerspitzen zu hören und wieder diesen sengenden, explodierenden Schmerz zu fühlen...

Alles war ruhig. Er lauschte aufmerksam und hielt den Atem an. Sein Körper bebte vor Angst. Aber Palin hörte nichts.

Vorsichtig öffnete er die Augen. Er war von einer Dunkelheit umgeben, von so tiefer Dunkelheit, daß nichts sichtbar war, nicht einmal sein Körper.

»Raistlin?« wisperte Palin und hob vorsichtig seinen Kopf von dem feuchten Steinboden. »Onkel?«

»Palin!« schrie eine Stimme.

Palins Herz stockte vor Angst. Er konnte nicht atmen.

»Palin!« schrie die Stimme wieder, eine Stimme, erfüllt von Liebe und Schmerz.

Palin atmete vor Erleichterung auf und fiel auf den Steinboden zurück; er schluchzte vor Freude.

Er hörte das Geklapper von Stiefeln und Schritte, die Stufen hochstürmten. Fackellicht erhellte die Dunkelheit. Die Schritte hielten an, und das Fackellicht schwankte, als ob die Hand zitterte, die die Fackel hielt. Dann wurden die Schritte schneller, und das Fackellicht leuchtete über ihm.

»Palin! Mein Sohn!« Palin lag in den Armen seines Vaters.

»Was haben sie dir angetan?« schrie Caramon mit erstickter Stimme. Er ließ die Fackel fallen, hob seinen Sohn vom Boden auf und drückte ihn an seine starke Brust.

Palin konnte nicht sprechen. Er lehnte seinen Kopf an die Brust seines Vaters und hörte dessen Herz, das von der Anstrengung, die Stufen des Turmes hochzusteigen, schnell schlug. Er roch die vertrauten Gerüche von Leder und Schweiß, und ließ sich – für einen letzten Moment – von diesen Armen beschützen. Dann hob Palin mit einem leisen Seufzer seinen Kopf und sah in das blasse, gequälte Gesicht seines Vaters.

»Nichts, Vater«, sagte er leise und schob sich sanft von ihm weg. »Mir geht es gut. Wirklich.« Er richtete sich auf und schaute sich verwirrt im schwachen Licht der flackernden Fackel um, die auf dem Boden lag. »Aber wo sind wir?«

»Au... außerhalb dieses... dieses Ortes«, knurrte Caramon und ließ seinen Sohn los; aber musterte ihn voller Zweifel und Angst.

»Das Laboratorium«, murmelte Palin verwirrt. Sein Blick wanderte zu der verschlossenen Tür und den zwei weißen, körperlosen Augen, die vor ihr schwebten.

Der junge Mann wollte sich erheben.

»Vorsichtig«, sagte Caramon und legte wieder seinen Arm um ihn.

»Ich habe dir gesagt, Vater, mit mir ist alles in Ordnung«, sagte Palin mit fester Stimme und schüttelte seinen Vater ab. Er stand ohne Hilfe auf. »Was ist geschehen?« Er sah auf die verschlossene Laboratoriumstür.

»Du bist... dort hineingegangen«, sagte Caramon und seine Brauen zogen sich zusammen, als auch sein Blick zu der verschlossenen Tür glitt. »Und... die Tür schlug zu! Ich habe versucht, hineinzukommen... Dalamar hat irgendeinen Zauber auf sie geworfen, aber sie hat sich nicht geöffnet. Dann sind mehr von diesen... diesen *Dingern*« – er zeigte mit finsterem Blick auf die Augen – »gekommen, und ich... ich weiß nicht mehr, was dann geschah. Als ich wieder zu mir kam, war ich mit Dalamar im Arbeitszimmer...«

»Und dorthin werden wir jetzt zurückkehren«, ertönte eine Stimme hinter ihnen, »wenn ihr mir die Ehre erweisen wollt, mit mir zu frühstücken.«

»Der einzige Ort, wohin wir jetzt gehen«, entgegnete Caramon mit strenger, leiser Stimme, als er sich dem Dunkelelfen zuwandte, der hinter ihnen aus dem Nichts aufgetaucht war, »ist unser Zuhause. Und keine weitere Magie!« knurrte er und funkelte Dalamar an. »Notfalls laufen wir. Weder mein Sohn noch ich werden jemals wieder zu einem dieser verfluchten Türme zurückkehren...«

Ohne Caramon eines Blickes zu würdigen, ging Dalamar an dem großen Mann vorbei und trat zu Palin, der schweigend neben seinem Vater stand. Die Hände hatte er in den Ärmeln seiner weißen Robe gefaltet, und seine Augen waren auf den Boden gerichtet, wie es sich in der Gegenwart eines hochstehenden Zauberers geziemte.

Dalamar streckte beide Hände aus und faßte den jungen Mann an den Schultern.

»Quithain, Magus«, sagte der Dunkelelf mit einem Lächeln, beugte sich vor und küßte Palin nach Elfensitte auf beide Wangen.

Palin starrte ihn verwirrt an und errötete. Die Worte des Elfen wirbelten in ihm herum, ergaben aber keinen Sinn. Er kannte die Elfensprache ein wenig, denn er hatte sie von dem Freund seines Vaters, Tanis, gelernt. Aber nach allem, was ihm passiert war, war ihm die Sprache aus seinem Kopf wie weggeblasen. Hektisch versuchte er, sich zu erinnern, denn Dalamar stand vor ihm, sah ihn an und grinste.

»*Quithain*...«, wiederholte Palin, »bedeutet... Herzlichen Glückwunsch. Herzlichen Glückwunsch, *Magus*.«

Er zog die Luft ein und starrte Dalamar ungläubig an.

»Was soll das bedeuten?« fragte Caramon und funkelte den Dunkelelfen an. »Ich verstehe nicht...«

»Er ist jetzt einer von uns, Caramon«, antwortete Dalamar ruhig, nahm Palin am Arm und führte ihn an seinem Vater vorbei. »Seine Strapazen sind vorbei. Er hat die Prüfung bestanden.«

»Es tut uns leid, daß du dies wieder durchmachen mußtest, Caramon«, sagte Dalamar zu dem großen Krieger. Sie saßen sich an dem reichverzierten Schreibtisch in dem luxuriös eingerichteten Arbeitszimmer des Dunkelelfen gegenüber. Caramon errötete; seine Brauen waren immer noch vor Sorge und Angst und Zorn gefurcht.

»Aber«, fuhr Dalamar fort, »es wurde uns schnell klar, daß du dein Bestes tun würdest, deinen Sohn abzuhalten, sich der Prüfung zu unterziehen.«

»Kannst du mir deswegen Vorwürfe machen?« fragte Caramon barsch. Er erhob sich und ging zu dem großen Fenster. Dort starrte er auf die dunklen Schatten des Eichenwaldes von Shoikan.

»Nein«, antwortete Dalamar. »Wir konnten dir keine Vorwürfe machen. Und darum haben wir uns diesen Trick ausgedacht.«

Mit zornigem Gesichtsausdruck drehte sich Caramon um und zeigte mit seinem Finger auf Dalamar. »Dazu hattet ihr kein Recht! Er ist zu jung! Er hätte sterben können!«

»Das stimmt«, sagte Dalamar leise, »aber das ist ein Risiko, dem wir alle gegenüberstehen. Es ist ein Risiko, das du auf dich nimmst, wenn du deine älteren Söhne in die Schlacht schickst…«

»Das ist etwas anderes.« Caramon drehte sich um. Sein Gesicht war düster.

Dalamars Blick glitt zu Palin, der in einem Stuhl saß und ein Glas Wein in seiner Hand hielt, aus dem er noch nicht getrunken hatte. Der junge Magier starrte benommen um sich, als ob er immer noch nicht glauben konnte, was geschehen war.

»Wegen Raistlin?« Dalamar lächelte. »Palin ist wahrhaftig begabt, Caramon. So begabt wie sein Onkel. Für ihn, wie auch für Raistlin, gibt es nur eine Möglichkeit – die Magie. Aber Palins Liebe zu seiner Familie ist stark. Er hätte eine Entscheidung treffen müssen, und das hätte ihm das Herz gebrochen.«

Caramon senkte seinen Kopf und schlug die Hände vor dem Gesicht zusammen.

Als Palin sein gedämpftes Würgen hörte, setzte er sein Weinglas ab, erhob sich und ging zu seinem Vater. Caramon zog seinen Sohn zu sich. »Dalamar hat recht«, sagte der große Mann heiser. »Ich wollte nur das Beste für dich, und… und ich hatte Angst… Angst, ich könnte dich an die Magie verlieren, so wie ich ihn verloren habe… Es tut mir leid, Palin. Verzeih mir.«

Palins Antwort lag darin, wie er seinen Vater umarmte, der seine riesigen Arme um den weißgewandeten Magier legte und ihn fest an sich drückte.

»Du hast also bestanden! Ich bin stolz auf dich, Sohn!« flüsterte Caramon. »So stolz…«

»Ich danke dir, Vater!« sagte Palin mit gebrochener Stimme. »Es gibt nichts zu verzeihen. Ich habe schließlich verstanden…« Die restlichen Worte des Magiers wurden durch die

Umarmung seines Vaters unterdrückt. Dann ließ Caramon seinen Jungen mit einem Klaps auf den Rücken los und starrte wieder aus dem Fenster. Er warf dem Eichenwald von Shoikan einen finsteren Blick zu.

Palin wandte sich an Dalamar und schaute den Dunkelelfen verwirrrt an.

»Die Prüfung«, sagte er zögernd. »Es... schien alles so real zu sein. Dennoch bin ich hier... Raistlin hat mich nicht getötet...«

»Raistlin!« Caramon sah sich beunruhigt um; sein Gesicht war blaß.

»Beruhige dich, mein Freund«, sagte Dalamar und hob seine schlanke Hand. »Die Prüfung ist für jede Person anders, Palin. Für einige ist sie sehr real und kann reale und verheerende Folgen haben. Dein Onkel, zum Beispiel, überlebte gerade noch eine Begegnung mit einem meiner Art. Justarius blieb mit einem verkrüppelten Bein zurück. Aber für andere findet die Prüfung nur im Bewußtsein statt.« Dalamars Gesicht wirkte gespannt, und seine Stimme bebte in der Erinnerung an große Schmerzen. »Auch das kann seine Auswirkungen haben. Manchmal schlimmer als die anderen...«

»Dann... dann war alles nur in meinem Kopf. Ich bin nicht in die Hölle gegangen? Mein Onkel war nicht wirklich dort?«

»Nein, Palin«, sagte Dalamar und gewann seine Fassung wieder. »Raistlin ist tot. Wir haben keinen Grund zu einer anderen Annahme, auch wenn wir euch das erzählt haben. Wir wissen es natürlich auch nicht mit letzter Sicherheit, aber wir glauben, daß die Vision, die dein Vater beschrieben hat, wahr ist und daß Paladin sie ihm gegeben hat, um seinen Kummer zu lindern. Als wir euch erzählten, wir hätten Berichte, daß Raistlin noch lebte, war das alles nur ein Teil des Tricks, um euch hierher zu bringen. Solche Berichte existieren nicht. Falls Raistlin noch lebt, dann nur in unseren Legenden...«

»Und in unseren Erinnerungen«, murmelte Caramon vom Fenster.

»Aber er schien so real!« protestierte Palin. Er konnte den weichen, schwarzen Samt unter seinen Fingerspitzen fühlen, die brennende Berührung der goldenen Hände, das kühle, glatte Holz des Stabes des Magus. Er konnte die wispernde Stimme hören, die goldenen Stundenglasaugen sehen, die Rosenblätter riechen, die Gewürze, das Blut...

Er senkte den Kopf und erschauerte.

»Ich weiß«, sagte Dalamar mit einem leisen Seufzer. »Aber es war nur eine Illusion. Der Wächter steht vor der Tür, die Tür ist noch verschlossen. Das wird sie auch für alle Ewigkeit bleiben. Du warst niemals im Laboratorium, geschweige denn in der Hölle.«

»Aber ich sah ihn eintreten...«, warf Caramon ein.

»Alles Teil der Illusion. Ich allein habe es durchschaut. Allerdings habe ich mitgeholfen, sie zu schaffen. Sie wurde so entworfen, daß sie für dich sehr real wirkte, Palin. Du wirst sie niemals vergessen. Die Prüfung soll nicht nur über deine Fähigkeit als Zauberkundiger urteilen, sondern was noch wichtiger ist, sie sollte dich etwas über dich selbst lehren. Du hattest zwei Dinge herauszufinden – die Wahrheit über deinen Onkel und die Wahrheit über dich.«

Die Wahrheit über dich erfahren... Raistlins Stimme.

Palin glättete seine weißen Roben. »Ich weiß jetzt, wo meine Loyalität liegt«, sagte er leise und erinnerte sich an den bitteren Moment vor dem Portal. »Wie der Meereszauberer gesagt hat, werde ich der Welt dienen, und indem ich ihr diene, diene ich mir.«

Lächelnd erhob sich Dalamar. »Ich weiß, daß du eifrig bedacht bist, nach Hause und zu deiner Familie zurückzukehren, junger Magier. Ich will dich nicht länger aufhalten. Ich bedaure fast, daß du keine andere Wahl getroffen hast, Palin«, sagte der Dunkelelf mit einem Achselzucken. »Ich hätte mich gefreut, dich als meinen Lehrling hierzubehalten. Aber du wirst ein würdiger Widersacher sein. Ich bin geehrt, meinen Teil zu deinem Erfolg beigetragen zu haben.« Dalamar reichte ihm seine Hand.

»Ich danke dir«, sagte Palin mit rotem Gesicht. Er nahm Dalamars Hand und schüttelte sie dankbar. »Ich danke dir... für alles.«

»Ja«, brummte Caramon, verließ das Fenster und stellte sich neben seinen Sohn. Auch er nahm Dalamars Hand; die schlanken Elfenfinger verschwanden völlig im Griff des großen Mannes. »Ich... ich hoffe, du wirst... deine Magie verwenden... um uns nach Solace zu schicken. Tika wird sich zu Tode sorgen...«

»Na schön«, sagte Dalamar und tauschte ein Lächeln mit Palin aus. »Stellt euch dicht zusammen. Lebwohl, Palin. Wir sehen uns im Turm von Wayreth.«

An der Tür klopfte es leise.

Dalamar runzelte die Stirn. »Was ist das?« fragte er verärgert. »Ich gab Anweisungen, daß wir nicht gestört werden!«

Die Tür öffnete sich offenbar von allein. Zwei weiße Augen leuchteten in der Dunkelheit. »Verzeih mir, Meister«, sagte der Geist, »aber ich wurde angewiesen, dem jungen Magier ein Abschiedsgeschenk zu überreichen.«

»Angewiesen? Von wem?« Dalamars Augen funkelten. »Justarius? Hat er gewagt, ohne meine Erlaubnis seinen Fuß in meinen Turm zu setzen...«

»Nein, Meister«, antwortete der Geist und schwebte durch den Raum. Sein eisiger Blick glitt zu Palin. Langsam näherte er sich dem jungen Magier. Seine fleischlose Hand hielt er ausgestreckt. Caramon stellte sich schnell vor seinen Sohn.

»Nein, Vater«, sagte Palin mit fester Stimme und legte eine Hand auf den Schwertarm seines Vaters, um ihn zurückzuhalten. »Geh zur Seite. Er wird mir nichts tun. Was hast du für mich?« fragte Palin den Geist, der nur Zentimeter von ihm entfernt stehenblieb.

Als Antwort zeichnete die fleischlose Hand ein geheimes Symbol in die Luft. Der Stab des Magus erschien; er wurde von den Skelettfingern festgehalten.

Caramon stöhnte auf und trat einen Schritt zurück. Dalamar musterte kalt den Geist. »Du hast in deinen Pflichten versagt!« Die Stimme des Dunkelelfen erhob sich in Zorn. »Bei unserer Dunklen Königin, ich werde dich zur ewigen Folter in die Hölle schicken...«

»Ich habe in meinen Pflichten nicht versagt«, erwiderte der Wächter, und seine hohle Stimme erinnerte Palin beängstigend an das Reich, das er betreten hatte – auch wenn es nur eine Illusion gewesen war. »Die Tür zum Laboratorium ist verschlossen und mit Zaubern versehen. Der Schlüssel ist hier, wie du sehen kannst.« Der Wächter öffnete eine andere Knochenhand, in der ein silberner Schlüssel lag. »Alles ist, wie es war, ungestört. Kein Lebewesen ist eingetreten.«

»Wer dann...«, begann Dalamar zornig. Plötzlich versagte seine Stimme, und sein Gesicht wurde aschgrau. »Kein Lebewesen...« Erschüttert sank der Dunkelelf auf seinen Stuhl. Mit aufgerissenen Augen starrte er den Stab an.

»Er gehört dir, Palin, wie versprochen«, sagte der Geist und hielt dem jungen Magier den Stab entgegen.

Der ergriff ihn mit zitternder Hand. Bei seiner Berührung flackerte der Kristall an der Spitze hell auf, und seine kalte, klare Strahlung füllte den düsteren Raum mit einem hellen, silbrigen Schein.

»Ein Geschenk von dem wahren Meister des Turms. Mit ihm«, fügte der Geist mit seiner eisigen Stimme hinzu, »geht sein Segen.«

Die weißen Augen senkten sich in einer Geste der Huldigung, dann waren sie verschwunden.

Palin hielt den Stab in seiner Hand und sah fragend seinen Vater an.

Caramon blinzelte schnell und lächelte durch seine Tränen. »Laß uns nach Hause gehen«, sagte er ruhig und legte einen Arm um seinen Sohn.